INK

文學叢書

262

一億六

張賢亮◎著

壹

本書敘述的是中國未來一位偉大的傑出人物是怎樣形成胚胎的。到本書結尾，這位偉大的傑出人物還未誕生，只不過在母體裏受孕了而已，所以，本書可以看作是他的前傳。

四十多年後，即到二〇五〇年左右，全世界每個人都會知道這位中國偉大的傑出人物。但是，目前他的父母親戚與他們的朋友情人等等，絕大多數不僅健在，有的還很年輕。爲了本書中提到的所有人的生活不受干擾，因而作者盡可能不寫出他們的眞實名字。爲了敘述方便，有的地方必須要有人的姓名及機構名稱作爲符號，作者就隨意起個姓名或名稱。如果今天現實中有人的姓名與機構名稱與作者隨意起的姓名名稱雷同，純屬偶然，務請不要對號入座。

天機不可泄漏。作者在此只能略微透露兩點：

一、這位在中國未來歷史上將有重大貢獻的傑出人物姓陸，子隨父姓，他的父親當然也姓陸。

二、他父親是中國四川省人氏，母親也是中國四川省人氏，他開始形成胚胎雖然是在中國寧夏，但製造這個胚胎的精子和卵子結合之前，男女雙方各自的經歷還是在四川省。爲了貼近生活，貼近現實，作者在寫人物對話時，使用了四川方言方音。有的四川方音很難用文字表達，如作者採用的文字和四川方音不準確、不符合，還請讀者諒解。中國很多地方的許多方音是文字難以表達的。在本書中，只是請讀者都把普通話的「六」（liù）按四川方音念作「陸」（lù）即可。何況，「陸」本身又是大寫的「六」。

1

一億六姓陸，在「陸」字前面陡然加了一個億，起始於快收工的時候，他一不小心讓手推車在一輛轎車門上剮了一下。轎車鋥光雪亮，卻像嬰兒皮膚般禁不起磕碰，馬上出現一條慘白的剮痕。一億六大吃一驚，當即蹲在地上，直抓腦袋。他以爲自己惹了很大麻煩，車主不會輕易放過他，可是他又必須承擔責任。這輛車要多少錢？弄不好，車主要他賠輛新的。他經常在外面惹事，長這麼大了，用他姐姐的話說，老是要她來爲他「擦屁股」。想到這點，他就感到非常慚愧，既對不起車主，又對不起姐姐。他就這樣在轎車旁蹲著，工地上的人喊他：「下班了回家！」他似乎也沒聽見。雖然「家」指的不過是工棚，可是那兒有一份大家擠在一起的集體性溫暖。他特別喜歡住工棚。

等工人們都走光了，太陽快落坡的時候，車主才慢悠悠地走來。看到他的轎車旁有一個埋著頭的壯漢，像是懷著一腔怨氣似的等著他，也吃驚不小。四周杳無人跡，手推車上還有一把鐵鍬，這傢伙要搞啥子名堂？現在醫患關係緊張得要命，前天就有個淋病患者爲算錯了幾塊錢醫藥費，一腳踢破了性病專家的睪丸。病人的生殖器治好了，性病專家卻失去了生殖能力。即使官司打贏了又能咋樣？能把行凶者的卵蛋割下來移植到被害人的大腿根上嗎？於是車主警惕地站得遠遠的，掏出手機想撥打一一〇。而這時一億六也看見車主了，立起身低著腦袋向他慢騰騰地走來。

車主下意識地把手護住前胸，把手機捏得緊緊的，連忙問：

「你做啥子？你做啥子？」

一億六摸著短髮囁嚅地告訴他：「眞對不起，先生，我在你車上剮了條印子。」

這下車主的膽子壯了，到車旁一看，氣也來了。

「你這是搞啥子名堂嘛！推車不看路，眼睛瞎啦？……」

其實，車主絕非粗魯之輩，還是個知名的知識分子，罵一億六「眼睛瞎了」只是出於剛才受了驚嚇。看到車門上只不過稍稍擦了一下而已，不注意還看不出來。再說，車上了保險，自有保險公司承擔他的修理費。如果把警察保安叫來追究，還是自己的過錯：沒把車停在停車線內，正好占了半邊工作通道。他只好踢了踢手推車：

「拉遠點，拉遠點，啷個？啷個？你還不想讓我開車呀！是不是撞壞了你的手推車還要我來賠？」

「不是的，不是的！哪敢嘛！我說，我說，不過，給你修這條印子要多少錢？我看我賠得起賠不起。」

車主覺得稀奇，詫異地上上下下打量一億六。他活到這大把年紀還沒碰到過這麼個老實人。車主很快用醫學專家的X光眼看出來：剝掉一億六身上穿的那套農民工常穿的藍色工作服，一億六身高一米七八至一米八之間，五官端正，鼻梁高聳而挺直豐滿，眉目俊朗，肩寬、胸圍、腰圍、上下身及四肢與軀幹的比例，都完美地符合「人」的標準，就像美國人發射到外太空想與外星人取得聯繫的探測器上，裝的那個刻有地球位置和呈「大」字形的人體圖像中的男性標本一樣。

車主一拍腦袋，剎那間產生了靈感。他跺了下腳，「嗨」了一聲，心想：「眞是踏破鐵鞋無覓處，得來全不費功夫！原來遠在天邊近在眼前！」

於是車主立刻換成和顏悅色的態度問：

「你姓啥子喲？在哪裏工作？我先修車哈，要多少錢等我修好再說哈。你說好不好？」

對一億六來說當然再好不過。一億六趕忙一邊推開手推車，「你老人家走好！你老人家走好！」

一邊告訴車主他姓陸，工作單位嘛恰恰就在醫院旁邊的工地。一億六在醫院賣出的土地上蓋商品房。

貳

3

車主就是這所醫院的劉主任，不只兼著這所醫院不孕不育試驗室的主任，還在好幾個醫院當主任醫生和兼職顧問，國家計劃生育委員會的專家名單上也掛了號的，在全國小有名氣。如果在名片上把所有的頭銜一一排列出來，就會如一首新詩一般。但這位劉主任爲人相當低調，並不把那些頭銜頂在頭上，更不是一見車被剮了一下就大發雷霆的那種人。剛才發脾氣罵人事出有因，他最近工作很不順利，心裏正非常煩躁。但是，要介紹這位劉主任，說明他煩躁的原因，就不得不先介紹這家醫院。要介紹這家醫院，還得從醫院的主人談起。

4

醫院眞正的主人在C市提起來無人不知、無人不曉：本市的政協委員，企業界的「工商巨子」，從「先進個體戶」、「先進個體工商戶」直到「C市十大企業家」之一，歷經市場經濟建設至今的全過程，扶搖直上。現在是C市有名的「塑膠大王」兼「鋼鐵大王」，好像跟臺灣的王永慶有得一比。只不過出身卑微，二十多年前還在地裏像雞一樣用爪子刨食吃。因爲村長藉口修路，承包的那點地被村裏無償收回，只得流落進C市，在城邊邊上用廢舊塑膠布蓋了個窩棚，和老婆娃兒一起勉強棲身。爲了糊口，先是在垃圾堆上揀拾可以回收利用的廢品。由於人勤快，垃圾中的廢品比別人揀拾得多，別人跑一趟垃圾堆，他能跑三趟。小有積蓄後，自己不刨垃圾堆了，也開了家廢品收購站。

誰都看不上髒兮兮的廢品收購站，垃圾總是垃圾，經過挑揀，分門別類後還是垃圾，除了它散發的臭氣會引人注目，哪個都懶得搭理它。可是，這才是個眞正藏污納垢的場所。說它「藏污納垢」並非單指垃圾廢品而言，可以說，C市城裏及城鄉結合部所有偷來的贓物幾乎都集中在這裏。從小小的窨井蓋、鐵欄杆、鐵軌、銅鋁電線、家用電器直到嶄新的轎車零配件和剛剛從國外進口的機械，除了飛機大炮原子彈他不敢收，其他任何東西，包括成套設備在內，只要你拉運到這裏，都統統變成廢品，並且全部用廢品稱斤論兩的價格收購，然後，在市場上用比實際價格稍低一點的價格出售。

這種廢品收購站的主人想不發財，天都容不得他。

5

我不知道給昨天拾破爛今天的「工商巨子」起個什麼名字作爲符號爲好，追根溯源，姑且叫他王草根吧。

王草根在他的廢品收購站站穩腳跟，要起步發展的時候，目光就瞄準上土地。農民永遠擺脫不了土地情結，夢裏做的都是黃澄澄、毛茸茸的平整土地。他不存錢，有點錢就置地。先是爲了擴大「廢品」堆積場地而收購土地，卻沒想到城邊邊的土地這麼便宜。那都是所謂「集體所有制」的土地，而這「集體」其實就是村長。只要給村長些外快，讓村長佔便宜，至於土地價格嘛，買主就看著給吧。王草根這才覺醒過來，他的承包地就是如此被村長賣掉的。今天他翻過身來，就用這種辦法一塊塊蠶食「廢品」堆積場周邊的土地，其速度比二戰時日本鬼子蠶食中國還要快。後來，廢品收購倒成了副業，是個門面，他的主業就是圈地。如同狗跑到哪裏就在哪裏撒泡尿，把那地方當作自己的領地，他的領地竟星羅棋布，遍及C市郊區。而他也像《三言二拍》中那篇〈轉運漢巧遇洞庭紅〉一樣，土地竟成了他的「洞庭紅」，使他徹底「轉運」。

隨著城市建設的加速和擴張，城邊邊的土地價格沒料到竟以超過幾何級數的倍數飛漲，錢源源不斷像潮水般向他湧來，叫他應接不暇。有段時間，王草根數鈔票數得竟然得了一種他從未聽過的怪病，醫生說叫「甲溝炎」。右手拇指、食指、中指和左手拇指的指甲縫全裂開了花，露出紅生生的肉，膿血直往外淌。特別是右手的拇指和食指，已被鈔票磨掉了皮，疼得他吃飯連筷子也不能拿。後來他見了錢，不僅手指頭疼，腦袋瓜子（四川人叫「腦殼」）也疼痛難忍了。

因爲他不能見現鈔，開始有錢時，對銀行又絲毫沒有認識。他總想不通，把自己紅彤彤的、有偉大領袖毛主席像的鈔票一捆捆送到那座門面豪華的大樓裏去對他有什麼好處？於是有錢就收購，本來嘛，他就是以收購發家的，有什麼收什麼。正好碰到國營企業改制，國營企業三文不值兩文地向民間有錢人出售。他發現那些國營企業也不過跟「廢品」差不多的價錢。和收購土地一樣，只要你跟國營企業的廠長書記搞好關係，滿足他們的要求，他們的上級和上級的上級，由他們出面就行了，把利益鏈上的每個環節都打點好，値兩千萬元人民幣的廠子頂多兩三百萬元就能買到手，明的暗的統共花不到四百萬元。而這時，王草根對銀行有了新的認識：他把花四百萬元收購來的廠子向銀行抵押，居然能按實際價格抵押出兩千萬元。當然，要拿到這兩千萬元至少要給銀行的頭頭腦腦兩三百萬元。不過，回扣再苛刻，不都是國家出的錢嗎？錢又不是從自己腰包裏掏出來的。後來，銀行就等於是他開的，他一個錢都不往銀行裏存，只要手頭有土地和待售的國營企業作抵押，就可以向銀行貸款。實際上，他等於拿國家的錢收購國家的企業，賬面上一轉，國營企業就成了他個人的了。

所以，王草根最不愛聽人說中國的官喜歡貪污，他覺得那些官員都清廉得要命，給他一兩萬元，他能上百倍奉還，把値一兩百萬元的東西送到你手上。

王草根特別鍾情塑膠廠，他在塑膠棚子裏住了一年多，喜歡聞那個味道。收購了第一個塑膠廠，他就當上「先進個體戶」。到王草根收購了三個塑膠廠時，他已經榮任爲C市「先進個體工商戶」了。評他「先進」並非虛談，因爲不管什麼國營企業，不管收購中的「手續費」要多少，不管銀行管理人員要多少回扣，一轉到他手上效益馬上翻番，穩賺不賠。原來，比他水平不知高到哪裏去的廠長書記不是知識不如他，而是不像他那樣操心。他像耕耘過去他家的自留地和承包地一樣經營企業，事事過問，親力親爲，一天到晚腳不沾地。雖然他大字不識一個，可是確實做到了古人說的「虛懷若谷，不恥下問」。那還有什麼事做不到的呢？

毛主席老人家不是說過嘛：「世界上怕就怕認眞二字！」

這就要說到醫院了。這年，醫院也要改制，也要向外賣。現在王草根已經幾乎蠶食到城裏了，他土地旁邊正好有家醫院要賣。王草根又有錢又有名，還是市政協委員。醫院主管們商量，他們自己出點錢，出不起的那多半部分，與其讓千里之外的莆田人佔便宜，弄個福建人來當董事長管他們，不如就近找王草根。

王草根從來沒想到收購醫院。可是找上門的便宜不要，雷公都要下來劈的。再說，王草根奮鬥了二十多年後，也感到體力有點不支，大老婆整天病病歪歪，女兒嫁了人，女婿和外孫女也是病病快快的。他的二奶不知怎麼，不是今天不舒服，就是明天不舒服。那個有本事的三奶，生的也是個女娃兒，他盼星星盼月亮想死了的男娃兒，總生不出來。下一個是女娃兒，再下一個還是女娃兒。輪流走三個家，家家都是娘子軍營。三個女人給他生不出一個兒子，是他最惱火的心事。所以他對收購醫院還是有點興趣，揣摩著自己家有個醫院，就像自己家有塊菜地一樣。在農村，自己家有塊菜地，想吃什麼下地就摘，又鮮又嫩，城裏人再牛也辦不到。

但他是個細心人，醫院不是工廠。平時因他家不是這個病就是那個病，鬧得他經常跑醫院，見個個醫生都是愛搭理人不搭理人的面孔，臉上能刮下二兩霜來。別看他在工廠企業指東畫西，和管理人員及工人們能打成一片，到了醫院見了醫生卻有三分畏懼。現在叫他管醫生，還沒管心就發顫。能行嗎？

爲了解決收購不收購醫院的問題，他決心到廟裏去一趟。王草根並不迷信，他只相信他自己，從來不信什麼鬼神風水，他還沒有到「迷信」那樣高的知識層面。只是當了市政協委員之後，和高層人士及政府官員打交道多了，才從他們那裏受到感染。他知道有些政府官員信迷信超過信馬列，至少二者都信。台上講馬列，台下講鬼神風水。他開會時從不發言，總是坐在一旁靜靜地聽，一副大智若愚的樣子。一次，他偶然聽見幾位政協委員議論城外有座廟子如何如何神，最神的是廟裏的籤。看來這幾個政協委員都去求過籤，各攞各的心得體會：問孩子考大學的、問女兒婚姻大事的、問炒股炒房的、問市政協換屆後他還能不能當上委員的、替某個朋友問會不會被「雙規」（按：特指對犯了錯的幹部在規定地點、規定時間必須交代問題的一種政策。）的……求籤的結果沒一個不應驗。

王草根知道什麼是籤，小時候他媽就帶他上廟子求過。那是一種最簡單明瞭、立等可取的預測未來的方法，省了自己好多腦子。

7

這天，他叫司機把他送到那個廟子。司機連說「曉得曉得」，原來那也是司機常去的地方。車跑了一個多小時，過了兩個收費站，七彎八繞，才跑到山上這個廟子。

廟宇雖小，但歷史悠久，建於明朝萬曆年間，長期以來遠近聞名，香火旺盛，只是到「大躍進」時開始衰敗，徹底毀壞於「文革」時期。紅衛兵把神像菩薩全搬到院子裏焚毀，如果不是造反派看上廟宇的空殼子，連房子也會燒掉。這裏一度是紅衛兵「長征」的接待站，來自四面八方的紅衛兵就在廟裏吃飯睡覺。改革開放後，實行宗教信仰自由政策，才逐漸來了和尚。先來的老和尚不善經營，只知敲木魚念經。老和尚圓寂後，才換上現在的中年和尚住持。中年和尚不知來自哪裏，雲遊到此就以此爲家了。住持和尚倒也能幹，修好了傾塌的圍牆，換掉了漏雨的瓦片。他特別會化緣，用佛的知名度作賣點，用老廟的歷史作品牌，主打產品就是籤。一張薄薄的劣質紙少則上百元，多則上千元，炒股也沒這行當賺錢，而且絲毫沒有風險。幾年下來，佛像重鍍了金身，大雄寶殿描上了彩繪，香火的旺盛甚至超過五百年前的明朝。

這時，住持和尚剛好送一個大官跟大官的小姐出門。別看出家人不問世事，對小轎車認識得可清楚。走的大官坐的不過是輛奧迪，還是國產的，來的卻是一輛奔馳S600，也即老百姓稱的「大奔」。大官的小姐跟和尚嬌滴滴地喊「拜拜」，和尚也顧不得了，充分表現出「色即是空」的境界，連忙迎向大奔。

王草根剛跨下車就見和尚向他施禮，很過意不去，也抱拳向和尚作揖道：「不敢不敢，勞動大師父了！勞動大師父了！」王草根可是個聰明人，不然也不會發財，常跟政協委員政府官員在一起，也漸漸浸潤得會迎來送往，答謝應酬了。

住持和尚五十歲左右，矮胖身軀，圓頭圓腦，方面大耳，既慈眉善目，又油滑機巧，一副在紅塵與世外之間遊走的典型形象。王草根見了，有點自愧弗如：自己一天到晚忙忙碌碌，雖然有錢，卻不如這個和尚逍遙自在，養得氣色紅潤，身強體健。

進得廟裏在殿上坐定之後，王草根也不喝和尚奉來的茶，直奔主題，說明來意。和尚一聽要收購一家醫院，吃了一驚。加上來客連名片也不遞一張，更顯得來頭不一般。只有人人皆知的大人物才不遞名片，逢人就遞上名片的都是些小角色。和尚趕快把籤筒取出，雙手捧到王草根面前請他搖。本來，求籤人是要先燒香拜菩薩的，不過有錢人可免了這套虛禮。人有錢，菩薩都會另眼相看的。可是王草根不敢怠慢，學他媽媽那樣，手捧籤筒恭恭敬敬站起來，面向菩薩，抱著籤筒，彎腰躬身，口中默默地念念有詞：

「收，還是不收？收，還是不收？……」

拾破爛的人手巧得很，兩下就搖出一根籤。和尙趕忙拾起交給王草根。王草根謙虛地說，還是勞動大師父給解一解吧。和尙按籤號從旁邊櫃子的抽屜裏抽出張小紙條。每張紙條即籤單上，都是一首旨意隱晦、既可這樣解釋也可那樣解釋的舊體七言絕句。和尙嘀裏嘟嚕搖頭晃腦地念了一遍，王草根哪知道什麼七言絕句，一句也沒聽明白。只聽和尙說：

「好事好事，這是上中籤，阿彌陀佛！喜上加喜，財上加財，此時不收，更待何時！」

王草根可不是傻瓜，正因爲他聽不懂七言絕句，一定要打破沙鍋問到底。

「那麼，大師父剛剛念的那些，究竟是啥子意思，還勞動大師父一句一句講講。」王草根現在最喜歡說「勞動」兩個字，把所有應該加「請」字的場合，全用「勞動」代替。他靠勞動發家，至今不忘本。

這個中年和尙可說比王草根更聰明一籌，他跑了二十幾年江湖，跑來跑去，發現無論做什麼生意都要本錢，只有進廟當和尙是無本生意。信佛的人越來越多，鈔票滾滾淌進功德箱。不像王草根，雖說賺錢多，但又花力氣又費心思，而和尙只站在功德箱邊上，眼看著鈔票心甘情願地、爭先恐後地往裏跑，你想那是什麼滋味？王草根的問題一點也沒難住和尙。他看出了這個坐大奔的大款不識幾個字。別看大款一身光鮮，但皮膚粗糙，手指關節粗大，骨頭縫裏就透出從田裏爬上來沒幾天的氣味。跟他一句句地解釋籤單上的七言絕句，無異於對牛彈琴，於是展開他平時對市場經濟知識的積累，啓發王草根說：

「阿彌陀佛！施主，你想想我們中國啥子東西多？」

王草根脫口而出：「那當然是人多囉！」

「對了！」和尚一拍袈裟，「可是，阿彌陀佛！只要是人，吃五穀雜糧，有哪個不生病的？阿彌陀佛！生了病啷個辦嘞？要進醫院找醫生。不管他當多大的官，發多大的財，他只要進了醫院就矮三截！是病人求醫生。施主見過醫生求病人的沒得？沒得！所以，阿彌陀佛！這個救人、救命、救死扶傷的『救』字，一邊是個『求』，另一邊是個反的『文』。」

和尚一邊說，一邊在手掌上給王草根寫了一個「攵」字。王草根雖然不認字，但「文」字還是認得的，這個文件那個文件上常見它。和尚把「文」字寫成「攵」，王草根就知道這個「攵」是「文」反過來的意思。

「就是這個意思嘛！不論啥子人，多高的地位，多大的大款，平時人求他，一生病，他就要『反』過來求人。所以說，開家醫院，就萬事不求人了，人人都要求你了。求你幹啥子？『救』他嘛！所以說，開家醫院比開家銀行還來錢：是要命還是要錢？要命你就拿錢來，要錢你就莫進來！阿彌陀佛！要多少錢，還不是你施主說了算嘛！」

和尚一席話讓王草根佩服得五體投地。他不再問一句句詩是什麼意思了，一句「進了醫院就矮三截」，準得不能再準，那正是他自己深有體會的。他的家人進了醫院，哪怕是有點發熱，就要做全身檢查，又要抽血化驗。醫生不但面如冰霜，還振振有詞：「不做全身檢查，不拍片子，不抽血化驗，啷個曉得她是啥子原因發熱嘞？發熱有好多種！曉得不曉得？這完全是爲你們病人負責。你懂不懂？」病人家屬連商量的餘地也沒有。正如和尚說的：「要命你就拿錢來，要錢你就莫進來！」娃兒或者她媽，上一次醫院最少上千元，多則上萬元。王草根每到一次醫院看望家屬回來就想：「媽賣屄！幸虧我成了大款，要是我還在農村，屋裏頭人害一次病我就非上吊不可！」如果收購了一家醫院，當眞會像和尚說的：要多少錢，還不是你施主說了算嘛！施主是誰呢？施主就是王草根自己！想想就喜從中來！

「大師父眞是名不虛傳！名不虛傳！」王草根恭恭敬敬稱讚和尚。「名不虛傳」四個字是別人常對他說的，現在用得恰到好處。

「大師父，那我就買定了！不過，還要勞動大師父給這醫院起個名字。不會虧待大師父的！」要賣的醫院本名是「C市九道彎區第二人民醫院」。賣給民營企業家，當然不能再用這個名字，因爲那已經不是「人民」的了。起名字對和尚來說是唾手可得的事，但絕不能讓施主看得太容易。和尚故意像思索了半天似的，才仿佛經過深思熟慮地說：

「這個嘛，我們佛家講究普度眾生。阿彌陀佛！醫院也是要普救眾生的嘛。我看就起個『眾生醫院』爲好。」

王草根不明白「眾生」是哪兩個字，又「勞動」和尚寫出來。和尚拿出張白紙用圓珠筆寫了。這兩個字王草根倒認得。「众」（按：众就是「眾」字。）是三個「人」字加在一起，正好應了他三個女人。「生」代表兒子。女人只能叫「女士」，叫「小姐」，只有稱呼男人才叫「先生」的。「生」不代表男娃兒是啥子？

王草根心中竊喜，這是個好兆頭！他心想：「媽賣屄！三個女人生不下一個男娃兒，我死都不相信！」老大雖然已絕經，連女娃兒也生不出了，而包養的老二、老三都還只有二十多不到三十歲。不僅菩薩對有錢人另眼相看，政府對有錢人也另眼相看。王草根不怕超生，那不就是交幾個社會撫養費嘛！對他來說，眞比九牛一毛還要輕。

他喜孜孜地疊好紙條裝進名牌西服「杰尼亞」的上衣口袋，笑著對和尚說：

「有勞大師父了！有勞大師父了！這個嘛！我總要孝敬孝敬菩薩的。」

和尚沒等他說完這話，已經把布施簿拿出來恭候在一旁了。然而，這就碰到了難題：一、王草根不會寫字，雖然絕不吝嗇，但叫他寫「兩萬元」三個字比他掏出兩萬元錢還難；二、王草根從不帶現鈔，不然，掏出兩萬元現鈔甩在桌上也不在話下。

可是，王草根又不願讓和尚看出他連「兩萬元」三字都寫不出來，就轉頭問司機：

「喂！你帶了兩萬塊錢沒得？」

一個開車的司機哪有隨身帶兩萬元巨款的？這不過是做樣子給和尚看。司機心裏明白，配合老板亂拍衣服口袋，所有口袋拍遍了才說：

「沒得！老板，你不是帶了卡的嘛！」

司機知道老板不是小氣人，而且最喜歡刷卡。王草根喜歡刷卡在C市銀行界是出了名的，哪怕幾元、十幾元錢也要刷一刷。這點，他絕對是銀行卡的忠實客戶。

王草根之所以喜歡刷卡，秘密在於他喜歡簽名。他認不得字，也不會寫字，因而簽自己的名成了他最大的嗜好。他只要拿起筆來刷刷刷地大筆一揮，立即覺得自己才有了氣派，有了氣勢，有了學問，和別的達官貴人才有同等地位。而他的簽名確實龍飛鳳舞，別人在旁邊看著，不知道他底細的，無不以爲他臨過碑帖，飽讀詩書。

8

他怎麼會簽得一手好名字呢？說來也是他有這個運氣。還在王草根的廢品收購站剛開張的時候，有一天他路過Ｃ市有名的農貿市場，看見好幾個人圍著一個攤子，不知在賣什麼好東西。出於收購的本能，他也走攏過去。一看，原來是一個人坐在矮板凳上，膝蓋上攤塊木板，木板上放張白紙，前方地面上什麼東西也沒擺，只鋪了張廣告。王草根莫名其妙，問旁邊的人：

「他是賣啥子的？」

「你自己看嘛！眞笑死人！連個棚棚子都沒得，還叫啥子『簽名設計工作室』！」

眞的！僅一個地攤，連棚棚子都沒有，就敢叫「工作室」，讓王草根覺得此人不凡。這是王草根跟別人不同的地方，他從不小看人，因爲他自己就是從草根裏爬出來的。簽名設計工作室的設計工作者戴副眼鏡，模樣斯文。他發明了一種專門教文盲簽名的最便捷的方法。在市場經濟建設初期，鄉鎮企業家、開礦的礦老板、採油的油老板、跑運輸的車老板，連投機倒把的商販，多半和王草根一樣大字不識一個。可是在這個登記表、那個申請表上簽名，卻是這些人天天必須幹的。但一提起筆就尷尬，每天尷尬好多遍，實在不是滋味，而簽名又不能讓人代替。廢品收購站一開張，王草根也每天面臨這個難題：必須在各種單據上簽名。

簽名設計工作者說，你不會寫字，沒關係，阿拉伯數字你該認得吧？那當然！不認得１２３４５６……阿拉伯數字，錢多錢少都不曉得，還做什麼生意？好！認得阿拉伯數字就行。他把你的名字完全用阿拉伯數字拼連起來，比如，２７８５９這五個阿拉伯數字，就能拼寫出一個圖案非常漂亮而三個都沒簡化的繁體字。其實很簡單，他全部採用的是中國傳統書法的草體字。

設計一個簽名只要十塊錢，別人還在猶豫觀望，王草根就毫不遲疑地掏出了錢。王草根是簽名設計工作者今天開張的第一筆生意，所以簽名設計工作者把他的名字設計得特別花稍、特別別緻、特別好看，並且特別簡單易寫。王草根依樣畫葫蘆，照著畫就行了。畫的次數多了，閉著眼睛都能簽名。

這個簽名不僅對王草根以後一系列的收購起了莫大作用，而且鼓舞了王草根的一系列收購行爲，甚至可以說是王草根心理上的一大支柱。

王草根發大財以後，簽名設計工作者還在農貿市場擺攤。一天，王草根讓司機專程帶他去了一趟。

「媽賣屄！你連個棚棚都沒得！還叫啥子『工作室』。走，跟我走！」

他把設計工作者帶到C市新建的文化城，給簽名設計工作者買了一間門面房。

「好！好生做你的生意，我有空就來看你哈。」

9

現在，王草根面對和尚的布施簿，只好尷尬地問：

「大師父，你有刷卡器沒得？」

廟宇裏怎會有刷卡器？和尚面露難色，連聲念「阿彌陀佛」。看起來這個施主確實誠心，不會賴賬，可是兩萬元巨款恐怕會打水漂。怎麼辦？聰明的和尚一時也不知如何是好。

「沒得關係，沒得關係！」王草根對司機說，「把你手機號寫給大師父。」又對和尚說，「大師父，明天他就會把香火錢帶來。你放心，我好你不是也好了嘛！明天他不來，大師父就打這個手機，看我收拾他這龜兒子！」

第二天一大早，廟裏剛做完早課，司機果然又開著奔馳S600把兩萬元現鈔送了來。而從此後，這座明朝的廟宇也與時俱進地安上了刷卡器，就擺在菩薩寶座的旁邊。

參

10

醫院很順利地收購成功。房產、地皮、設備、醫療器械，包括醫務人員一古腦兒辦到新成立的眾生醫院名下。眾生醫院是股份制，王草根絕對控股，當仁不讓地當上董事長。

眾生醫院開張那天，C市主管文教衛生的副市長、九道彎區的書記區長和市、區兩級不少人大代表政協委員都來捧場。到的人很多，因爲王草根給每位來賓都準備了份厚禮——現在廣告做得最響也最貴的保健品。副市長與眾生醫院董事長王草根共同剪綵時，周圍掌聲四起，不管住院的病人受得了受不了，鞭炮放得震天響。

開始時，王草根並不看好那些房產設備醫療器械，對醫生還有點興趣，至少，今天進了醫院門，人人都對他點頭哈腰，一口一聲「王董事長」。大小老婆女兒女婿外孫女來看病，連號都不用掛，更不用排隊，隨來隨看，還能把醫生叫到家裏去出診。再有，就是醫院附帶十多畝地皮，一年後把地皮賣了，就夠抵消收購醫院的全部投入，其他的全算白送給他，證明了和尚預言的準確性。

可是，醫院的利潤並不如預期的那樣可觀，能賺錢的大部分是賣藥品，而賣藥品的回扣多半被開藥的醫生拿跑了。原九道彎區第二人民醫院相當於一家社區醫院，內、外、兒、婦、產、眼、耳、鼻、喉、口腔、牙、皮膚、神經等科室一應俱全，看起來包治百病，可是大病治不了，小病治不好。眞正有病的人跑到有名的大醫院去了，只有附近居民有點小病痛才就近來診治一下，所以，患者也不是很多。算下來，眾生醫院的利潤是王草根集團中最差的一個。

王草根和很多民營企業家一樣，已經在市場上養成了這樣一種習慣意識：不超過百分之百的利潤算不上利潤，跟賠錢的區別不大。因爲利潤中的百分之三十到五十會轉化爲一些政府官員與銀行高管的灰色收入，而那些開支是沒有發票充賬、可以計入成本的。剩下的百分之五十左右的利潤，要擴大再生產、進一步發展企業遠遠不夠。因而，要發展企業規模，必須要有百分之二百以上的利潤才行。羊毛出在羊身上，不把一些政府官員與銀行高管的灰色收入從消費者那裏撈回來，從哪裏撈？這就是我們中國很多商品包括商品房的價格大大超出其合理價格的一個原因。同時，生產出售假發票居然也成爲一門生意。企業買假發票幹什麼？除了偷稅漏稅，很大成分是爲了那些政府官員與銀行高管的灰色收入充賬，將企業的灰色支出轉變爲企業的生產成本。

所以，一段時期，王草根常想的就是如何提高眾生醫院的利潤。

王草根不會看報，更不會上網，閒一點的時間偶爾摟著二十八歲的三奶看看電視劇，看得興起就在三奶渾身上下亂摸。他在電視劇間隙的廣告上發現，好像當今中國男人不是害陽痿病就是有性病，治療陽痿早洩性病藥物的廣告在電視熒屏上鋪天蓋地。他並沒有陽痿早洩，還不知症狀是啥子樣子。後來弄懂了，他也開始疑神疑鬼。有時，摸三奶的大腿根，竟然覺得下面起不來了。

因而，有一陣子，他一頭鑽進了電視機，和其他電視觀眾不同，他不看正片，專注意廣告，看來看去，主意來了。

12

他說幹就幹，馬上召開董事會。董事們都是醫院的主管人員和主任醫師，本可以稱爲「醫院工作會議」的，所以開起來很方便。董事會的決定，醫院立即能實施，效率提高無數倍。他在會上提出，根據市場和廣大患者的需求，決定調整醫院的主攻方向，向男性科、性病科發展。也就是說不管「眾生」的上半截，專管「眾生」的下半截，想辦法怎樣叫男性的下半截硬起來、站得住，還要能打持久戰。用他的話來說：「格老子！我們就專治雞巴和屄！我就不信大家發不了財！」

不要以爲王草根平時說話就這樣粗俗，在正式場合他也人模人樣的：要麼不說話，要麼說假話。他一說眞話就原形畢露，今天他在會上說的就是眞話。

其實，醫生們早有這個想法。沒改制時大家混日子，你提出改變經營方針也沒用。方案要層層報批，報告多半像過去進了皇宮一般被「留中不發」，即使好不容易批了，黃花菜早都涼了，何況醫院賺錢賠錢對醫生們工資的影響也不大。這好，董事長親自提出改變方針，雖然說得太露骨、太難聽，但說到底也就是這麼回事，正與眾人不謀而合，並且也讓大家領略到這個拾破爛的董事長勞動人民的眞面目：沒有架子，直爽好處。想不到這個拾破爛的還眞有頭腦。

於是，會場上頓時活躍起來，大家七嘴八舌搶著發言。技術問題、科室調整問題、住院門診的房間調配布局問題、人員調動問題、醫療器械配備問題等等都很快解決。截多貼少，沒有經濟效益的部門，如耳鼻喉科以及後勤部門等，由整體收入彌補。有了利益均沾的保證，沒有談不下來的事，皆大歡喜。

有時不能意見一致，很多人誤以爲團結產生力量，可是沒想到意見一致、團結成一體後，眾人就會齊心協力去衝撞政府劃定的底線。大家越討論越興奮，不知不覺就提出了要開展人工授精、試管嬰兒業務。那可是衛生部有嚴格規定的，他們這個民營醫院根本沒有做這種手術的資格，闖這條紅線有很大的風險。醫生們議論的時候，王草根還不知道什麼是人工授精、試管嬰兒，插不上嘴。等醫生們向他提出經費投入，他才有機會問：

「啥子叫做人工授精試管嬰兒嘛？要多少錢嘛？你們也讓我明白明白好不好！不要花了錢打了水漂吵！」

醫生只好在會議室給他上一堂有關生殖科學的課。王草根從小在農村就曾看過獸醫給母牛、母馬、母豬的生殖器裏打針，而且他還特別愛看。獸醫說，把這種針打進母牛、母馬、母豬的屄裏，小牛牛、小馬馬、豬寶寶就生出來了。今天他才知道那針管裏裝的是種牛、種馬、種豬的精液，而且是優良品種的牛馬豬精液，能保證小牛牛、小馬馬、豬寶寶個個不得病，體壯膘肥。現在，居然能給女人也用這種方法，讓她們懷孕，保證新生兒健康成長。

「那人的精液從哪裏來嘛？你曉得種牛、種馬、種豬健康不健康，啷個曉得那『種人』健康不健康嘛？不要生個怪胎出來嚇死人！」

醫生又給他解釋人的精液如何採集、如何化驗、如何篩選，能選出最有活力、最具衝擊力的精子，把它注入成熟女性體內，絕對能讓患有不孕不育症的婦女受孕，成功產下健康胎兒。至於試管嬰兒，那簡直是要生男孩就生男孩，要生女孩就生女孩。神了！好了，王草根聽到這裏就「啪」的一聲一拍桌子。

「說！要多少錢？」

醫生們早就打聽過，一個全部條件具備的人工授精和試管嬰兒作業系統，有一兩百萬元人民幣就足夠了，其他的輔助設施設備，醫院有現成的。

「我拿！」王草根果斷地說。

「做，是你們的事，掏錢，是我的事！至於我們有沒得這個資格嘛，你不做你哪有這個資格？你做了以後才有資格吵！你們說是不是？」

醫生們一聽，這話還眞有些道理，不得不佩服王董事長的逆向思維。資格確實是做出來的，永遠不做，永遠沒有這個資格。

在國家事業單位體制下，C市九道彎區第二人民醫院從來沒有開過這樣熱烈的會。現在變成了眾生醫院，這個會從上午九點半開到下午一點多，人們還意猶未盡，連吃飯都忘了。王草根今天特別高興，叫秘書給紅運樓打電話，選最好的雅座，訂兩桌最好的菜，魚翅鮑魚全要上席的。紅運樓是王草根旗下的一個飯莊，舊社會時叫「鴻運樓」，是C市的老字號。解放後改成國營，「文化大革命」中「破四舊」時「革」爲「紅運樓」。後來生意越做越不行，退休的人比幹活的人多，服務態度惡劣：客人進了門好像是服務員，服務員反倒像是客人。王草根收購下來後，重打鑼另開張，一次性買斷員工工齡，讓老員工都下崗，「勞動」來香港廚師和香港餐館的大堂經理培訓員工，專門針對高端顧客，現在生意異常火暴。可是秘書一會兒進來說，紅運樓的首席廚師剛下中班，恐怕魚翅鮑魚做不出來。王草根勃然大怒，罵道：

「媽賣屄的！去拖也要給我拖得來！由得他了！啥子香港澳門的師傅！是他休息重要，還是造人重要？今天是啥子日子？今天我們要造人！曉得不曉得？」

王草根從不關心科學，更不懂科學，什麼要到月亮上去行走，到火星上去探測，眞是沒事幹了！搞那些名堂做啥子嘛？月亮上走一趟又啷個了嘛？火星上去挖塊泥巴又頂啥子用嘛？但今天得到的科學知識非同小可，與他個人命運、未來前途、企業發展、傳宗接代，甚至他死後有沒有人披麻戴孝、燒香掃墓都緊密相連。他才知道生個男娃娃比屙泡屎難不到哪裏去：把他自己的精液用個器皿盛好，在電子顯微鏡下經過篩選，選出最精良、最優秀的那個，把它注入二奶或者三奶的體內，絕對百發百中，彈無虛發。這種方法還節省他寶貴的精子，一次射精能用好多次，精液保存在冰箱裏，醫生說能保存上好幾十年呢。如果這次生個女娃兒，下次還有精液用，一直用到生下個男娃兒爲止。

現在不是有沒有男娃兒的問題了，而是考慮讓二奶生還是讓三奶生的問題了。要不，輪流著來，一人注射一次。

當今社會，只要有充足資金作後盾，辦起事來，你想要多快就有多快。人工授精的部門很快成立了，爲了不被有關部門抓辮子找麻煩，對外稱爲「不孕不育試驗室」。這也說得通，因爲不孕不育也是他們醫院的一項正式業務，在衛生部門和工商部門都登了記的。

萬事俱備，只欠東風。硬體都置辦妥了，缺的是權威專家。這時，劉主任出場了。

肆

劉主任是個不折不扣的專家，雖沒有留過洋，但是是上世紀六十年代「文革」前的大學畢業生，從事計劃生育研究三十多年，功底扎實，經驗豐富。說他搞計劃生育，實際是他在搞優生優育。因爲優生優育這門科學在咱們中國最爲尷尬，長期以來擺不上桌面，不躲在計劃生育大旗下面就沒法存活。提起計劃生育呢，仿佛就是專逮婦女結紮的，手拿剪刀在全村追著婦女亂跑，農民們都把這種醫生視爲屠夫。好不容易熬到改革開放，優生優育能放到桌面談了，可是全國一下子到處都搞優生優育。一管就死，一放就亂。最後亂到用超聲波探測腹中胎兒性別、見女就殺的地步，優生優育專家又好像成了打胎專家。總之，優生優育走向了反面，始終和殺人分不開，「優生」成了「優殺」。改革開放前，不管男女胎兒，只要是超生的，一律格殺勿論。改革開放後，由於老百姓的舊民俗心理作祟，又專門對付女性胎兒，在腹中就叫她「安樂死」。

不管是搞計劃生育的時候，還是搞優生優育的時候，劉主任都一直盡可能地保持科學態度。既不拿著剪刀滿村逮婦女，也拒絕給人打胎，一心循著大學裏學到的本事，想在優生優育方面研究出一點突破性的成果。然而，這種類型的學者走到哪裏都吃不開。想吃得開就要隨大流，別人搞結紮你也搞結紮，別人打胎你也打胎，這才行。到了人工授精、試管嬰兒再不是計劃生育的禁區，有條件的醫院紛紛開展這項業務的時候，果然，劉主任很快成了這方面的權威。他的出名就在這一時期。可是好景不常，曇花一現。中央衛生部很快就下令全國只有極少數醫院有資格實施這種手術，並且加了種種限制，絕大部分醫院被排除在外。劉主任所在的醫院就在被排除之列，劉主任風光不再，只好轉到婦產科給人接娃兒。

眾生醫院婦科有一名姓皮的醫生，因爲產科也歸他管，所以大家給他起了個綽號叫「肚皮」。肚皮是劉主任低兩屆的大學同學，知道劉主任正鬱鬱不得志，英雄無用武之地。眾生醫院悄悄成立「不孕不育試驗室」，又缺專家時，肚皮就把劉主任推薦給王草根。

肚皮先是捧了劉主任寫的一大堆論文給王草根看。王草根看見那麼一摞子紙張上密密麻麻地印了那麼多文字表格，不禁肅然起敬。王草根不識字，可是對識字的人並不嫉妒排斥，還暗有敬意。

「你叫他來嘛！捧來這一大堆文章，是要我看它，還是要它看我？」王草根對肚皮說，「明天派車，把我的大奔派去接。談得成談不成，擺擺龍門陣也好嘛！」

劉主任第二天就到了王草根的辦公室。這個董事長桌子上既無書也無報，連紙都沒有一張，更別說電腦了，倒也乾乾淨淨。兩人分賓主坐下，王草根叫端上茶，先擺擺手把肚皮打發出去。

「行了，你幹你的去吧！讓我跟劉主任好好擺擺。」

除了跟當官的人談話，特別是跟他有利益攸關的政府銀行官員談話，對其他人，王草根談話向來不繞彎子，總是單刀直入的。

「劉主任，你跟我說實話，像我這樣的人，還能不能讓女人懷上個男娃娃。我有五個女娃兒，大老婆生下的兩個已經嫁人，外孫女也有了三個了，另外兩個是老二、老三給我生的。氣死人！生一個是女的，再生一個還是女的！我們眾生醫院搞這個試驗室，說實話，和我想要個男娃娃有很大關係。要不，我冒這個風險做啥子？」

16

劉主任來之前就知道王草根，除了C市江湖上盛傳的許多奇聞，報紙上登過他的正面，他的同學肚皮又給他提供了王草根的反面。不論從江湖奇聞還是從正反兩方面看，王草根都不失為一個直截了當、說話算話的人，一個雖沒知識但也沒壞心眼的人，不過點子多，人極聰明狡黠。既然王草根這麼直率，劉主任也沒必要繞彎子，對聰明狡黠的人繞彎子肯定落得個自討無趣。

劉主任先觀察了他一下：五十多歲，但顯得有點老，不胖不瘦，腰不彎背不駝；身高一米七左右，中等個頭，頭髮有點禿，但掉得不多；不像其他大款那樣紅光滿面，王草根褐色臉膛，臉膛寬闊，兩腮無肉而下巴寬大，一副剛強不屈的模樣；眼睛四周密布皺紋，可是眉骨高，兩個眼珠非常靈活，並且炯炯有神，會讓人聯想到靈長類動物；嘴唇稍薄，牙齒還算整齊，因為不吸菸的緣故，還很潔白。他雖然穿著一身筆挺的西服，但整個看起來還是一個進城的農民工，然而是一個剽悍的農民工，不是那種任人擺布的農民工。

劉主任稍作沉吟，說：「王先生，今天既然你這麼直率，我也當然要跟你直說。我先問你，你現在還有沒有性交能力？」

王草根不懂什麼叫「性交」，兩眼瞪著劉主任，一臉莫名其妙的表情。

劉主任馬上意識到了。「啊，我問的是你還能不能跟女人發生關係，就是睡覺。」

「哦，你問的是還能不能日屄嘛！這個嘛，比過去是有點差了。我這人，一直就並不喜歡日女人。我不吸菸、不喝酒、不近女色，這是我的優點。我要日，純粹是爲了生娃兒，有個後代。」

劉主任笑了起來，他倒有點喜歡這個王草根了。

「那麼，你一星期要睡幾次女人呢？」

「唉！那不好說，」王草根停頓了一下說，「有空的時候一星期兩三次，沒得空一兩個月也難得日一次。」家裏放著兩個不滿三十歲的女人，王草根這話有點不可信。

「一次的時間長不長？大概有多少時間？」

「這個就要看女人是啥樣了嘛！好了呢，時間短一點，差了呢，沒日完我就叫她走了。」

「我問的是你跟你夫人，包括二夫人、三夫人，不是跟小姐。」

「我說的也是吵！我從不跟別的女人日。大老婆現在是不能日了，二的、三的也是有變化的是不是？她好些的時候，開心的時候時間就短。她不高興的時候或是我不高興的時候，我還沒日完就叫她趕緊走，睡到另外的床上去。」

原來是這樣。劉主任感到王草根是個非常好的談話對象，更是一個會和醫生配合得很好的求助者。劉主任漸漸有了信心。解決這種問題（不是病症），來不得半點虛假。劉主任幫助過無數求助者，一些沒有成功的病例多半是求助者吞吞吐吐不說出全部隱情，讓醫生誤斷。優生優育工作很大部分要心理輔助，做心理調整很重要。求助者不向醫生全部傾訴，常常會讓醫生走向歧途，制訂出錯誤的醫療方案。

「王先生，現在你讓我回答你還能不能跟女人生出個男娃娃，我還很難回答。這需要先對你的身體包括精子做一番檢查，最主要是你的精子。反正你們醫院設備齊全，給你做次檢查完全沒得問題，結論很快就會出來。」

「身體嘛，眾生醫院剛一成立，我就做了個全面檢查，就是血糖有點高，血壓有點高，肝有點啥毛病，脂肪有點高。我搞不懂，我又不胖，啷個會脂肪高嘞？這些材料，醫院裏都有。至於精子，這啷個檢查法？」

「檢查精子很容易，你射了精後，拿到化驗室化驗就行了。」

「那我明天給你帶點來。」

劉主任笑了。「這不能用隔夜的。最好你明天到醫院來當場射出來。」

「那啷個射得出來嘛！開玩笑！醫生護士旁邊站著看我，老實說，雞巴都起不來，還射啥子精囉！」

「那不是、那不是！」劉主任趕快解釋，「你可以把你夫人帶來，哪個夫人由你挑。你叫醫院裏給你準備一間乾淨的房間，你和你夫人單獨待在房間裏，旁邊根本不需要其他人。讓你夫人幫你。醫院會給你夫人一個容器，你射出的精液裝在這個容器裏，讓你夫人交給醫生就行了。」

「那好辦！你就指揮他們去做。」王草根手指著劉主任，「劉主任，好像我們還有點緣分嘞！我現在就決定聘請你了。聽肚皮說，你在那個醫院就掙那麼一點錢。到我這裏來，我給你加一半的薪水，你就當這個什麼試驗室主任。好不好？」

「這我一時還不好決定。」劉主任坦率地說，「我在那個醫院還擔負了一定工作，我還有些病人要治療，至少治得能讓她們出院。我很感謝王先生的厚待，可是我不能接受多出一半的薪水。這不是我故意拿捏，因爲：一、名聲不好聽，傳出去人們會以爲我是奔你高薪來的；二、坦白說，我願意到王先生你這裏來，主要還是看上你們這裏設備新，又齊全，研究優生優育有好條件。再說，我也不能保證你王先生一定會生出男娃娃，萬一沒生出男娃娃，你我面子上都不好看。你讓我還在那個醫院，我到眾生醫院來掛個職。掛職期間，我能保證全心全意工作，這點你王先生大可放心，因爲我的興趣就在於研究。這樣，讓我進退有據，你方便，我也方便。」

劉主任的話有道理，王草根更信服他了。「要是自己沒有男娃娃的命，哪個醫生也弄不出來！」王草根心想。

「那好！一切由你！」王草根說，「薪水就照你在那個醫院的給你。你兩邊掛職，也能拿兩份工資。這樣吧，昨天聽肚皮說你住得很遠，我給你買輛小車，叫你來回方便些。」

王草根當即派司機到汽車市場上去給劉主任買了一輛別克車，就是後來被一億六剮了一下的那輛。

伍

明天要檢查王草根的精子了，王草根非常好奇。上次在會議室他聽醫生們講生殖科學課時，才知道精子是眼睛看不見的，一點點小，要用顯微鏡看，樣子跟蝌蚪差不多，還會游，在一種液體中游來游去，那種液體叫「精液」。在精液裏游得最厲害的那個，就是最能叫女人生娃娃的功臣。王草根從未想到自己雞巴裏還藏著那麼多小蝌蚪，還會游泳，可是自己卻不覺得癢。有東西在裏面游來游去自己怎麼沒感覺呢？怪了！回家的時候，他坐在大奔裏一直在試圖感覺癢或者疼，卻總是感覺不到。

劉主任叫他明天帶哪個夫人去幫他把精子「勞動」出來，由他挑。這可要叫他費一番腦筋。

這裏必須介紹一下王草根的情史，不然讀者會奇怪這個自稱「一直不喜歡日女人」、「不吸菸、不喝酒、不近女色」、「從不跟別的女人日」的暴發戶，怎麼會有三個老婆？包個二奶還不夠，還要包第三個。

王草根的正式夫人也即大老婆，是在他當農民時明媒正娶的。

王草根是他們家的獨子，這也讓我們能理解爲什麼王草根現在這麼急迫地想要個男娃娃。如果沒有男娃娃，傳宗接代就成了大問題，姓王的一家人算是絕種了。這在農村是最最羞恥的事，會被別人議論他們祖宗缺了德，只有缺德的人家才會斷子絕孫；「斷子絕孫」是農村中最惡毒的咒罵人的話。「不孝有三，無後爲大」，這種觀念，即使經過「文化大革命」激烈地滌蕩，仍會「流毒萬代」。

他老家是四川出了名的貧困縣，山高地少。在解放後不久的農業合作社時期，老爹在農業社裏勞動，老媽在那時給農民留下的一點自留地裏勞動。後來農業合作社越辦越不行，一年分配的糧食不夠半年吃，王草根家和全國每家農戶一樣，幾乎全靠幾分田的自留地裏生產的農作物勉強維持生活。上世紀五十年代大力推行的社會主義「公有化」和「集體化」運動，在物權上剝奪了人民群眾的生產資料——「你的、我的，都是大家的！」卻強化了老百姓的私有意識，這是制定政策的領導人萬萬意想不到的。因爲「公有化」和「集體化」之後，凡是「公有」和「集體」的工農業生產單位，生產力都越來越萎縮，只有政府給各家分配的讓農民自主生產經營的巴掌大的土地上，生產力節節上升。兩相對照，「公」、「私」分明，在最實事求是的農民眼裏，「公」的優越性絲毫看不出來，「私」的好處卻日益彰顯。「以副業養主業」，在中國改革開放前的農村，是非常普遍的經濟現象。因而，「私有」就成爲中國農民長期以來的嚮往和追求，後來才有安徽鳳陽縣的二十多戶農民冒著坐牢殺頭的危險分田單幹，揭開了改革開放的序幕。

王草根從他老媽去世後，六歲開始就代替老媽擔負起自留地上的全部勞動。他家住得又比較偏僻，上小學要跑十幾里路，想上學也困難，所以一天學校門也沒進過，除了後來拾破爛，手上從沒捏過紙張，更別說書本了。可是，王草根自小就接受了『「公家」不可靠，只有自留地最可靠，在屬於自己家的地裏必須拿出全部精力勞動」的現實主義教育，私有意識從小就深入他的骨髓。這種教育比任何學校裏學到的學問都扎實，不可動搖，能牢記一輩子。

這就是現在的C市政協委員、「十大企業家」之一的風雲人物，為何大字不識一個而又十分精明能幹的原因。

王草根是獨子，房子是現成的，田也是現成的承包地，娶個老婆並不困難。老爹覺得自己快不久於人世的時候，心裏也感到對不起兒子。兒子先是在自留地裏，後是在自家的承包地裏，跟自己幹了十幾年苦活，風裏來雨裏去，面朝黃土背朝天，從來沒有過一句怨言。所以，老爹決心要給兒子找個好老婆，作為兒子跟自己這麼多年苦幹的獎賞。

有一天，老爹挑了一擔地瓜到圩上去趕集。在蔬菜集散的街口把扁擔放下，看見旁邊一個二十歲左右的姑娘賣的也是地瓜。姑娘的地瓜比他的地瓜又飽滿又乾淨，個頭還大。他的地瓜就跟他人似的，又瘦又小，還全是皺褶。一會兒，姑娘的地瓜就賣掉一大半，他的地瓜擔子無人問津。沒人來買的時候，姑娘稍閒了點，對他說：

「老爹，對不起！要不，我把擔子挑開點哈，讓你好賣。我不是故意搶你生意的哈。」

「啷個這麼說嘛！你賣得好我也高興吵！」老爹說，「你先來，我後到，啷個能說是你搶了我生意嘛！正好我今天不缺錢，想到集上耍一耍！姑娘，你給我看下擔子好不好？賣得了賣不了不管它哈，賣不了我挑回去餵豬娃兒。」

姑娘答應了：「老爹，你不要走遠哈，我馬上要回哩！」

老爹一面說「就來就來」，一面趕緊跑到百貨鋪去買了一個帶花邊的小鏡子、一方花手帕，又急急忙忙趕回來。

「姑娘，這是我的一點心意哈。」老爹把鏡子、手帕塞到姑娘手上，「姑娘，我不會說話，就跟你老實說哈。我家有個男娃兒，跟你歲數一般大，人憨厚老實，肯下力氣，長得也不錯，身體也好，就是我們住得偏一點，所以一直找不上對象。我在旁邊看你半天了，你是個好女娃兒。我的娃兒能有你這樣的媳婦，我死了都會笑出聲來！要不，你們先見個面，你要不中意，也就算我沒得這個福氣。好不好？」

老爹竹筒倒豆子，嘩嘩一番話使姑娘大爲驚訝，愕然地望著老爹不知如何回答。

「這麼辦吧！你是哪個村的？我去跟你爹媽談。要不，我把我娃兒也帶上哈。讓你看一看。」

姑娘家其實離王草根家不遠，就在山坡下邊。幾天後，老爹買了些茶葉糕點，就帶著王草根去姑娘家拜訪了。

別看王草根不識字，沒半點文化，他年輕的時候在村裏就小有名氣。村裏人都說這娃兒鬼點子多，好打抱不平，肯幫人。哪家有點事忙不過來，上房鋪茅草，下地收莊稼，要找人幫忙，第一個想到的就是王草根。王草根不僅幹活踏實，還會想辦法，一些活兒讓他幹，常常會有事半功倍的效果。王草根跟著老爹去姑娘家那天，穿上從來沒穿過的新衣，稍事打扮，也很像縣城裏的工人階級。

姑娘家挺熱鬧，姑娘父母當然在場，姑娘的三姑六婆八大姨也都來了。王草根有這樣的特點：

陌生場合從不多話，就像他後來在各種會議上一樣。所以誰也看不出他高低，有人還以爲他高深莫測，城府深得很呢。姑娘一直到成了他老婆，才知道他大字不識一個。而王草根只要往板凳上一坐，仿佛就能坐上一天似的，姑娘父母和三姑六婆問他啥話，他只是一笑，給他吃也不吃，給他喝也不喝，反倒有一副居高臨下的神態，何況王草根五官端正，身體強健。鄉下人看重這個，覺得這年輕人有力氣，又不張揚，老實可靠。

兩家經濟條件差不多。那時，全國天南海北所有的農民家庭都大同小異，所以這門親事當場拍板。這給以後的王草根影響很大，王草根幹什麼事都必須當機立斷，要當場拍板。比如說，收購一個企業要拖過他那天談婚姻大事的時間，他就會不耐煩。不錯，還有什麼事情比談婚論嫁更重要的呢？

姑娘娶進門的第二年，老爹好像完成了終生任務，平靜地躺在床上悄然去世了。在當年農村，活了五十多歲也算長壽了。老爹死後的第二年，王草根得了第一個女娃兒。有了女娃兒的第二年，承包地就讓村長收走了。

村長收走了他們家的承包地，也覺得過意不去，答應讓他承包村裏的魚塘。當年，承包魚塘是好差事，可是王草根老婆不幹，說，今天他讓我們承包魚塘，我們弄好了，明天他就能又收走。我們這裏待不住了，乾脆進城找活幹。因爲王草根一字不識，老婆還有個小學文化，所以他在老婆面前總覺得低她一頭，老婆說要進城就進城吧。這樣，王草根一家就決定進城。

一家三口披星戴月，曉餐暮宿。老婆抱著剛滿一歲的女兒，拉磚的破車坐過，運豬娃兒的臭烘烘的牲口車也坐過，沒付一分錢車錢，轉了好幾次車，花了五天時間才到C市。

到市裏，他們手裏還有賣房子得的幾百塊錢，先找了個最便宜的招待所住下，王草根就四處找地方打工。打了一個多月工，工程完了，包工頭也不見了，一分錢都沒拿到。王草根說，一定要找個自己拿錢的買賣，錢不捏在自己手上等於沒錢，還不如擺個賣菸的小攤。老婆說，你在外打工的時候，我抱著娃兒在街上轉。我也想過，擺小攤的常被人打得頭破血流，那些人也不知道是些啥人，厲害得很！我發現，只有一樣工作沒人管，就是拾破爛賣錢，舊報紙舊書論斤賣，一個酒瓶子還賣八分錢呢。我跟著拾破爛的去看過，他們就在城邊邊上搭個窩棚，又沒人管他們，又不花房錢。

王草根之所以成爲今天的王草根，老婆功莫大焉！

唯一不足的是老婆只會生女娃兒，第二個生下來還是個女的。而且，日子富起來後，老婆身體反而一天不如一天，眞是個耐貧不耐富的命。現在她就成天在家休養，但王草根最敬重的還是這個老婆，她說的話，王草根沒有不聽的。

19

王草根所謂的二奶，就因爲他聽老婆的話，可以說是「奉妻成婚」。

那已經到王草根的廢品收購站生意最旺的時候了，甲溝炎就是那時得下的。甲溝炎痊癒以後，廢品收購站成了圈地的門面，爲了四處圈地，要和不同的人打交道，站長王草根就學會了打領帶穿西服。因爲老婆已經不能做飯，吃的是廢品收購站旁邊飯館的包飯，每頓四菜一湯，還有四個小碟。站長當然不能住在廢品堆旁邊，那會把一家人熏死。站長在城裏有了房子，而且是號稱什麼「至尊王府」住宅區裏的樓房，老婆就在至尊王府裏休養。王草根每天一大早坐著桑塔納上班，晚上下班也是桑塔納，儼然向企業家邁步前進了。

既然名義上叫「廢品收購站」，儘管收購的絕大部分是賊贓，是國營廠礦、機關單位、鐵道公路丟失的東西，是公安機關正在四處查找的失物，但表面上還是要收購一些眞正的廢品。有一個也是四川貧困縣流落到C市的老頭，從王草根的廢品收購站開張那天起，就每天到王草根這裏來賣廢品，風雨無阻。老頭算得上是個眞正的廢品收集工作者、環境保護人士，賣的廢品貨眞價實是廢品，來歷絕無可疑之處。

隨著王草根業務範圍的擴大，收入越來越多，越來越富有，王草根就把老頭的廢品款越加越高，有時簡直把老頭的廢品當成新貨的價格收購。這反叫老頭過意不去了。一次，老頭氣呼呼地把多餘的錢拍在王草根面前的辦公桌上，憤然地說：

「王老板，你要是這個樣子，我下次就不到你這裏來賣了！該多少是多少哈。你這不是笑話我嘛！好像我是靠你施捨吃飯的。我又不是要飯的，要飯我也不會到你這裏要！」

王草根沒想到碰了個釘子，好心被當成驢肝肺，只好說：

「由你，由你！只是你龜兒子不許到別的地方去賣。要賣，還到我這裏來。以後照你說的，該多少是多少哈。行了吧！」

這樣，老頭以後還是天天來賣廢品。王草根有時碰見他，也會停下來跟老頭聊兩句。老頭老家跟王草根的老家離得不遠，翻過山頭就到那個縣。聊起老家的風光，兩人都不勝欷歔。

因爲王草根關照過下面的人照顧老頭，一天，王草根下班時，下面人向王草根反映，老頭三天沒來賣廢品了，不知跑到哪家去賣了。這時，正值C市最寒冷的冬天，聽廣播裏的氣象預報，今年C市冬天的低氣溫五十年一遇。王草根想想不對，就叫司機把他拉到老頭曾偶然給他說過的城外的出租房區。王草根坐在開著空調的桑塔納裏等，打發司機一家一家找那個老頭的住處。司機找了近半個小時，捂著凍僵的耳朵一邊跑一邊喊：

「找到了，找到了！龜兒子！躺在破床上起不來了，好像得了病！」

王草根隨司機去一看，老頭果然病倒在床，微微睜開眼睛看了看王草根，啥話沒說，又閉上了。老頭身邊還有個姑娘，王草根問姑娘：

「啷個不上醫院吵？看樣子還很嚴重嘛！」

姑娘不說話，埋下頭紅著臉站在一旁扭手指頭。不用問，沒得錢到醫院嘛。王草根叫司機把車開到出租房門口，又叫姑娘扶起老頭送進車裏坐下。

「你也進來吵！站在那裏跟木頭人一樣！你不去醫院，哪個伺候他嘛？」

到了醫院一檢查，醫生說：「這麼嚴重的肺炎，還有多種併發症，這時候才送來，華佗再生也沒得法子了！」

那時候，銀行卡還沒出世，王草根把司機身上的錢全要了來，付了醫院要的這個費那個費，又給姑娘留下一點錢。

「你留在醫院裏頭。啊，我忘了問了，老頭是你啥子人嗎？是爸爸？那更好了！你看能活就救活，救不活也不要難過。老頭總算還好，臨死的時候還有個女兒在旁邊。你不要發愁，死了由我來埋他。給你一個電話，有事就打這個電話。」

司機把電話號碼寫給姑娘。第二天就接到電話，說老頭死了。王草根到了醫院，叫來殯儀館的人收屍，送到火葬場。骨灰收拾了後，才發現姑娘抱著個骨灰罎子不知到哪裏去好。原來她單身一人，無路可走，無親可靠。

王草根無奈地說：「算了！算了！算我欠他的！看在老鄉情分上，我就收留你到我家，伺候我那病病歪歪的老婆算了！」

這時，姑娘才說話：「我爹臨死的時候，就叫我到你家去嘛！」

王草根不由得笑道：「你爹還眞有主意！這也算是他的遺囑吧。」

這時的王草根已經參加過幾次追悼會了，全是他所在城區死去的退休老幹部，叫他去參加追悼會是看得起他，當然也要他出份人情。由此，他才知道遺囑是什麼意思。

20

拾破爛的姑娘到王草根家，見了大老婆。大老婆特別喜歡她，說好像跟她有緣分。拾破爛的姑娘伺候王草根老婆也非常盡心，成了大老婆的貼心人。本來，有病的人就不願多管事，加上在老家生的娃兒進了城長大後染上富家小姐的怪脾氣，在家常鬧得天翻地覆；在塑膠棚棚生的女娃兒也是個淘氣包，讓大老婆更添心煩。不久，大老婆就逐漸把家裏的事和兩個女娃兒都交她管了。爲了拾破爛的姑娘好管娃兒，兩人就以「姐妹」相稱。拾破爛的姑娘雖然和王草根一樣也不識字，但管教起兩個娃兒毫不含糊，她不知道什麼叫「家庭作業」，反正兩個娃兒不做完家庭作業，就不讓她們倆吃飯。

兩年多後，拾破爛的姑娘已二十一、二歲了，不叫她找個對象嫁人也說不過去了。有道是女大十八變，雖然她臉面一般，說不上好看也不難看，但已長得紅是紅白是白，身材圓滾滾的，很招人眼，用書面語言的話說「很豐滿，很性感」。前面說了，大老婆有小學文化，所以待在家裏經常讀閒書看小報，了解當今社會上的一些事情。有錢男人花心眼，已成了顛撲不破的鐵的定律；包二奶已經在全社會公開化，深圳甚至出現了「二奶村」。她自己既失去性生活的能力，更失去了性生活的興趣，看見丈夫一天到晚忙來忙去，馬不停蹄，很是心疼。心想，王草根總有一天也會包二奶，與其讓他偷偷地在外面包，還不如自己大大方方給他找個二奶放在眼皮子底下，搞好關係，免得以後爲了財產打架。

這個二奶非拾破爛的姑娘莫屬，關係現成就好得很。

一天，大老婆把家裏傭人和孩子都打發出去看電影，趁家裏沒人的時候，把拾破爛的姑娘叫到床前說：

「你到我們家已經兩年多了。我們就跟一家人一樣，所以當姐姐的才跟你說這番私房話哈。你願意就願意，不願意也不要勉強哈。不願意還是我們家人，我一點都不會把你當外人看待。我要說的話是，你也到嫁人成家的年齡了哈，我先問你，你要老實說，你對自己的婚姻大事考慮過沒有？是啷個考慮的？」

拾破爛的姑娘臉刷地紅起來，低著腦袋不吭氣。大老婆細聲細語地問了半天，竟沒有一點反應。大老婆心想，壞了！下面的話不必說了。最後，大老婆只得說：

「行了，你去吧，我也累了。你晚上睡在被窩裏好好想想哈。想好了我們再說哈。」

拾破爛的姑娘立起身，轉身走的時候，背對著大老婆撂下一句話：

「我爸爸臨死的時候，叫我跟王老板。」

大老婆又驚又喜，趕忙叫道：「啥子？啥子？你回來，你回來！我就是這個意思吵！你自己說出來了更好。你看你，叫我費那麼大勁，你連屁都不放一個！姐姐身體不好，你伺候了好幾年，你跟了王老板，再好不過了！他有人照顧，我也有人照顧，這叫兩全其美嘛！你曉得不曉得？」

王草根和拾破爛的姑娘就這麼同居了。正好至尊王府小區裏還有套房子要賣，王草根就買了下來。兩個家都住在一個小區，來來往往也方便。

一開始，王草根爲了生兒子，一度拚命地在拾破爛的姑娘身上「工作」。即使晚上加班再晚，看過了大老婆，還要跑到小區的另一套房裏在拾破爛的姑娘身上「加班」。果然，拾破爛的姑娘肚子不久就大了。十個月後分娩，王草根那天興匆匆地趕到婦產醫院。一聽，生的還是女娃兒！也好嘛，再繼續努力「工作」。頭一個還不到一歲，第二個就下來了。天不遂人願，第二個又是女娃兒！

女娃兒也是要個名字的嘛。娃兒周歲的時候，家人們鼓動著要王草根給娃兒起個最可愛的名字。王草根想起拾破爛的姑娘在她爸爸死後抱著骨灰罎的模樣：淒涼無助，孤苦伶仃。那情景最讓王草根心疼，脫口就說：

「叫『罎罎』最好！」

到了第二個女娃兒起名字，王草根有點心灰意懶了。

「唉！那就叫『罐罐』好了！」

這樣，王草根家「罎罎罐罐」都有了。遺憾的是都是敞口的，沒得一個帶把兒的。

第三個，即三奶，雖然不是大老婆撮合的，但也是大老婆准許的。

那已經到王草根近乎瘋狂地收購國營企業的時候了。

王草根只買賣土地，收購國營企業，不搞房地產，也就是說他只要現成的，不蓋房子。圈地——屯地——用土地向銀行抵押貸款——收購國營企業——國營企業改制後就賺錢——再圈地——屯地，這是他的一套循環作業，財富就從這樣的循環中源源不斷地產生出來，流進王草根的腰包。

這時，他看到每個大款都搞房地產，四處大興土木，料到鋼材一定會漲價，爲收購一家瀕於破產的國營煉鋼廠，要加大技術改造，打發員工下崗，向銀行貸款。因爲他手頭總有大量土地儲備，所以，王草根的信用在銀行界完全扎得住，無須他本人出面，下面的人就辦了，何況私下交易已經談成，給經辦人的好處費也說定。這時的王草根在C市報紙上經常出沒，「希望工程」、「救災捐款」、「資助貧困大學生」等等，他都不落人後，不但是「商界巨子」，還是個「慈善人士」。銀行信貸部趙主任知道王草根出手大方，有意跟王草根拉個關係，好給他將來退下來鋪條路子，就跟煉鋼廠的主管人員和王草根方面的人說，要請他吃飯，王老板一定要到場。

「不然，這頓飯有啥子意思嘛！我連借款人都不認得，面都見不到，啷個敢借給他錢嘛！」

王草根沒法子，硬著頭皮去了。

在C市著名的五星級酒店的餐廳酒足飯飽後，趙主任藉著酒勁說：

「王老板架子啷個那麼大嘛！一起耍耍都不行嗎？今天你王老板不跟我們一起與民同樂，我坐在這裏就不下桌子！明天你們到銀行去也找不到我，看你們啷個辦！」

王草根不得已，笑道：「好嘛好嘛！趙主任要啷個耍我就陪你啷個耍！我王草根儘管不愛耍，可是我愛你！我奉陪你到底！」王草根已經鍛鍊得在場面上說假話的一流技術。

「你王老板啥子是愛我喲，你愛的是人民幣！王老板眞會說話。我沒得別的愛好，就愛唱歌，高歌一曲，啥子煩惱都沒得了！都丟到九霄雲外去了！」

餐廳在這座星級酒店三樓，夜總會在七樓，本是香港人到C市來開的第一家娛樂場所，後來幾經轉手，現在是個廣東人當老板，雖然設施已經有點陳舊，但依托這家星級酒店地理位置好，所以生意還是不錯。

一幫人坐電梯上樓來到夜總會。既到夜總會，當然要叫小姐。歌者之意不在唱，在乎小姐之間也！夜總會領班一聽C市有名的大款請銀行的人來消遣，鶯鶯燕燕招來一大幫子小姐，把個包房擠得滿滿當當的，身子都轉不過來。看來趙主任是這裏的常客，點張三李四王五，個個都叫得出名字。煉鋼廠的人、王草根的人，加上銀行信貸部主任一方的兩個人，他們八個男人點了十個小姐。這十八個男男女女就開始亂鬧起來。音響放得震天響，震得王草根耳朵疼，包間裏氣都喘不過來，但王草根也沒法子，捨命陪君子嘛！趙主任說得不錯，就爲了四千萬元人民幣。

趙主任進了包房如魚得水，把王草根和其他人撇在一邊，眞正像成語「旁若無人」形容的那樣，只跟小姐打情罵俏。卡拉OK上的字王草根不認得，熒屏上的風光女人他也沒興趣，只好獨自坐在沙發上看他們摟來抱去。可是小姐們不饒他，知道他才是眞正的主人，一會兒端來飲料，一會兒端來水果，一會兒靠在他身邊撒嬌。他聞慣了垃圾的味道，香水味熏得他腦殼暈。坐了半天，他發現有一個小姐始終沒到他身邊來，也跟他一樣坐在角落裏。有人拉她跳舞就起來讓人摸摸抱抱，其實拉她跳舞的人也就是要摸她而已。這點她看得很開。她的面貌在小姐群中雖不算最姣好的，但還是最清秀端正的。她被人全身上下摸了個遍，又回到座位上坐下，雙臂摟著肩膀，好像挺冷的樣子。王草根就喜歡這樣的女人，拾破爛的姑娘就是這樣：他想日了就讓他日，他不想日的時候從不勾引他。

鬧到凌晨一點，夜總會快關門了，他手下人過來低聲跟他說，趙主任想帶個小姐開房。他也小聲說：

「狗日的！那就在樓上訂個套房讓他耍，把小姐的錢也付了，可是明天別誤了放貸款。誤了，你看我啷個收拾這龜兒子！」

第二天，趙主任很痛快地給他放了四千萬元。

23

過了幾天，他到他旗下一個企業去視察，商量完正事，飯館送來盒飯，吃工作餐的時候，閒聊間，有個那天晚上他帶去夜總會的下屬說，那天晚上他差點把錢包丟了，錢包裏有身分證、駕駛證，還有剛辦理的銀行卡。

「老板不是要我帶錢付小費的嘛，現款也有兩三千呢！身分證丟了要上公安局，銀行卡丟了更糟糕，還要到銀行掛失，手續麻煩得很呢！」

「那你啷個找回來的？」

「嗨！老板別小看小姐，是小姐撿到了交給領班。第二天，我正急得要命的時候，領班給我打電話叫我去拿。」

「他哪曉得你電話嘛！瞎扯！」

「那不是有身分證，還有名片嘛，一對，就看出來了嘛！」

王草根來了興趣。「是哪個小姐，你曉得不曉得？」

「那倒沒問，我給了領班兩百塊錢。老板，這兩百塊錢給報不報銷？這也算是工作嘛！」

「報銷你媽賣屄！你狗日的自己摸小姐摸昏了頭，還要我付錢！」王草根用筷子像劍似的指著這個下屬，「交給你一個任務，你去打問一下是哪個小姐撿到的，啥子名字，那天晚上她穿啥子衣服，長得啥子樣子。將功折罪！要不，我炒了你龜兒子魷魚！」

下屬哪敢怠慢，一會兒，就向他報告得清清楚楚。他一聽，果然如他所料，就是那個沒來跟他糾纏的小姐。他馬上命令下屬：

「去！打個電話跟那家夜總會領班的說，今天晚上十點鐘給我留間好包房，把那個小姐也留下來。只要她一個，不要再多的小姐來跟我胡鬧，鬧得我腦殼疼！」

晚上十點整，王草根準時到達夜總會。領班看見他，心領神會，多一句話都不說，側身走在他旁邊，把他領進包房。

「王老板，不好意思！不好意思！稍等，稍等，馬上就來！」

領班出去，不到五分鐘，她就進來了。穿的還是那晚上穿的露肩露背露胸的吊帶裙子。臉上看不出什麼表情，似笑非笑。王草根跟官員幹部善於周旋，跟小姐反倒不知說什麼開場白好，只是不自覺地站起來。

「坐嘛坐嘛，要不要點飲料？」

「飲料他們會送過來的。」小姐冷冷地說。

既然有人送飲料，那就等著人送吧。兩人坐在沙發上，還隔有一點距離。王草根找不出話來說。小姐偷偷瞥了他一眼，奇怪他沒有一點動手動腳的意思。

飲料送來了。領班想大大敲王草根一筆，十幾個高的矮的杯子、十幾罐罐裝飲料，加上水果盤，滿滿擺了一茶几。男服務員擺完，知趣地很快離開，輕輕把門關上。王草根一面手忙腳亂地把茶几上的各種飲料像下棋似的挪來挪去，一面語無倫次地說：

「喝嘛喝嘛！你要喝哪種飲料？哪種飲料好喝你就喝哪種嘛！」

小姐從中端起一杯，遞給王草根。

「還是這種好，你們男人喝了酒，喝這種比較合適。」

「我從不喝酒，我從不喝酒！」王草根趕緊聲明，「那我就喝這個。你呢？」

「領班在敲你竹槓，你曉得不曉得？」小姐突然以氣憤的口吻質問他。

王草根一時不得要領，愣愣地望著她。

「你看不見嘛！兩個人要這麼多飲料幹啥子？」小姐憤憤地說，「這不是明擺的嘛！最後算賬要好幾千塊呢！」

王草根才明白，更加高興，暗想：「要得！要得！就是要這樣的女人！」

「沒關係、沒關係！你不要跟他們計較。只怕賺不來錢，不怕多花錢。你見過有幾個人是因爲節約發財的？沒得！是不是？有人說我不吸菸不喝酒是爲了省錢，屁話！我是小時候家裏窮，沒得這個習慣。要不，我比哪個都喝得凶！」

公開承認小時候家裏窮，小姐對他有點另眼相看了。現在很多大款恨不得說自己和榮毅仁家有親戚關係，要麼就是舊社會的川蜀世家，祖輩跟劉鴻生、盧作孚等人平起平坐的。

「我不是說那個，我是說人心壞了。」小姐說，「那個領班在我進來之前就跟我說，不要說你的馬仔給了他兩百塊錢，就說給了我了。錢包是我撿的，撿了東西還給人是應該的。就是你們給點意思也要給我嘛！他拿了錢，還要我承擔。你說氣人不氣人！」

原來是這樣！王草根暗暗想，媽賣屄！我非把這夜總會收購了不行。收購了先開除這個領班！不過現在不是說這話的時候，王草根只是說：

「沒關係，沒關係！我給你補兩百塊錢。你不要生氣。啊！我忘了給你說了，你知不知道我是哪個？先要自我介紹嘛！」

「哪個要你補嘛！」小姐瞪了王草根一眼。心想，要調節一下氣氛才對，不要讓客人一進來就不高興。笑著說，「至於你嘛，哪個不曉得你嘛！你是個拾破爛的！」小姐說完「咯咯」地大笑起來。

「我當然認得你，前幾天晚上你領著一幫人來，是你手下的馬仔埋單嘛！」

王草根吃了一驚，「你嘟個知道我是個拾破爛的？」

「開玩笑，開玩笑！不存在，不存在！不開開玩笑，你這大老板怎麼高興得起來嘛！」

「不是開玩笑，我還眞是個拾破爛的。」王草根認眞地說，「你是在報上看的，還是聽人說的？」

小姐詫異地看著他，「我眞是開玩笑的。你千萬不要介意啊！大人不計小人過嘛！你嘟個會是拾破爛的？那天晚上我換了衣服回家，看見你鑽進一輛大奔裏頭，嗖的一聲就跑了！」

「唉！」說到這裏，王草根就好說話了，「這樣吧，你怎麼稱呼？我先問了你名字再說。」

「出來當小姐的，哪會把眞名字告訴客人。你就叫我『珊珊』好了，『珊瑚』的『珊』。」

正好，王草根想，我要的就是「三」。

「好吧！珊珊。」他嘴裏喊「珊珊」，心裏卻是「三三」，一種親切感油然而生。

「我先問你，你愛不愛過你現在的生活？喜歡不喜歡當小姐？」

珊珊覺得這個老板還是個老實人，對自己沒有惡意。好長時間沒有和人正經交談過，她也願意趁此機會跟人聊聊，不管是誰，只要這人想聽又不笑話自己就行。珊珊喝了口飲料說：

「沒得一個小姐愛當小姐的！被人抱，被人摸，說句難聽的話，有時還要陪人睡覺。要跟自己看得上的人，也無所謂。可是由不得你，醜的你也要接，髒的你也要接，喝醉酒的你也要接，嘴臭得要命！性變態的你也要接，弄得你人不是人鬼不是鬼！就說那天你們那幫人吧，裏頭就有個人特別討厭！摸了人奶子，還要摳人下身，邊摳還邊問：『水來了沒得？水來了沒得？』幸好那天他沒叫我陪他開房間。我們進包房或者酒店的客房之前，心裏就犯嘀咕，不知道今天碰到個啥子樣的客人。一邊被人弄，一邊還要擔心客人付錢不付錢，能給多少小費。你說，這樣做愛讓你舒服不舒服？可是，當今，只有幹這行掙錢多。舊社會周璇唱的一首歌眞好……」

珊珊說著說著就學「金嗓子」周璇婉轉地唱起來：

你看她——笑臉迎——誰知她內心苦悶——夜生活——都為了——衣——食——住——行。

「就這話：『夜生活都爲了衣食住行！』我也跟崔永元一樣給你實話實說吧：就是天生的大騷

貨也不願意當小姐。爲啥子？天生的騷貨還想跟個像樣的人做愛是不是？讓像樣的人摸她玩她是不是？」

珊珊邊聊邊喝飲料，看王草根在注意聽，沒有一點嫌她多嘴，更沒有迫不及待要在她身上動手動腳的意思，於是繼續說：

「不過，在眼下的時尚社會，衣食住行都有個講究了，是不是？看見那些面貌身材都不如自己的，當了小姐，一晚上掙的錢比自己一個月辛辛苦苦打工掙的工資還多；人家穿名牌、用名牌，哪怕是仿冒的，總歸是名牌嘛！又跟著客人進出高級娛樂場所。這就有了個攀比是不是？別人當了小姐，既吃喝玩樂，又不辛苦、掙錢多。別人能幹的，自己爲啥子不能幹？自己又何必守身如玉？爲哪個男人守身如玉啊？有哪個男人値得我爲他守身如玉啊？」珊珊說到「守身如玉」四個字時竟有些激憤。「這樣，就閉起眼睛當小姐了。慢慢地，也就吃慣了，花慣了，用慣了。想不當，再回到過去的平常日子，都不習慣了。再加上，我們小姐看的人多了，有時候，和那些表面上看是正人君子的人比起來，曉得他們暗底下比我們還下流下賤得多！這一比，想著當小姐就小姐吧！我們又不貪污盜竊，更沒得揮霍公款的條件，靠的就是自己的身體掙錢，比那些花國家錢來玩我們的人還高尚哩！我們小姐夥有時聊天，還覺得我們很光榮哩！」

說到這裏，珊珊似乎覺得分寸沒把握好，說過了頭，連忙補充說：

「眞不好意思，不好意思！我是看見你那天又不唱歌，又不跳舞，又不亂摸我們，今天你好像對這方面也不感興趣，才跟你講這些。說錯了的話，請你多多包涵哈！老板花的是自己的錢，不是國家的錢，我可不是指你老板說的啊！」

珊珊說的時候，王草根一直瞪著眼睛看著她。珊珊說完了，王草根捂著臉半天不做聲。王草根雖然沒有書本知識，但有足夠的精明，聽出來珊珊能冷靜客觀地分析當小姐的心理，表明了她並沒有完全沉迷在小姐生活裏，頭腦還很清醒。王草根雖然不太懂得什麼「如玉」，但「守身」兩個字在農村還是普遍用的，珊珊一連三個「守身如玉」，王草根聽出這裏有點怨氣，表現出她恰恰有過「守身如玉」的嚮往，有過這種追求，不知是誰傷了她的心，才如此強調這四個字。他想，就這樣了！龜兒子！她不就是要啥子「名牌」，「進出高級娛樂場所」嘛！至於吃慣了花慣了，他的大女兒就是這樣的城市姑娘，是大城市追求時尚的風氣，把她們慣出來的毛病。這個珊珊小姐不一般，要是滿足了她的要求，她說不定還眞能「守身如玉」哩！

王草根捂著臉時，珊珊不知他怎麼啦，心裏七上八下地看著他。害怕自己說錯了什麼話，弄得客人拂袖而去，小費也給不了多少。

王草根沉默了一會兒，好似下定了決心，擡起頭說：

「我是個忙人，沒得時間跟你多說話。我給你說實話，早先，我就是個拾破爛的，我是從拾破爛發家的……」

王家的種大概就決定了姓王的祖祖輩輩像他老爹那樣說話竹筒倒豆子。他把他從小到大，直到現在變成成功人士的經過一泄無餘地倒了出來。

「我沒別的想法，就是想要個男娃兒。格老子！現在時興包二奶，我看上了你了，想包你！你開個條件，我先包養著你，只要你生了個男娃兒，億萬家產就是你們母子倆的了。」

王草根的獨白不但一掃她在小費上的擔憂，更讓珊珊驚心動魄。她沒想到不起眼的廢品收購站裏藏著那麼巨大的商機，特別是王草根從隨機應變到能隨心所欲的過程，有如天助一般。說到拾破爛的姑娘，珊珊眼眶也有點濕潤，覺得王草根還是個善良的人。王草根說眞話時滿嘴髒話：「媽賣屄」、「龜兒子」、「格老子」、「狗日的」、「日你媽」、「雷劈的」……像曠野上強勁而又清新的風刮進這悶熱的包房，珊珊從來沒有接待過這種有泥土氣的男人。他讓珊珊極爲興奮，恨不得現在就抱著他在沙發上做愛。再說，王草根前面兩個老婆都沒文化，不會是她的勁敵。她想，如果王草根有個有文化的老婆，就像她這樣，雖不是大學生也是高中畢業的，眞是如虎添翼，不知還會幹出什麼大事來。

「老王，你眞痛快！我也不跟你兜圈子了。」珊珊已經開始改口叫王草根「老王」了。「我是能生娃兒的，因爲我打過胎。你也曉得，幹我們這一行的特別講究衛生，經常體檢，我一點病都沒得！我們四川那個有名的算命先生還給我算過命，算到我命裏有個男娃兒。不過，你包了我，我不能像你前面兩個老婆一樣在家裏閒待著，我要做事，我就不信當過小姐的一輩子不得翻身！」

「要得！」王草根不由得大聲喝彩。

珊珊沒提一個具體條件，什麼房子、車子、一年給多少錢等等，僅僅一個「要做事」的要求，充分說明珊珊的聰明和對王草根的信任。像王草根這樣有億萬家產的人，跟他討價還價完全沒有必要。有了王草根就有了一切，確切地說是有了個男娃兒就有了一切。

「珊珊，你龜兒子眞是個龜兒子！」王草根激動得不知如何表示，兩掌疊在一起直搓手，「你說，你要做啥子？我們現在就定下來。」

「我要做這家夜總會的總經理！」珊珊決然地說。

王草根大笑道：「我們兩個啷個就想到一起了嘛！不過，這裏你熟，你得想想啷個把它弄到手。你有了法子我來辦！」

珊珊說，容易得很，只要有人告夜總會特密包房裏有人吸毒，來幾個公安一抓一個準。封了夜總會的門，再開張，夜總會就非換法人代表不可。

這一對情侶剎那間變成了陰謀家，在夜總會的包間裏商議怎樣顛覆這家夜總會，名副其實叫「窩裏反」；廣東老板沒想到他的身邊埋了顆定時炸彈。方案很快就制訂出來。王草根坐不住了，站起來就要跑去實施。就連珊珊要抱著他接個吻，王草根都等不及了。

「以後再說，以後再說，日子長得很！不光親嘴，還要日屄呢！」他又從皮夾裏抽出一張銀行卡，告訴珊珊六位數的密碼。

「趕緊去埋單吧，你馬上換了衣服離開！」

夜總會老板萬萬沒想到，怎麼上上下下早都打點好了的，這天凌晨零點剛過，一大幫緝毒警察一下子衝了進來。別處都不查，直衝幾個特密包房。

第二天C市的日報晚報都在頭版以「我市緝毒新戰果——××夜總會毒窩大掃蕩」爲標題，連正文帶照片，登了一整版。

夜總會查封了，夜總會的廣東老板自然焦頭爛額，坐臥不寧，差點跑回廣東去。雖然有人爲他頂罪，他本人不至於坐牢，但投資完全打了水漂，損失巨大，債台高築。正在這時，珊珊主動跑到廣東老板那裏去獻計獻策。老板一聽引進王草根的資金將夜總會改頭換面，另起爐竈，讓王草根來當法人代表，王草根是個出了名的地頭蛇，有了王草根等於有了把保護傘，對他這樣的外地人來講，無異於天上掉了塊餡餅，對珊珊是言聽計從。

王草根也不含糊，入的不是乾股，掏出三百萬元眞金白銀重新裝修了夜總會。××夜總會搖身一變成了「珊珊夜總會」，內部煥然一新，金碧輝煌，很快成了C市最高檔的娛樂消費場所。

王草根第一個就要開除那個領班，珊珊卻不同意。

「這傢伙業務熟悉，會敲客人竹槓！他的把柄又捏在我們手上，他那些鬼點子別想在我們面前要！留著他，就等於留條狗！」

陸

王草根這個人從不對老婆隱瞞什麼，他向兩個官場上的朋友打好招呼，要他們叫公安局去查夜總會吸毒的違法犯罪活動以後，王草根回家就告訴了兩個老婆。兩個農村出身的老婆也不能有啥子意見，只怪自己肚子不爭氣，養不出個男娃兒來。但聽說珊珊是城裏的高中畢業生，兩個老婆都不願見珊珊。王草根知道她們要保持點自尊心，也就由她們去了。

王草根和珊珊開始第一次正式做愛的那天，珊珊就向他提出：

「你不要看你家財萬貫，別人一看你還是個農民工！老實說，你第一次進夜總會包房那天，不是那些小姐圍著你轉，我還以爲你是那幫人的司機呢！西裝不是西裝，領帶不是領帶，皮鞋不是皮鞋！都是西門服裝市場打折買來的便宜貨！手上還戴塊電子表！你們這些暴發戶只曉得坐奔馳開寶馬，不曉得穿戴！今後，不許你再穿那些，統統打包送到貧困山區扶貧去！你的衣服鞋襪我來給你配備，保險讓你看上去就是大款！」

從此，王草根才知道什麼是名牌：「阿瑪尼」、「普拉達」、「杰尼亞」、「雅格獅丹」、「鐵獅東尼」、「波士」……雖然他骨頭裏還是個農民工，但穿上名牌西裝，人確實馬上精神抖擻，有了趾高氣揚的感覺。現在他腕上戴的是「勞力士」，簽名用的筆是「萬寶龍」。

「格老子！就是好用，圓珠筆跟它沒得比！」

於是他越發每天簽名不止，幾塊錢、十幾塊錢也要刷卡的習慣就是這樣養成的。

王草根自包了珊珊後，市政協委員當上了，又被列爲「C市十大企業家」之一，還到北京去出席過某次高級別會議，大紅花戴過，紅披帶挎過，所到之處都有人列隊鼓掌歡迎。所以，在王草根看來，珊珊是他的第二顆福星，什麼事情都與她商量，等於有了個軍師。

25

珊珊夜總會開張後，總經理珊珊開著輛白色的奔馳Ｓ３５０，每天到珊珊夜總會上班。在兩人不斷地努力下，珊珊的肚子也大了起來。珊珊每天堅持挺著個大肚子到夜總會辦公，儼然已經是個高級白領。現在她再不會給客人賠笑臉了，只有客人給她賠笑臉的分。客人要看她的眼色：晚上是不是能訂上好的包房招待外地來的重要客戶？見到過去玩過自己的客人，因爲知道這人的偏愛，就顯出好像很曖昧的表情告訴他，這裏來了個什麼樣什麼樣的小姐，正投其所好，弄得客人心癢難熬，非要見識見識不可。

珊珊毫不在乎有人在背後指點說她本來就是這裏的小姐，反以曾經當過小姐爲榮。由於她在這夜總會工作了兩年多，好像早就準備要當總經理似的，了解上上下下存在的漏洞、財物流失情況和服務上的不足。她堵流塞漏，在開展多種經營的同時，改善服務態度。珊珊吸取經驗教訓，並且對毒品好像天生就反感，所以絕對不沾毒品，把個夜總會打理得滴水不漏，服務一流，名氣大增，成了王草根集團中投入產出比最高的企業。

怎麼樣？鹹魚也有翻身的一天吧！

珊珊被他包了後，兩人每天都要用珊珊的話說「做愛」。王草根一面做愛一面想，是不是日屄日不出男娃兒，只有做愛才能做出男娃兒呢？所以，換了珊珊後，一切都服從命令聽指揮。珊珊做愛的花樣多，常常讓王草根達到做愛的最高境界，其他兩個老婆與珊珊相比望塵莫及。那兩個只會仰面朝天躺在床上，隨便王草根在上面活動，下面一點也不配合，跟個死人差不了多少。

王草根心想，跟珊珊如此做愛再做不出個男娃兒，那眞是我們王家命中注定要絕種了。

到分娩的時候，兩人都好像出庭聽宣判一樣緊張。結果判決的還是個女娃兒！王草根想，這是老天判給我的吧？珊珊不這麼想，說，你看，我能生不能生？只要能生就有希望！算命算到的那個男娃兒還沒有出世哩！前途是光明的，道路是曲折的！革命尚未成功，同志仍需努力！我還年輕，繼續奮鬥！

26

要幫王草根把精子「勞動」出來，當然是珊珊最合適的。跟拾破爛的姑娘說，說半天她也不會明白，還會奇怪爲什麼把那麼寶貴的東西射在外面浪費掉，多可惜！

果然，跟珊珊一說，珊珊不僅馬上理解，並且舉雙手贊成。她的生殖科學知識甚至超過王草根。她說王草根早就該做這方面的檢查了。

「很多人以爲生不出娃兒是女人的事，其實大部分責任在男方。男方的精子就好比種子，種子不好，再好的地也長不出好禾苗。你說是不是?你盡讓女人生女娃兒，肯定跟你的精子有關係！你查了以後，生得出生不出男娃兒也就曉得了。那不是你的命決定的，而是你的精子決定的！我告訴你，現在做試管嬰兒，讓你想要男娃兒就是男娃兒，想要女娃兒就是女娃兒，容易得很！要不，我們乾脆就去做試管嬰兒好了。不過，要做試管嬰兒也要先檢查檢查你的精子才行。」

第二天，兩人雙雙來到眾生醫院。劉主任早就安排好一切，在不孕不育試驗室騰出一間房間，裏面只放了一張醫院病房常用的鐵床，床單枕頭都是嶄新的，雪白耀眼。珊珊先向劉主任詢問如何操作，注意事項，還更進一步問了試管嬰兒的情況。兩人很談得來。劉主任感到珊珊既有禮貌，通情達理，比跟王草根更容易溝通，又容易接受科學常識，即使做試管嬰兒，也肯定會是個和醫生配合默契的好「患者」。

兩人進了專門爲他們準備的房間，王草根卻有點不習慣、很彆扭，他從來沒在一個陌生的地方跟珊珊或者另外兩個老婆做愛過。珊珊是個行家，本就是個在任何地方都能做愛的小姐，反而催他「快點快點」。王草根說：

「這哪能快得起來嘛！我覺得我雞巴硬都硬不起來。」

「有我，哪有硬不起來的事！」

珊珊手腳麻利地扒掉王草根的褲子，張開嘴巴就吮他的下體。王草根心疼她得厲害，說，還是我自己用手弄出來好了，不要累著你。她朝上擺了擺手，一個勁地加緊「工作」。王草根忍不住很快射了出來。珊珊趕快用護士給她的無菌小瓶接住，唾了口口水，轉身就跑出去交給等在門口的護士。

看了王草根精子的化驗報告，劉主任很爲難。放下報告思索了半天，最後，決定先跟珊珊談一談。劉主任通過一一四知道珊珊夜總會總經理辦公室的電話，打到那裏，眞還是珊珊本人接的。

珊珊聽劉主任要和她先談話，就知道有些不妙，馬上開著奔馳S350趕到眾生醫院。

「啷個?劉主任，跟我沒啥子不可說的。」珊珊又不安又急切地在劉主任面前的椅子上坐下，「有些不好跟老王說的都跟我說好了!我知道啷個跟老王解釋。」

珊珊果然是個聰明女子。劉主任也打開天窗說亮話了：

「從化驗報告上來看，王先生的精子全部是死精，沒有一個是存活的。我之所以覺得難辦，是因爲這樣做試管嬰兒也是不可能的。不過，你也不要看得很嚴重，這對他的身體並無大礙。其他方面，如心臟、肝臟、血壓、血糖、血脂等等雖然都有些問題，但對他這個年紀的人來說還算是可以的，問題不大，注意營養，注意休息，就可以逐漸恢復正常的。」

什麼心臟、肝臟、血壓、血糖、血脂等等，珊珊哪管得了那麼多。不過珊珊也奇怪。

「那……啷個老王的性生活是完全正常的啦?是不是取精那天我們是在一個不正常的情況下取出來的，從而影響了精子的質量呢?」

劉主任說：「那沒有關係!就像這杯水，你一點一點喝它是水，一不小心把杯子碰倒了，一下子都倒了出來，還是水。」劉主任也有點疑惑了，「你說王先生的性生活完全正常，那麼我要問一下，你們每週要過幾次性生活呢？」

珊珊有點不好意思起來。她不是爲自己難爲情，而是爲老王難爲情，因爲老王就像藝人走穴一樣，應付了她，第二天還要轉場去應付拾破爛的姑娘，幾乎天天過性生活。即使王草根說他不喜歡也要日，也許正因爲他日得頻繁，所以才不喜歡。可是王草根絕非出於享樂，而是當作生產活動，屬於製造業的一種，因而每天勤奮不懈。王草根說「有空的時候一星期兩三次，沒得空一兩個月也難得日一次」，只是他的理想，他把理想當成了現實，所以也不能說他完全是撒謊。

珊珊是個爽快人，知道對醫生不能隱瞞什麼，坦率地對劉主任說：

「老實說，老王可能天天有性生活。」

「那麼，你覺得他的性生活是不是跟正常男人一樣？能不能勃起？勃起困難不困難？能不能讓你達到高潮？請你別介意，我是完全從性科學的角度問的。」

珊珊完全有做這種比較的資格，她不知和多少男人做愛過。

「可以！」珊珊肯定地回答，「我奇怪就奇怪在這點嘛！他要硬馬上能硬起來。在劉主任面前沒得啥子不可說的。他有時候能讓我達到高潮，有時候還差一點，但是那是每個男人都會出現的情況吵！而且，我沒有達到高潮的時候，也不能全怪他。我不想要的時候，心情不太好的時候，身體不太舒服的時候，這些都是我沒達到高潮的緣故吵！他還不像有些男人那樣，他絕對不用吃啥子藥，連我給他買的維生素片都不吃。是不是就因爲他性生活過得多了，精子才死完了？」

「一般來說，男人性生活頻繁了，男性有個自我調節的潛在功能，那就不能勃起了或者是勃起困難，好像對這個男人發出警告一樣，叫他必須節制自己。到這個男性的健康慢慢恢復以後，才會有勃起的能力。我想王先生還不完全是這樣。」

其實，劉主任這個專家立刻發現，王草根是個生命力很差很差而意志力極強極強的男人，是他從事這方面研究以來，經手的近萬名男性中遇到的一個極特殊的個案：精子全部死掉了，卻不妨礙性生活。想到這點，劉主任心頭一喜。可是這又不好對珊珊說，說了也白說，他知道她並不關心性科學上的事。目前唯一重要的是讓珊珊生男娃兒，可是，王草根不僅不能讓她生男娃兒，連女娃兒也不可能讓她生了。這才是個大問題。

「這啷個辦嘛？劉主任，是不是讓他少做愛，或者停那麼一段時期。要不，給他吃些能讓精子活起來的藥？」

劉主任是性科學的專家，心理學上當然也很有造詣。還有個情況他沒跟珊珊說，王草根的精子不但是死的，即使死精子的數量也極少，用鄉下人的話說是「一瓢裏面沒得幾個」，更別說以毫升來計量了。劉主任知道王草根到了這把年紀，精子已經完全沒有希望恢復到所需的有活力的數量，如果是三十歲左右的男人還可以試試。但是，告誡一個年輕女子，要她丈夫或者情人節制和她過性生活，也就是和她少做愛或不做愛，無異於與虎謀皮，遭她白眼，以後的事別談，再好的話她也聽不進去了，反而阻礙了進一步溝通；更有可能產生意外，如果弄出紅杏出牆的事情，那就太對不起王草根先生了。但看著珊珊急迫的神態，又湧出一種醫生對患者的同情，於是說：

「我不曉得這樣說對不對，不對的話請你多擔待哈。一、按目前王先生的家庭情況，叫他少過性生活恐怕也是很難做到的，何況，就像你剛剛介紹的那樣，他的身體並沒有壞到需要他身體內部的節制閥出來干預的程度。二、使精子逐漸恢復活力的藥物有是有，但這種藥物全部含有刺激性欲的成分。再給王先生服這種藥，一來，作用很慢，二來，反倒刺激王先生性欲更強，性生活的次數更多。精子還沒有恢復活力，最後倒弄得入不敷出，等於雪上加霜。今天我請你先過來，主要想跟你溝通一下怎樣對王先生解釋。我擔心他搞不明白，他自我感覺一切正常，精子怎麼會是死的？他肯定會非要讓我把他的精子醫活不可，而這又不在我的專業之內。即使是專業醫生，也不會很快見效。我想請教你的是：怎樣跟他解釋，又怎樣使他安心。至於恢復精子的活力，中醫倒有既不刺激性欲又能讓亞健康狀態的人逐漸達到健康水平的方法。我國的中醫中藥其實是很管用的，現在也逐漸引起國際上的注意。不過，這話啷個跟他說呢？」

珊珊是何等人也！當了一年小姐，等於上過高爾基式的「大學」，況且珊珊可以說已達到「博士後」水平。劉主任低估了她。她聽出來劉主任的話外有話：王草根的精子數量和質量都無法恢復到再讓女人生娃兒的程度，更別說生男娃兒了。對王草根的死精，劉主任已經束手無策，想推到中醫頭上了。但她也看出劉主任的眞誠和善意。只有眞誠坦率才能取得人信任，珊珊完全信任劉主任。並且，劉主任沒直接告訴王草根，而是先找她談，既表明劉主任看得起她，又表現了劉主任不但誠心而且細心。她覺得，對劉主任可以無話不談。珊珊腦筋急轉彎，很快想出了個絕妙的主意：

「這樣吧，我來跟他說。劉主任你不用管，也不用跟他打電話。反正他大字不識一個，不會來找你看化驗報告的。我回去就跟他說一切正常，沒得啥子問題，不過想生男娃兒的話，還要找中醫開些中藥來吃些日子。這樣他會信的，心也安了。但是，劉主任，你也知道要個男娃兒是老王的心病。老王是個不錯的人，在當今民營企業家中間，他算是善良的、正派的、對社會還是有貢獻的。他對你劉主任也很敬重。我想請你這樣辦：你選一個質量好的精子，篩選個能生下男娃兒的，用人工授精的方法給我注射進去。當然不能讓老王曉得，等我生下來，他會高興得不得了！這對他是最大的安慰，讓他覺得他奮鬥了這輩子沒有白奮鬥。這也不算欺騙他，啷個說法呀？就是現在人常說的『善意的謊言』吧！」

28

劉主任早就注意到人類面臨的最大問題不止是戰爭，不止是貧困，不止是恐怖主義，不止是糧食短缺，不止是地球沙漠化，不止是金融風暴等等現代人吵鬧不休的問題，而是人類即將絕滅！因爲大氣污染，因爲臭氧層的破壞，因爲化學物質污染了人居環境及每天都必須吃的食物和水，因爲電磁波、熱輻射的影響，因爲人們承受的種種壓力增大和吸菸、吸毒、酗酒等等多種因素，男性的精子數量在急劇下降。不只數量減少，精子質量也在衰退：精子的衝擊力、突破力都在弱化。雖然各國學者早已發現了人類面臨的嚴重危險，但並沒有引起人們普遍關注。人們關注的只是金融危機，股票、房價、油料、食品的漲跌，關注的只是眼前生活上的瑣事，越關注越浮躁緊張，越浮躁緊張，卵蛋裏的精子越少越差。搞到最後，物質生活豐富了，睪丸裏的精子卻貧乏了，二者成反比；物質生活達到歷史最高水平時，睪丸裏的精子就減到零的程度，以致生不出後代，眞正成了後繼無人。

丹麥學者在二十一個國家裏調查了一萬五千名男性的精液，其精子數量只有五十年前的一半。一九四〇年，成年男性每一毫升精液平均含有一億三千萬個精子。到了一九九〇年，平均每人只剩下六千六百萬個了，而且每年還以百分之二點一的速度遞減。按生理要求，每一毫升精液裏要含有四千萬到一億個精子才算正常，如果少於兩千萬個精子，就難以生兒育女。目前，全世界的男性精液中含精子數量能達到四千萬個已經算很健康了。這使得很多夫婦懷孕不再是件輕而易舉的事情，西方發達國家有百分之二十的家庭苦於沒有孩子，中國每八對夫婦中就有一對不孕不育。

國際著名學者是從實驗室中研究出來的，而劉主任卻是在實踐中了解到的。他有個很知名的同行曾跟他說，前一陣子鬧得紅紅火火的「名人精子庫」後來悄悄關門的主要原因，並不是什麼上級主管部門的干預，而是根本採集不到合格的精子。有的雖然有活力，卻禁不起冷凍庫存。中國二十一世紀初所謂的精英沒有精子，未來的歷史學家會當成歷史性的笑話大書特書，如果未來地球上還有人類的話。

讓他更憂心忡忡的是，他經手的不孕不育的求助者，每五對夫婦就有一對無計可施。他上大學時的上世紀五十年代末六十年代初，是中國物質供應最匱乏，人民生活水平最差的時候，老百姓連新鮮的白菜蘿蔔都吃不上，天天啃鹹菜喝稀粥，還有許多人因營養不良而浮腫，但那時中國男性的精子量每毫升還在六千萬個左右。近年來，他化驗了數千例男性精液，一般來說，中國男性的精液中每毫升含精子量平均也就在三千萬個左右，並且逐年下降，更有劣質化的趨勢，即將瀕臨中國人種絕滅的警戒線。今天，三十多歲的男人活的精子就既少又缺乏活力，即使增加營養、加強鍛鍊、注意休養，也極難恢復到五十年前的水平。他研究的一個課題就是想搞清楚：這究竟是生態環境破壞的結果，還是基因的變異？如果是基因變異，那就是天要絕滅人類了。

他是個足球愛好者，他猜想，我們中國足球的陰盛陽衰，根本原因大概就在於中國男足隊員的精子數量極少、質量極差。中國男足老衝不出亞洲，對中國人種來說，是個不祥的預兆。

珊珊提出的這種要求劉主任毫不驚訝。近年來，來醫院不孕不育科室求助的夫婦，在男方無法可醫時，很多人都有這種要求。儘管這是衛生部門嚴格禁止的，但我們現在連立竿見影會危害人們健康的食品質量、嬰兒奶粉都管不過來，哪能顧及到一時對社會並無大礙的借種生子問題？

可是，種子從哪裏來？特別是優良品種，現在在「人種」市場上奇缺。經上級有關部門批准正式成立的精子庫都沒有穩定來源。中原地帶有個公開的精子庫開張了幾個月，從一百位應徵的男性中只採集到三十人的合格精子，其合格還是在大大降低了標準的情況下通過的，如果嚴格要求的話，其實全部不過關；倘若再經過冷凍，最後可能全部要當廢品處理。而這種廢品王草根又絕不會收購。至於要優良品種，對不起，無貨供應！所以，更別說處於法律邊緣、可以說是在從事地下工作的眾生醫院不孕不育試驗室了。

劉主任把這個情況告訴珊珊，倒讓珊珊大開眼界，十分驚奇。過去她把那麼多從她下面抽出的安全套中的精液竟扔進垃圾筒，現在想想眞十分可惜。她想，小姐們可以說是最好的「精子採集工作者」。

劉主任跟珊珊詳細介紹了當前「人種」市場的情況，等於同意了珊珊的要求，讓珊珊頗爲欣慰。

「那沒得關係，沒得關係！劉主任，好在老王現在還不十分著急，他才五十多歲不到六十歲，離完全喪失性功能的年齡還有一段時間，跟我生的女娃兒才一歲多嘛！等個一年半載，他中藥也吃得差不多了，我們才實施人工授精。這樣，他啥子懷疑都不會有了吵！就是請劉主任多留心點，找個最好的精子，篩選出最好的男娃兒的種子。到男娃兒生下來，第一個就要重謝劉主任！劉主任可以說是老王的救星了！」

劉主任並不在意重謝，但同意珊珊說的王草根「算是善良的、正派的、對社會還是有貢獻的」

民營企業家，同時也爲了回報王草根的知遇之情，他覺得爲王草根做這件事還是値得的，反正眾生醫院的不孕不育試驗室做的就是這種生意。王草根不愧是個成功人士，他一點生殖科學的常識都沒有，但爲眾生醫院想出的這個主意確實提升了醫院的業務量，增加了醫院的利潤，醫生員工的收入自改制後提高了很多。

叫男人硬起來的商機巨大，和微軟有得一比！

正如劉主任所說，現在中國每八對夫婦就有一對不孕不育，也就是說中國城鄉的每八對新婚夫婦中就有一對是醫院不孕不育科室的顧客，還有更多的是沒有正式結婚手續，但想要孩子的中年男女以及需要孩子安慰晚年的空巢家庭，這些都是隱形顧客，超過正式結婚夫婦不孕不育者的數量。但是，問題還是優良精子從哪裏來？

來醫院不孕不育試驗室的求助者，劉主任和醫生們幫助成功的人裏面，有些是男方沒有大毛病，調養調養就可以實行人工授精的，有的是給女方輸卵管疏通疏通，或是治好婦女常患的各種炎症即可自然受孕的。可是，求助者中男方經調養精子合格以後，當然只能給他的對象注射，絕不能偷偷地留點下來，挪用在別的女人身上。這不僅違背法規，更是違反醫生職業道德的事。劉主任到眾生醫院不孕不育試驗室，本身就有違規之嫌，但違反醫生職業道德的事他是絕對不會做的。

男方徹底不行的夫妻，要借種生子的男男女女排成了隊，人數不少於春節時候火車站的售票窗口。

30

爲了醫院老板的傳宗接代，要選出最好的精子給珊珊做人工授精，眾生醫院的不孕不育試驗室急需合格精子。而這項採購眞正的目的連不孕不育試驗室的醫生護士都不能告訴，只能含糊其辭地說「爲了科學研究，做試驗」。對外，更不能公開招標，既不能打廣告，又不能上網宣傳，只能暗地裏進行。

先是動員他們科室人員的集體智慧，卻也小有收穫：依靠本院的醫生職員，不論他們是否不孕不育試驗室的，只要是眾生醫院的醫生職員，哪家搞裝修就與裝修工們慢慢聊天，套近乎，逐漸引到醫院需要精子的話題。當然要說得好聽些，不說「買」而是說「採集」，採集完了付一定的辛苦費。有的裝修工聽到辛苦費比一星期的工資還高，笑著答應試一試。這就等於魚兒上鈎了，馬上請到不孕不育試驗室，給他一個無菌小瓶，請他進一間叫「採精室」小房間，讓他用自慰的方式把精子「勞動」出來。這樣誘導來了十幾個。讓劉主任非常吃驚的是，來的十幾個裝修工大多數年齡在三十歲左右，還有更年輕一點的，但精子不是死的就是畸形精子占了一半。這個資料讓劉主任更知道化學物質對精子的殺傷力，因爲裝修工們幾乎天天在充滿甲醛或其他化學塗料的環境中工作。

不再在裝修工隊伍中尋找了，但可以通過裝修工聯繫到其他底層群眾。可是來的這些應徵者，劉主任沒一個看上眼。外形不是有這樣就是有那樣的缺陷，如北方話說的「歪瓜裂棗」，即使精子合格，這種人的後代，不管是男是女，都不會是個可愛的兒女。如果讓急切想受孕的當事人親眼看見提供精子的人，大概也不會同意的。想要男娃兒，總要個像樣的男娃兒是不是？

後來，發現了還有「自投羅網」的，那就是自己上網宣稱自願捐獻精子的男性。

不孕不育試驗室成立後，肚皮就調來當劉主任的副手，一般應徵者都由肚皮接待。肚皮通過上網與這種好心人一一聯繫，在本市住的就很方便，一天可來好幾個。但不能叫他們像報考什麼學習班一樣一起來是不是？只能分開時間，讓他們一個一個分別來眾生醫院。這也讓劉主任吃驚，因爲上網自告奮勇提供精子的人，不是上網成癮的患有「網癮病」的人，就是城市小混混，總之，沒有一個看上去很精神、很正派、有上進心、有愛心、是出於高尚目的提供精子的自願者。進了不孕不育試驗室，在肚皮依照規矩向他交代有關事項、講解簽訂捐獻合同的條款之前，就先要求把報酬說清楚。合格不合格都先要報酬。

「要不然，哪個瘋子把這麼寶貴的精子弄出來給你嘛！」

這倒也是！他來提供精子，並不表示他事先知道自己的精子是否合格。他提供出來了，合格不合格，只有你醫院化驗的結果才知道。所以，他完全沒有必要也不可能事先給你一份精子合格的證明，因而只好由他。他進了那房間，不到一分鐘就出來了，一邊繫褲帶，一邊把個髒兮兮、四周都糊滿精液的瓶子往護士手中一塞，揣了鈔票就走。

可是，道理歸道理，這總有點叫劉主任不甘心。因爲，他又發現這些城市男青年似乎都女性化了或者說中性化了。要麼，有的男青年已不像男人，毫無陽剛之氣，蔫萎萎的，沒一點精神。不說他們的穿戴打扮，一舉一動都有女性化或中性化傾向，好像是同性戀者。要麼，就是流裏流氣吊兒郎當，坐沒個坐樣，站沒個站樣，在禁菸區叼著香菸跟肚皮聊天。說話也說不到點子上，東拉西扯，天上地下，還十分傲慢，自以爲是，肚皮的話聽不進去，仿佛只有他才是萬事通。聽了，也不按要求做，稀薄的精液仍然把無菌瓶糊得到處都是。給護士的時候嘻皮笑臉，說些下流話，把護士羞得滿面通紅，擡不起頭來。一些護士已經有想調換科室的打算。更有人往往是聽了一些性知識後哄笑一番，揚長而去。原來他們這類人不過是閒得無聊，想在網上找個新鮮花樣樂一樂而已。

優良的精子沒採集到，連辛苦費和人工成本、試劑費用等等，反而白白投入了好幾萬元。

碰到這種情況，用四川話說：「啷個辦嘛！啷個辦嘛！」

正在眾生醫院不孕不育試驗室對精子供應一籌莫展的時候，一億六出現了。

柒

劉主任的車第三天就由修理廠描上點漆，看上去比原來還要光亮。劉主任取出來，這次注意把車停在停車線內，不再占用工作通道了。他剛從車上下來，就看見那個剮蹭了他車門的小夥子站在車旁邊。

「咦！亮亮的嘛！修得眞好！我打問了一下，你就是這醫院的劉主任嘛！不過，劉主任，修了多少錢？」

「啊！不多不多，沒得關係，不用你賠了。」劉主任笑嘻嘻地說，「小夥子，但是有件事要麻煩麻煩你，這對你也是有好處的。你啥子時候下班？下了班到我辦公室來一趟行不行？」

「行！現在就行。排我今天休息，工棚裏空空的。不過，我一個人在工棚裏坐不住，到工地走走，看有啥子要幫忙的。看到你開車過來了，我想正好，就過來問問。」

眞是求之不得！劉主任笑容可掬地挽著小夥子的胳膊說：

「來！那就到我辦公室來，我們好好擺擺龍門陣。」

32

進了辦公室，劉主任又是倒茶又是拿菸。

小夥子說：「不用，不用！我不抽菸。啷個敢這麼麻煩劉主任嘛。不過，劉主任說嘛，有啥子事叫我幫忙？我不麻煩，不麻煩！」

劉主任不會像王草根那樣說話單刀直入，要先跟小夥子聊聊家常。

「小夥子，你是啥子地方人，老家在哪裏？聽你口音像是靠重慶一帶的，是不是？老家裏還有些啥子人？父母是做啥子的？」

「是的，是的！劉主任你啷個聽出來了吵？」小夥子好像他鄉遇故知似的高興，「我們縣原來也屬於四川。不過，重慶成了直轄市，就劃歸重慶管了。屋裏頭就有老爹和我繼母，他們在家種地。不過最近都當移民了，不是要修三峽水庫嘛。政府給蓋的新房，漂亮得很！搬到新房他們也不用種地了，就在屋頭養老，安逸得很！」

「那你啷個不上學吵？上了多少年學？家庭條件不錯，在家多好，爲啥子出來打工嘛？」

小夥子刷地一下臉紅了，「劉主任，給你說實話，我怕上學，一考試我就暈。不過，老師教的還不如我自己看的。我情願打工。打工多好，跟大家在一起，工地又熱鬧，又好耍，站在高處還能看好些風景。」

「那你啷個到這裏來的？這城裏還有你認得的人沒得？」

「有有有！」小夥子好像提到這城裏的人就很興奮，「我姐在城裏頭開公司。我有時間就去耍，只有我姐對我好！」

劉主任有點奇怪，「既然你姐開公司，爲啥子你不進她的公司做事，跑到工地吃苦打工嘛？」

「不過，我姐的公司只用女的，不用男的。」

「那是啥子公司嘛？沒得一家公司不用男人的。隨便給你找個工作都比在工地打工好嘛。你說是不是？」

「啥子公司我不管，不過生意很好，進進出出都是女員工。我沒看見一個男人，反正我姐給我安排的都是對的，都是對我好！再說，工地又不苦，我喜歡在工地上幹活，還不願意跟那些女的待在一起哩！不過，劉主任，你就不要客氣地說，你要我幫啥子忙？你不要看我只讀了初中，沒得啥子文化，不過，我有的是力氣，笨重活都能幹，棒棒軍（按：重慶地區靠著一根竹棒兩條繩索幫人運貨的民工。）都扛不過我！」

這點劉主任完全相信，恐怕沒有一個棒棒軍有他這樣的身體，充滿陽剛之氣，充滿活力，而且體形近乎完美。劉主任越看他越喜歡，像欣賞一幅畫一樣，眼中洋溢著讚歎甚至是羨慕。

「嗯……」劉主任難以啓齒，又不想把肚皮叫來。他還是很喜歡和小夥子交談。肚皮一來，就把氣氛破壞了，公事公辦，小夥子馬上就成了一個提供精子的工具。這樣，一點人情味也沒有了。以後再和小夥子交往，就不是朋友之間的關係，至少不是人與人之間的關係，而變成了工具使用者與工具的關係了。

「這也沒得啥子！」劉主任決定直率地告訴他，「小夥子，你曉得我們醫院這個不孕不育試驗室是醫啥子病的不曉得？我們醫院有一項業務，需要人的一些精液拿來做研究，如果研究出來，是對人類有好處的。我希望你能提供一點精液給醫院，當然醫院要付給你費用的，不會讓你白提供的。」

「曉得曉得！聽工地上人說，你們試驗室是專門治不生娃兒的。他們說起來都笑。」小夥子又困惑地問，「不過，啥子是精液？我好像沒得這種東西。要不，我去問問工地上其他人有沒得。」

劉主任意識到小夥子不懂「精液」這個比較文明的詞，和王草根一樣，必須用老百姓的說法給他解釋。

「精液嘛……」劉主任一時還眞沒想起來老百姓怎麼說法。「普通人大概把它叫『sóng』的，差不多就是這個音吧！是男人身上流出來的一種液體。每個成年男人都有的，有了這個東西才能叫女人生娃兒的。」

「啊！我曉得了！」小夥子笑起來，「我們工地一天到晚都『sóng』啊『sóng』的，特別是那些北方人。那是罵人話嘛，發起脾氣也喊『sóng』！不過，我從沒看見過是啥子樣子。奇怪！我身上就沒有流出來過，只會流汗。好像我沒得啥子『sóng』！」

小夥子已二十歲左右了，完全成熟，怎麼會沒有精液？劉主任以爲小夥子不願提供，又不好意思明說。

「沒得就算了！你也不用推辭，不想提供也沒得關係。本來這就是完全尊重提供者自願的事情，不能引誘，更不能強迫的。可是你不要在意，你就是不願提供，我們還可以交個朋友的。以後，你萬一要有個啥子病痛，頭疼腦熱的，儘管來找我。不要到別的醫院去，亂花錢，還不一定治好病。」

「不不不！」小夥子著急了，「劉主任，我不是不想提供，不過，我確實沒得啥子精液！我眞的沒見過。要有，提供一點出來怕啥子的嘛？我還獻過血呢！」

劉主任又碰到新鮮事。從小夥子表情來看，一臉坦誠，絕對是老實話。但是，一個生理上完全成熟、身材近乎完美又體強力壯的小夥子竟沒有精液！這不是又一個特殊病例是什麼？

「我問你，請你不要在意，我完全是從人的生理科學出發的，你要實話回答我。如果你眞是沒得精液，那在你這個年紀來說，就是一種病態。我還要給你治一治的。不然，對你一生來說都是很痛苦的，而且，你將來也不會有子女。」劉主任認眞地問道，「我問你，你不要不好意思回答。你既然知道我是劉主任，又知道不孕不育試驗室是治啥子病的，就知道我是醫啥子病的醫生，對醫生，沒得啥子話不可以說的。這問題就是，有時候你的生殖器，也就是你們老鄉常說的『雞巴』，會不會有發脹的感覺，能不能硬得起來？」

劉主任吸收了對王草根的經驗，想把話說得讓農民工明白，所以用了「雞巴」這個詞。

小夥子臉紅了，埋下頭，不敢看劉主任。吞吞吐吐，語焉不詳地回答：

「那那那……有時候，是會脹起來的，會硬的。」

「那在啥子時候呢？是見了你喜歡的女人，還是早上晚上？」

「我也沒得啥子喜歡的女人。不過，就是有個女朋友，那也是在一起耍耍的，跟下面硬得起來硬不起來沒得關係。」小夥子低著頭說，「不過，有時候早上、半夜裏，下面就會自己硬起來。」

「硬起來的時候，你自己有沒有用手去弄過它？一直到精液，也就是『sóng』流出來，它才會軟下去。」

「用手去弄它做啥子嘛！不過，有時候，睡倒、睡倒，倒是會流出些東西把褲子和床單弄得硬邦邦的，第二天還要洗。不過，我不曉得流出來的是啥子，那不應該是精液嘛！既然叫『精液』，就應該跟尿一樣是液體對不對？」經劉主任一番開導，小夥子明白這是醫生和他的對話，所以回答坦白、流暢了很多，儘管用了不少「不過」。「不過」好像是他的口頭語。

「嗨！」劉主任一下子釋然了，放鬆地靠到椅背上，「那就是精液吵！你不知不覺讓它流出來的時候，它是呈液體狀的，跟水差不多，就是比較稠一點，跟米湯一樣。第二天早上，它就乾了，乾了以後，它就跟糨糊似的一片一片地黏在褲子上了，就會像你說的那樣，變得硬邦邦的。小夥子，你沒得病，你是健康的。不用擔心！」

「要是那樣，我完全願意提供給你做科學研究。我曉得歷史上還有好多人爲了科學研究獻身的嘛！」小夥子擡起頭來，高興地說，「不過，啷個能把髒褲衩提來嘛！那眞不好意思！」

劉主任笑道：「你如果願意提供，當然不能用隔夜的，也就是你說的變得『硬邦邦』的那種。我們需要的是新鮮的，是剛從你生殖器裏流出來的那種。」

「那啷個等嘛！」小夥子很驚訝，「它有的晚上流，有的晚上不流，不過，我又不曉得它啥子時候會流。它是不知不覺自己流出來的，不像尿尿一樣，我想尿了就尿出來了。不過，它可不是我想叫它流它就流的。」

「如果你願意，小夥子，我們專門有間房間，讓你一個人在裏頭，你可以用手把精液弄出來。弄出來的時候，你把它射到我們給你的一個小瓶裏。這樣你的任務就完成了。」

「用手弄？」小夥子大惑不解，「用手啷個弄得出來嘛！它是我不知不覺的時候自己流出來的嘛。不過，用手恐怕弄不出來。眞不好意思！」

劉主任才知道這個純樸的小夥子從來沒有自慰過。當今，一個二十歲的年輕人從未自慰過，眞是鳳毛麟角！劉主任越發喜歡他了。出於喜歡，所以他覺得由他來教小夥子自慰是個罪過。可是，他又一時想不出其他方法，即使是慢慢誘導，他覺得也有犯罪之嫌。因爲他是上世紀六十年代初的大學生，畢業於「文革」之前。那時，師長的教誨和各種青年讀物上，都把自慰稱作「手淫」和「自瀆」，是一種自己褻瀆自己、自我傷害的惡劣行爲，對青年人的身體絕對有害無益。而他通過醫療實踐，也確實發現許多不孕不育的病例，是由於男方在年輕時自慰過度而導致的。他想，如果由他來教這樣一個純潔的小夥子自慰，從而使小夥子染上自慰的惡習，眞是罪莫大焉！

33

兩人只好尷尬地坐著，教小夥子自慰的話劉主任無論如何說不出口。他又不想把肚皮叫來。肚皮一來，不知道還會教小夥子一些什麼不應該知道的事。小夥子更不懂怎樣才能滿足劉主任的要求。沒有滿足別人、特別是這樣一個剛壞了他的車都不叫賠的人的要求，小夥子覺得非常歉疚。

「啊！」僵坐了片刻，小夥子猛地跳起來，一拍巴掌，「我有了法子了！我跟我姐問一下，她有法子，啥子法子她都有！我跟她問一問就曉得了。」

劉主任覺得這小夥子好像心智還沒有完全成熟，有個監護人在旁邊看著取精、簽訂捐獻合同比較穩妥。如果監護人同意，由監護人來教小夥子怎樣用手讓精子射出來，那就是監護人的事了。

「好好好！那你就回去跟你姐先商量一下。我等你們商量的結果。」

「不用不用，我這就給我姐打個電話。」小夥子掏出手機按了一下，似乎他的手機上只有這個號碼。剛「嘟嘟」兩聲，電話就有人接了。

「好了好了！你罵啥子嘛！」小夥子一下子變得很調皮，「你要再罵我回都不回來了。我喝啥子湯啊！我就是不愛喝你那廣東學來的湯才不回去的。不過，你留給陶警官喝去！你不要亂吵，我耳朵都痲了！不過，你聽我跟你說吵，眾生醫院的劉主任是個很好的人，我把他車剮壞了，他也不叫我賠。他要我捐獻一點啥子精液做科學研究，不過，這精液啷個能弄得出來嘛？我問你的就是這個問題。你啥子法子都有，教教我嘛！」

電話那邊說了幾句話。小夥子掛了手機說：

「好了好了！不過要等一等！我姐馬上過來。我啥子都是她教的，她就跟我媽一樣！」

劉主任這天早上正好沒有其他求助者，即使有，他也不會接待了，決定專攻這個小夥子。這個小夥子不是一個特優的精子供應者，就是一個非常特殊的病例，拿出全部工作時間加業餘時間都是值得的。

在等待他姐姐期間，劉主任就給小夥子講生理知識，特別是性科學知識，從書架上取下生理衛生和性科學的書，一面讓他看圖一面給他講解。小夥子非常驚奇，也非常感興趣。

「啊！娃兒是這樣生出來的哦！這你說啥子『精液精液』的，我才明白了。不過，我的精液啷個會晚上自己流出來吵？不用女人它也會流出來，你說有沒得啥子問題啊？」

劉主任給他解釋，對年輕人來說，這是完全正常的。這叫做「夢遺」，像他這個年紀，一個月中有兩到三次夢遺，只要夢遺的第二天仍然有精神，有力氣幹活，根本不必擔心，還表明他身體是健康的。

「不過，劉主任，我沒作啥子夢嘛！我從不作夢，它啷個自己就流了吵？」

「那你覺得不覺得它往外流的時候，你有種舒服的感覺嗎？」

小夥子笑了，「那倒有！那倒有！是有種說不出來的舒坦。不過，那對我身子有啥子妨礙沒得嘛？」

正說到這裏，劉主任看見窗外開來了一輛藍色的VOLVO，在不孕不育試驗室平房門口緩緩停下。

一會兒，劉主任辦公室的門就響起敲門聲。

劉主任去開開門，門外亭亭玉立地站著一位美麗的少婦。

捌

少婦向裏張望了一下，看見她弟弟果然在裏面，先有禮貌地問了問劉主任：

「我可以進來嗎？」

這時，小夥子已經站起來，「姐姐、姐姐」地叫開了。

劉主任知道了她就是小夥子的姐姐，連忙說：

「請進，請進！」

少婦比珊珊漂亮得多，比珊珊更文雅恬靜，既嫵媚又端莊。雖然不像珊珊那樣全身名牌，但衣著剪裁得體，顏色搭配合適，既顯得華貴，又很大方，比起珊珊更像個白領。珊珊是張瓜子臉，少婦臉是鵝蛋形的，豐滿而又有點福態，非常符合中國古代美人的那種臉形。少婦沒等劉主任讓座，迫不及待地挨著小夥子坐下。一面給小夥子拽抻抖衣領，一面嘮叨：

「你看你，領子這樣翻起子？像個啥子樣子？在工地打工也要注意外表吵！早飯吃了沒得？你說你今天排休，我一早上煲了一鍋湯等你，就不見你來。剛想給你打手機，就接到你的電話了。啥子『弄出精液』來嘛，笑死人！」

少婦這時才轉臉問劉主任：

「到底是啷個回事？我弟弟說不清楚，弄得我莫名其妙，我才趕了過來。我聽說過你們不孕不育試驗室，也曉得你們是醫啥子病的。啷個用得到我弟弟嘛？要把我弟弟的精液弄出來，究竟要做啥子嘛？」

少婦問題雖然很嚴厲，但語氣和神態都沒有興師問罪的意思。劉主任知道，對這樣一位城市白領，絕不能有絲毫隱瞞，更不能繞著圈子說話，何況她早知道不孕不育試驗室是做什麼的。劉主任和王草根及珊珊談過話後，不自覺地受到感染，覺得只有直截了當是最好的談話方式。行就行，不行的話，也不會讓對方感覺受到欺騙。

劉主任給她泡了杯茶，「小姐，請問貴姓，怎麼稱呼？如果你有時間，我一定把事情的來龍去脈給你擺清楚，絕不會對你弟弟有一點點傷害。」

少婦接茶杯時起立了一下，笑道：

「免貴，我姓陸。現在叫『小姐』難聽，叫『女士』我還沒有結婚。劉主任，我看你還是面善的人，你就叫我『小陸』好了。時間嘛，我有的是，只怕誤了劉主任你的事。」

實際上，小陸在整個C市，無論年紀大小的人都稱她爲「陸姐」。爲了小說敘述方便，並且她又是一億六的姐姐，我們也跟著以「陸姐」稱呼好了。

劉主任回到他辦公桌前坐下，也像王草根似的竹筒倒豆子，把不孕不育試驗室目前的困境和採集精子的目的及過程，一五一十地告訴了陸姐。

「坦率地說，我到這裏來，還有個個人目的。」說得興起，劉主任索性把全人類面臨的嚴重危機：男性精子數量每毫升原先是多少，生理學上應該是多少，想生娃兒必須是多少；後來從什麼時候開始下降，因爲什麼原因下降，直到今天，男人每毫升精液中有三千萬個精子就算健康的值得憂慮的狀況，詳詳細細地向姐弟倆介紹，等於給他們講授了一堂科普知識課。

劉主任特別強調，通過他本人親自調查的中國男性目前精子數量的短缺及質量弱化，眞可以說「中華民族到了最危險的時候」！

「現在生的娃兒很多先天不足，天生就缺少對各種疾病、各種病菌的抵抗力和免疫力；弱智、殘疾、畸形兒增多，這都和男性的精子和女性的卵子質量有一定關係，特別是男性精子。我是搞優生優育的，並不完全是來治不孕不育的。我到這裏來，是因爲王草根先生這裏的設備比較好、比較新。所以，對你弟弟，我只覺得他這麼個帥小夥子的精子可能優良一些，一點點惡意都沒得！請你放心，你同意你弟弟捐獻當然好，不同意的話，請你弟弟提供一點精液專門供研究用，我都對你感激萬分！」

姐弟兩人聽得目瞪口呆。用舊小說的語句描寫陸姐再合適不過，叫「花容失色」。陸姐雖然滿腹經綸，也絕沒想到這中間有那麼大的學問，關乎人類還能否繼續在地球上生存下去那樣天大的問題。

陸姐怔了好半天，才仿佛透過氣來。

「哎呀！我說，怪不得！我們過去在農村，娃兒坐在地上耍，灰堆裏刨出來的也吃，掉在屎屉上的東西也撿起來往嘴裏塞，也不見得啥子病，還光著屁股到處跑。現在可好！冷了也病，熱了也病；至於吃的，稍微不注意馬上得病，奶粉豆漿裏有一點點不對頭就受不了！我的媽啊！眞是嚇死人！」

陸姐到她十分受驚的時候露出了眞面目：原來也是個農村進城的暴發戶。

然而，陸姐是個上過大場面、經常與素質較高的人應酬的女人，很快鎮定下來，誠懇地對劉主任說：

「劉主任，今天我沒有白來，聽了劉主任的這番話，增加了好些知識。我才曉得男人的精子質量是男人健康的一個重要指標。這麼說，我還有點事請教劉主任。不瞞劉主任說哈，你也許稀奇我弟弟這樣帥、這樣標致、這樣年輕的小夥子啷個會在外打工，而他姐姐也不是沒得錢供他上學。劉主任你坦率，我也老實。我一年的收入也有近百萬，不是我不供他上學，更不是不願意供他上學。」陸姐眼睛有點濕潤，「我們原來也是農村的，我們媽去世得早。他是我十歲時候我媽生的。他是媽媽難產生下來的，我媽生下他，就死在產床上，快得很！所以，我們爹爹就特別不喜歡他，不只不喜歡，簡直可以說是恨！動不動就打，動不動就打！我爲了護他，脊背和胳膊都不知挨了我們爹爹多少棍子。可是我們爹一面打他一面哭，喊我媽的小名，你說又啷個辦嘛！我們能恨自己的親爹嗎？當然不能！他從生下來那天就是我帶的。我一個十歲的女娃兒帶個剛生下來的娃兒，一口水一口米湯地餵，晚上要爬起來換幾遍尿布。我還要上學，那時候功課又重。十歲的女娃兒一邊上學一邊當媽，全中國恐怕就我一個是背著個小娃兒上課的。你說艱難不艱難？我們學校好，老師也好，曉得我家的情況，准許我背個娃兒到學校來。後來，我就給我們老家捐了個希望小學。所以，劉主任，請你理解，爲啥子他都二十歲了，我還不讓他自己做主，啥子『捐獻精子』，我非來過問一下不可。」

陸姐見劉主任同情地點點頭，再往下說：

「我一把屎一把尿地把他帶大，帶到他八歲，我也十八了。那時候，農村這個費那個稅，多得你數都數不清！他要上學，又要這個錢那個錢，繳了課本費，還要繳作業本費。哪像現在，全免了！我實在沒得法子，才到城裏打工，主要就是爲了供他上學。可是，他一上學就跑，一上學就跑！他逃學逃得在全村都出了名了。他又不淘氣，不亂來，逃學就是在野地裏四處逛，跟鳥說話，跟魚說話，跟花花草草說話。學校的老師找我爹，我爹就是一頓棍子，劈頭蓋臉，不管哪裏一頓亂打。你說叫我啷個辦嘛！我只有在城裏頭吃苦，啥子掙錢幹啥子！好不容易到他十六歲，我也二十六了。我不管啷個也要把他接出來！回到老家請校長，請老師，勉強給了他一個初中畢業的學歷。到了市裏，給我公司幹活吧，老實說，也不方便，女的多，我怕環境對他影響不是很好。他先是死活要到深圳去，我就託朋友照顧他到深圳。劉主任，你說這娃兒哈（傻）不哈嘛？打了一年多時間的工，不曉得跟包工頭要工錢。工程完了，包工頭不付工錢，其他農民工要拚命、要爆炸、要跳樓的時候，他還在給包工頭幹活！搞得一幫農民工惱火了，要打他。眾怒難犯嘛！虧得我託的朋友跟我打招呼，我又把他從深圳接回來。回到城裏，叫他待在家裏啥子地方也不要去了，他不管吃啥、穿啥、玩啥我都養得起他。可是一會兒他就不見了，又跑到工地打工了。我找到這個工地把他拽回來，他又跑到那個工地，我再去拽回來，他再跑，搞得我只好由他出去打工了。」

陸姐說到這裏悽愴流涕，愛憐地看著弟弟，緊緊地握住弟弟的手，好像怕他又跑了似的。

小夥子卻好像無所謂的樣子，笑嘻嘻地撫摩著姐姐的頭。

「好了好了！又來了！又來了！不存在！不存在！不過，我喝你的湯就是了！」

陸姐順勢鑽進小夥子懷裏，埋住臉哭了一場。

劉主任心頭很是酸楚，他完全想像得到一個十歲的女娃兒撫養剛出生的嬰兒的艱難。他見過不少父女母子有這樣深的感情，姐弟之間如此情深還從未見過。

陸姐用面巾紙仔細地擦乾眼淚，稍稍整了一下容，擡起頭來，正色地對劉主任說：

「劉主任，我剛剛把我們前前後後的眞實情況告訴你，是想弄明白我左思右想一直想不通的問題，如同病人找醫生看病一樣，啥子都不能隱瞞。你看！他這個樣子，非幹活、非體力勞動不可！不能、也不願腦力勞動，見了考試就害怕；在家待不住、坐不住、閒不住。我想，是不是他身體裏有啥子毛病？是不是讓我們爹爹打壞了？他一進城，我就帶他到醫院做全身檢查，比現在給幹部做的體檢還要細。只要他在我身邊，每年都要給他體檢一次。CT也做過了，全身掃描，連腦子都掃描了。結論都是沒得病，腦子也好好的，啥子病都沒得！劉主任你剛才說，男人的精子也能化驗，這我過去還眞不曉得，也沒給他化驗過。所以，今天就請你爲他化驗化驗他的精子。他剮了你的車，該賠多少就賠多少，化驗精子要多少費用，我一個不少地繳費。可是，我們話要說在前頭：他精子的數量質量不管好不好，都絕對不能用作其他用場。我知道現在外面有好多借種生子的事。我不能把自己弟弟的精子讓別人家拿去生娃兒！這生下來的算啥子嘛？是我們姓陸的骨肉，還是別人家的兒女？我弟弟的精子要是跟女人生下娃兒，不管是男是女，是啥子弱智、殘疾、畸形兒，我都要！如果把他的精子在別的女人身上人工授精，即使沒生出娃兒，我也一定要把官司打到底！你說行不行？劉主任能不能保證這些？能保證的話，我一定支援你的科學研究！」

「小陸，我們說到這裏，我覺得我們已經是朋友了。」劉主任實心實意地說，「其實，啥子車的問題根本不在話下，不要說只有那麼一點點剮痕，就是整個碰壞了還有保險公司呢。啥子化驗費你更不要提，我不是說了嘛，我感謝還感謝不過來呢！至於他的精液，我們當場化驗，把化驗結果告訴你，剩下的精液你看著處理掉它。我要的只是資料，其他啥子都不要！如果有人偷偷地把他的精子冷凍起來，給別的女人人工授精或者是做試管嬰兒，不但你不答應，要打官司，我還堅決要鬥到底呢！因爲那絕對是違背醫生職業道德的事！」

35

小夥子聽說他姐同意他提供精液出來供劉主任做科學研究，十分興奮，又十分好奇，跟著劉主任和他姐到了採精室。他們到時，兩個護士已經在門口等著。

劉主任在辦公室就向陸姐說了，她弟弟根本不知道什麼是自慰，不會用手使精液射出來。陸姐雖然也感到有些不可思議，但她說她會教他的，解決了劉主任面臨的最大難題。陸姐拿著護士給她的瓶子，和她弟弟一起進了房間。

採精室就是王草根和珊珊進過的那間，但自他們用完後，耀眼的白被單白枕頭都換下去了，尤其經過幾十個人在上面自慰，弄得比小招待所的床鋪還要髒，更有一股難聞的味道。

進了採精室，陸姐叫弟弟脫褲子。弟弟倒很聽話，他從小就聽慣了姐姐的話。從他有記憶開始，就是他姐姐幫他洗澡的，一直洗到他自己會洗澡爲止，所以，姐姐叫他脫褲子他就脫褲子。

「把『小雞雞』拿出來嘛！」

拿出來就拿出來。他在姐姐面前一點不害羞，毫無保留地把「小雞雞」掏了出來。陸姐看見好久不見的「小雞雞」竟然長得這麼大了，不禁覺得很自豪，也很感慨。日子過得眞快呀！她想起她給弟弟洗澡時的樣子，想起她一口一口給弟弟餵飯餵水的情景，想起她背著弟弟在上學的路上教他牙牙學語，弟弟學會了一句話時她那種喜悅的心情，想起她摟著弟弟坐在江岸邊一面搖晃一面觀望船來船往的快樂，想起他們姐弟倆的相互依偎又相依為命，她的淚水幾乎流出眼眶，但還是強忍住了。

她非要搞清楚弟弟究竟有什麼毛病不可，不愛學習專愛勞動，還專跑到不愛付工錢的包工頭的工地上勞動。想當初，她就是為了能讓弟弟上學而背井離鄉到城市打工，獨自在街頭淒涼彷徨，好不容易奮鬥到榮華富貴了，這個弟弟卻偏偏不愛上學，完全背離了她來城市的初衷。她真正搞不懂、搞不懂！萬分搞不懂！

「你看，」她先用自己的三根手指輕輕地捏著弟弟的「小雞雞」，上下活動了幾下作為示範，然後拿起弟弟的手，叫他也照她一樣動。

「就這樣，你慢慢地上上下下這樣動，動動動動，『小雞雞』就會慢慢硬起來。硬了一會兒，你的精液就會自然而然地射出來，就和尿尿一樣，你要朝這小瓶瓶裏尿，不要尿到外面了。尿完了，就叫我一聲，我會進來拿的。」

出門時，陸姐在弟弟身邊放了一疊面巾紙。「尿完了，你自己擦乾淨。」

陸姐出來，把門輕輕帶上。

「好了，讓他一個人慢慢來。第一次可能很快，也可能時間比較長，我們等一會兒吧。」

劉主任覺得這個「沒有結婚」的陸姐比他還了解男人。

可是，等了足足有十分鐘，還聽不見弟弟叫她。陸姐有點不安了，對劉主任說：

「是不是有啥子問題呀？哪個這麼長時間還不出來？」

是的。劉主任和護士們的經驗，一般來說，精液提供者進門後最慢的也不過五分鐘，有的甚至一分鐘就出來了。

「我還是進去看一看。」陸姐不放心地推開門。

劉主任也趁機在門外向裏張望。只見她弟弟還是坐在小床上，一臉無奈的表情看著自己的「小雞雞」。手雖然放在「小雞雞」上面，然而「小雞雞」並沒有勃起，軟軟的，不注意的話根本看不見，只看見一疊雪白的面巾紙。

「它啷個不像你說的那樣，它不硬起來嘛！不過，我也不舒服嘛！」弟弟向姐姐埋怨，「我弄了半天，越弄越小。我看，還是晚上等它自己流出來的好。」

劉主任也進了房間。「這樣，我先檢查檢查他生殖器的外部形狀，看有沒得啥子問題。對一般求助者，我們都是要首先檢查生殖器外部形狀的。」

劉主任在陸姐弟弟面前蹲下，弟弟任憑劉主任拿起他的生殖器翻來覆去，又是觀察又是捏弄。他低著頭一臉沮喪。檢查完了，劉主任站起來，向陸姐說：

「你弟弟一點問題都沒得！完全正常，甚至可以說非常標準。這是值得祝賀你們姐弟的！在你來之前，我跟他談了很多。他有的晚上也會遺精，這證明他會勃起，也有精液。我這又檢查了，內外都非常正常。他就因爲從來沒有自慰過，可能越弄越緊張，緊張了就往裏縮。這也是正常的。」

不用劉主任解釋，陸姐已經從弟弟「小雞雞」的圓面直徑看出來，弟弟的「小雞雞」是個龐然大物。她知道北方有句醜話：「搖球不出門，出門日死人。」弟弟就具有這樣的「搖球」。緊張、寒冷或是沒有欲望時，縮得很小，一旦發威，立即怒髮衝冠，如巨蟒出洞，會使女人尖叫。

「那還是請你們出去一下，我來啓發啓發他。」陸姐有把握地說，「反正我今天一定要給他檢查檢查精子。萬一他眞有啥子病是別的檢查手段看不出來的，不治好，那不是害了他一輩子？」

劉主任和護士退出後，陸姐在弟弟旁邊坐下，細聲款語地說：

「弟弟，你要放輕鬆些，一面弄的時候，一面要想哪個你看起來漂亮的、你喜歡的女子。這樣，你的心情才會高興吵、歡喜吵！你好好想想，哪個女的漂亮，你又喜歡？」

弟弟想都沒想就說：「我看就你漂亮，就喜歡你吵！」

陸姐心頭雖然一陣甜喜，但還是故作生氣的樣子拍打了一下弟弟說：

「胡扯！我要你想其他的女人，能跟你結婚的女人。啥子鞏俐呀、章子怡呀！還有趙薇、莫文蔚呀這些和周星馳配過戲的。啊！你不是喜歡看周星馳的《大話西遊》嗎？想想那裏面的紫霞仙子呀。還有！你說做洗面乳廣告的那個女子和做家具廣告的女子，哪個好看？一個叫李嘉欣，一個叫關之琳，兩個女子都是香港的。你就一面弄，一面想她們那樣的女子，一會兒，精液就自動流出來了。」

「姐姐，你眞可笑！那些是平面的嘛，沒得一點立體感。她們能跟我結婚啊？我看你才是癡心妄想！哪個想她們嘛！不過看看就是了嘛！」

「那你就想你平時在大街上，在姐姐公司裏頭，你看上哪個也行嘛！反正你覺得你喜歡的、好看的就行！」

弟弟想了一會兒，有點不好意思地說：「我覺得二百伍還可以！」

陸姐忍不住「噗哧」一聲笑出聲來。

「那你就想二百伍吧！你就一面想二百伍，一面弄。我在外頭等你。」

知弟莫若姐，弟弟是姐姐一手哺養大的，還是姐姐有辦法。這次，只有七、八分鐘，弟弟在裏面就叫「姐姐姐姐」。陸姐進去，像得到勝利成果似的，高舉著滿滿一瓶像粥一般稠稠的精液出來。

陸姐是非要等到弟弟精液的化驗報告出來才會放心地走。於是劉主任就陪他們姐弟兩人坐在化驗室外面聊天。化驗室的隔牆是整面玻璃，陸姐隔著玻璃就能看到裏面的一切活動。一般獻精者的精液化驗報告，要等兩三天才會有結果，但特殊人物特殊精液特殊處理，享受首長級待遇。劉主任把不孕不育試驗室全體醫生護士都動員起來，全力以赴，「下定決心，排除萬難，去爭取勝利！」肚皮在化驗室裏坐鎮指揮。

三人在玻璃牆外面東拉西扯地剛聊了幾句，就聽見化驗室裏的化驗員驚呼：

「劉主任、劉主任，你快來看吵！你快來看吵！」

劉主任急忙走進化驗室，只見電腦熒屏上呈現出密密麻麻的精子圖像，一個個小蝌蚪活蹦亂跳，好像會蹦出熒屏，蹦到觀眾懷裏，看的人不僅眼花撩亂，並且想準備隨時用手去接。劉主任一拍腦袋，暗自高興：

「中華民族還是有救的！」

但他外表仍然顯得很鎮靜，對肚皮和醫生化驗員們說：

「再繼續做，再繼續做，趕緊把眞實資料做出來。」

劉主任走出化驗室，不露聲色，還是在陸姐旁邊坐下。

陸姐忐忑不安地問：

「啷個？啷個？是不是有啥子毛病？」

「你儘管放心，不會有啥子毛病的。他們有點不懂，叫我去調整一下儀器。稍等一會兒，結果就會出來的。」

弟弟並不關心結果，饒有趣味地看牆上的醫學掛圖。男性生殖器他還看得明白，女性生殖器他越看越糊塗。

「唧個那個樣子的嘛！沒個遮攔，不過，洗起澡來水都灌進去了嘛！」

眾生醫院不孕不育試驗室的設備就是新，就是好！化驗報告不一會兒就交到劉主任手上。劉主任讓陸姐穿上白大褂進入化驗室，親眼看著把小瓶瓶裏剩下的精液倒進廢品筐，又把小瓶子裏外洗得乾乾淨淨，才把姐弟兩人又請回他的辦公室。

「恭喜恭喜！你弟弟非但啥子毛病都沒得，還是個國寶呢！」劉主任關上辦公室門，才笑逐顏開，向陸姐翻開化驗報告，「不說別的，他的精子數量就驚人！」劉主任指著其中一欄，叫陸姐看，陸姐只看見一行像中學數學課本上的數學方程式。「你看，你弟弟的精子量每毫升超過一億六千萬個，現在全人類裏有這樣高的精子量的，可以說極少極少！活動力和存活率也非常高，都超過應有的正常水平；精子形態正常的有一大半，幾乎沒得啥異常形態的！因爲你急著要，精子在培養基內存活的時間、耐凍的復蘇率和穿卵率還做不出來。但是，有了上面這些，就足夠說明你弟弟是個超強的、不平凡的小夥子，是老天爺賜給我們中國人的！說句難聽的話：他是個最理想、最優良的『人種』！說笑話、說笑話！你別在意。我實在高興得不得了，才開開玩笑。平時我根本不說笑的。」

陸姐哪顧得上「在意」，笑著像弟弟的精子一樣，在劉主任的辦公室裏活蹦亂跳，又摟著弟弟的臉親吻：

「啊！你這個一億六哦！一億六哦！我說嘛，你又漂亮又聰明，啷個會有病吵！姐姐更疼你了，疼死我了！」

「一億六」就這樣成了一億六。

一億六卻毫不在乎，側過臉避開姐姐的嘴唇，「你看你，這像啥子嘛！在劉主任面前，你得尊重人家吵！這，不過，我就不回去喝你的湯了，行不行？」

「行行行！你想啷個樣就啷個樣！姐姐曉得了你完全沒得啥子病，啥子都由你！」

等姐弟倆稍安靜下來，劉主任很嚴肅地說：

「小陸，你別再說你弟弟有病了。我聽了你說的你弟弟的行爲，我覺得，不是他有病，而是我們這個世界、我們自己出了啥子毛病！」

玖

陸姐拿著一億六的化驗報告複印件，興高采烈地開車回家。一億六說不喝她的湯，要跟劉主任去吃飯。爲了化驗一億六的精液，不孕不育試驗室全體工作人員加班到下午一點多也沒吃飯。陸姐就從絕非仿製的正牌LV女用手提包中拿出一沓鈔票，數也沒數，給了一億六叫他去請客。

陸姐住的小區叫「西城王邸」。現在的房地產開發商以爲把他們蓋的樓盤名稱叫得越響亮越好賣。「白宮」、「白金漢宮」、「凡爾賽宮」、「克里姆林宮」這些名稱不好隨便用，但什麼「王邸」、「王府」、「帝居」、「皇苑」等等名稱老百姓還是可以享受的，因爲不管什麼王什麼帝，都死得只剩骨頭了，沒人來指責他們冒名頂替或是找他們要知識產權費。

西城王邸也算C市的豪宅，陸姐擁有一套二百二十多平方米的住房，在西城王邸中屬於中戶型。即使這中戶型，陸姐一個人也住不過來，一億六又不願跟姐姐住在一起，愛跟打工仔住工棚，那多熱鬧。然而，陸姐也不會寂寞，陶警官常來陪她，陪她的時間超過他在家和正式太太一起的時間。陸姐和陶警官兩人的關係已有十年，比正式夫妻的感情還要好，雖不常同床，但始終魂牽夢縈。其實，不是夫妻的男女情人，比正式結婚握有結婚證的夫妻會更加如膠似漆，因爲他們沒有證，只有眞情實愛才是最好的證。眞情實愛完結了，同床異夢，各想各的，什麼證都維繫不住。古人眞是說得對：

「兩情若是久長時，又豈在朝朝暮暮！」

一億六不喝她煲的湯。陸姐在開車路上時，就給陶警官用手機打電話，叫他來喝。陸姐進了家門，就見穿便服的陶警官坐在沙發上等她。陶警官有房門鑰匙，隨到隨開門，和自己的家一樣。陶警官今年也有四十歲了，雖然穿便服沒有穿警服精神，但仍可用「英俊」兩字形容：腰板挺拔，高鼻梁，細眼睛，不穿警服也讓人有三分敬畏，尤其在他瞇起細眼看人的時候，好像會把人看透一樣。

「啥子了不起的喜事嘛？看你滿面春風的。」陶警官一面翻雜誌一面說，「正好我在等一個線人的報告，有點空閒。不然，我還來不了呢！」

陸姐撂下LV就撲進陶警官懷裏，要摟著他親吻。陶警官側身避開了點，「不忙不忙。你先說說你的喜事，我聽聽嘛。」

兩人已經像老夫老妻了，什麼親吻已不在話下。

陸姐拿出一億六的精液化驗報告，高高舉起左右搖晃，像舉起《足球報》剛發行的「號外」：中國男足衝進了世界盃！

「你猜這是啥子？」

陶警官一把拿過來，一頁一頁地翻看，顚來倒去看不明白。

「這是啥子?我只曉得是小弟的身體檢查報告。還是你說嘛,究竟啷個了?不要跟我打啞謎吵!」

「虧你還是警察!連化驗報告都看不懂,你還能破啥子案子嘛!」陸姐笑話他說,「你看不懂上面寫的呀?」

陶警官也笑了。「老實說,我只看得懂屍檢報告。我看得懂死人的,看不懂活人的!小弟活蹦亂跳的,我老跟你說,他沒得啥子毛病、沒得啥子毛病!你老不聽!」

「這我才相信了吵!」於是,陸姐把劉主任的話原原本本告訴了陶警官。

陶警官聽了非常驚訝,沉默了一會,嗖地站起來,若有所思地在房中踱來踱去。

「我說嘛,我說嘛!不是啥子社會問題,不是啥子制度問題,聽你說劉主任的話,我總是想不明白的事,今天才恍然大悟:是人種壞了嘛!是我們人種壞了!你曉得不曉得?」

陶警官站在客廳當中,像給陸姐做報告似的大發牢騷:

「你說,一個七歲的娃兒,就因爲老師批評了兩句,就跳樓自殺。現在的娃兒啷個那麼脆弱!娃兒自殺了,家長不依不饒,又把老師逼死了。老師也脆弱不堪!才十二歲的兒子,老子不讓打『電玩』,硬是拿刀把老子砍了十幾刀!七、八歲的娃娃勾結同學回家偷東西,外婆發現了,幾個娃兒竟然把他外婆用枕頭捂死,外孫還站在旁邊看!前幾天,一個女大學生,就爲了兩千塊錢,被人騙去用陰道偷運海洛因。還是個處女呀!啷個那麼傻?我想,她還不如當小姐去呢!傻成這樣!這關社會啥子事了?關制度啥子事了?說貪污和制度有關係,我當然百分之百地同意!可是貪污來的錢一分不花,幾千萬人民幣一大捆一大捆裝在紙箱裏頭,藏在衛生間裏讓水漚爛。古人還知道挖個窖埋起來哩!你去看看那些貪官,把貪污來的錢是啷個處理的,你看了都會笑死!幾百萬上千萬一捆捆地就塞在床底下、衣櫃裏、抽屜裏，既不揮霍，也不洗錢，動也不動，難道是就圖了每天看著舒服？你說，這又和制度有啥子關係？你說，這不是人種壞了是啥子？你剛才笑話我破不了啥子案子。老實說，現在的案子你查都不用查，低級得很！我是英雄無用武之地。我想破個高級複雜的案子，像福爾摩斯那樣，像波洛那樣，像李昌鈺那樣，破得過癮的案子都沒得地方去找！案發了，跑到現場一看，啥子都是明明白白地擺起子！還用偵查？只要想法把犯罪嫌疑人抓住就行了。所以社會上的人看起我們警察來，好像盡在抓人，沒得別的幹。唉！人種壞了！人的種子壞了，咋整都不行！」

「你生啥子閒氣嘛！我不認爲你說得對。這不是還有弟弟的一億六嘛！」陸姐驕傲地說。

「是呀！你還有個國寶！可是，我先提醒你，信不信由你：這個一億六的國寶，馬上就會有人來搶！這點，我們可要當心！」

陸姐不以爲然。「一個大活人，哪個能搶起走？搶也好嘛，那不就是像《搶新郎》那齣戲裏面的？就結婚了吵！一億六、一億六，你叫得眞好聽，以後，我們就叫他『一億六』！」

「喝湯喝湯！我本來在局裏頭吃了中飯的，你的一億六把我肚子又搞餓了。」

現在，凡是能稱爲「寶」的，都會有人打壞主意，這是警察的本能反應，也是警察的直覺。但陶警官覺得跟她說爲時尚早。看她並不在意，也不願她驚慌。過去成天提心吊膽弟弟的腦子有什麼毛病，以後，成天提心吊膽弟弟的安全，何必多此一舉，讓她老是緊張，只好笑著說：

「一億六，一億六！我想，我年輕的時候也有一億六，這麼多年，大概被你整得只剩下三千萬了，剛及格！」

38

正如陸姐自己所說，一億六八歲時，她中學畢業，而弟弟也到了非上學不可的年齡了。「他要上學，又要這個錢那個錢，繳了課本費，還要繳作業本費。」使爹爹本來就夠沉重的負擔更加沉重。

爹爹板起面孔，皺著眉頭對陸姐說：

「上啥子學？就叫他跟著我種田！把你供到中學畢業，已經對得起你媽了。那是我早就答應過你媽的，要不然，我供你這麼個女娃兒上學做啥子？我給別人家培養個有文化的老婆啊！我瘋了啊！他要上學，反正我是一個錢都不會出！再說，你又不是不曉得，我一年到頭還掙不到一千塊，我還吃不吃？我還喝不喝？我喝西北風去？上學！到地裏學種田去！」

陸姐對她爹說，她進城打工，保證一個月寄一百塊錢。

「這麼多錢，一、算我在家跟你一起勞動的收入；二、爹爹一定要讓弟弟上學，弟弟上學的錢就從這一百塊錢裏頭出，保證不要爹爹掏一個錢！」

爹爹算了一下，一個月一百塊，一年就是一千二，比他一個人在田裏下苦力的收入多得多，同時家裏還減少一個人吃飯。

「那好！可是你要是不寄錢回來，我就叫他下地種田。一個月不寄都不行！哪個月我沒收到錢，我就叫他回家來幫我種田！」

陸姐沒有辦法，只好與弟弟揮淚告別。一億六還傻傻地不知她要到哪裏去。陸姐牽著一億六的手走到村頭，一億六還笑著說：

「我不要糖，你給我帶根有好些眼眼的竹子來，就是吹得響的那種，吹起來像鳥叫的那種。」

陸姐彎下腰，告訴一億六要聽爹爹的話，不要到處亂跑。

一億六仰面向她笑道：「他打我就跑！他不打我就不跑！」

陸姐隨著同村的兩個女娃兒一直走到再也看不見家鄉，看不見一億六，還戀戀不捨，流淚不止。一路上坐了汽車坐火車，風塵僕僕地到了C市。進了城，另外兩個女娃兒在城裏還有親戚投靠。但她們親戚也在工地打工，住在低矮狹小的出租房裏。陸姐不好意思麻煩別人，推說城裏也有認得的人，只得一人到大街上四處尋找工作。

這時已到傍晚。她舉目無親，在大街上的車水馬龍中間不知到哪裏去好。人海茫茫，可是都非常陌生，沒一個人搭理她。也有人盯著她看，還有人來和她搭訕，故意向她問路，或問她找誰，而她卻直覺到那些人的目光中不懷好意，心中悽惶害怕得要命，慌張得像隻兔子在人群中亂竄。她非常羨慕身邊像有什麼緊急的事走得飛快的人們，這說明他們都有事可幹。

可是，城市畢竟是城市，燈紅酒綠的餐館玻璃窗上幾乎家家都貼著「招聘啓事」：招服務員的，招配菜工的，招清潔工的，招廚師的。陸姐想，她一個高中畢業生，怎麼也比其他的女娃兒好找工作，就壯起膽進入一家看上去比較像樣的餐館。果然，女老板來到櫃檯一看，當即決定錄用她做服務員，端盤子洗碗，管吃管住，工資一百五十元。陸姐覺得很不錯，有吃有住，寄回家一百元，還能剩下五十元，可以買些日用必需品。可是，女老板要押金。

「沒得押金，萬一你拿了啥子，或是你得罪了客人跑了啷個辦啦？到啥子地方找你嘛！」

陸姐一路省吃儉用，但買車票總要花錢的，身上只剩下十幾塊錢。女老板說至少要三百元。陸姐左保證右保證，還拿出高中畢業證書，說得口乾舌燥，女老板也不聽，只認人民幣，不認畢業證書。她只好退出來，又在大街上四處找，想找個不收員工押金的店鋪。可是進了七、八家，沒有一家不要保證金的。天已經完全黑了，走得腿瘦腳脹，飢腸轆轆，手上拎的一個裝洗漱用品和兩件內衣的小包好像越來越重，可是還不敢去吃飯，因爲要省下錢準備住宿。她下火車時，看見火車站附近有很多小旅社，招牌上寫著「淋浴電視，一夜五元」。

陸姐轉來轉去，專往熱鬧的地方走。最後，她發現有一條街上一排都是髮廊。髮廊裏燈火通明，隔著玻璃窗向裏看，好多女娃兒坐在沙發上，一邊看電視一邊說笑。髮廊的玻璃窗上，差不多都貼有「招聘啓事」，招洗頭工、按摩師、剪髮師、美容師。「招聘啓事」上寫得更誘人：「包吃包住，工資面議。」

陸姐想，在這種髮廊還能學到手藝，比端盤子洗碗強，將來能做個美容師多好！只要勤奮，她很快就會掌握一門技術。髮廊讓她充滿希望，她想將來學了一門手藝，回家去也開一家髮廊，生意一定很好，因爲她鄉上還沒有一家髮廊呢。

她仍然選了一家門面比較像樣的髮廊，走進門，女老板非常熱情地迎了上來。

「啷個?是不是來找生意做?我們這裏正缺人手。」

陸姐並不奇怪閒閒地坐了一屋子女娃兒還「缺人手」，心想這裏生意一定非常好，又沒想到老板如此熱情。何況已到了九點多鐘，必須先找個地方睡覺。

「就是的、就是的！」她高興地說，「不知道我合適不合適。我還不會洗頭美容，也不會按摩，我剛從鄉下進城。不過我上過中學，保證會學得很快！」

「不會做沒得關係，沒得關係!哪個是生下來就會的嘛！」女老板拉起她的手仔細端詳，「你呀！我保證你很快就會成爲這裏的紅人！這裏的小姐跟你沒得比！」

「那……工錢哪個說呀？」她有點不好意思，可是這是最關鍵的問題，又非問清楚不可。

「沒得問題、沒得問題！外面的『招聘啓事』上不是說得清清楚楚嗎？包吃包住。工資嘛，我們實行計件工資制，你做了一個，你提三成，我們提七成。你做生意的地方是我們給你提供的吵！住在我們這裏，吃還要吃我們的吵！出了麻煩我們還要替你解決吵！所以我要多提點。」女老板又湊到她耳邊低聲說，「像你這樣的，我保證你一月能拿到三千塊。」

一月能拿三千塊！想都不敢想。但怎麼會「出麻煩」呢？她有點遲疑了。「那……有沒得保底工資？」畢竟她上過中學，知道廠礦企業有「保底工資」這種形式。

「保底？哪個給你保底喲！你就是你自己的『底』嘛！」女老板看出她不是個來當小姐的，但是這麼一個漂亮女娃兒絕不能放走。這個女娃兒有當小姐必須具備的全部最優條件，可以說在整個C市都是拔尖的，簡直可以去當電影演員。讓她跑到別的髮廊去，最終她還會走上這條路，倒過來搶了自己髮廊的生意。女娃兒暫時不明白，可以慢慢讓她明白。

「這樣吧，你先住下。我安頓你住好吃好。看樣子你還沒吃晚飯。你不是說你還不會洗頭，不會按摩嗎？你在這裏先學。你又上過中學，保險你很快就學出來！這要比啥子修理電器、修理鐘表簡單得多，特別適合女娃兒幹！你學習的時候，需要錢用就找我拿，你要多少我給你多少！」

「要多少就給多少」，並且還在學習期間，城裏人眞是慷慨！女老板壓根兒沒提保證金押金的事，這點最讓她安心。女老板見她有留下來的意思，馬上叫旁邊的一個女娃兒去對面飯館買了一份盒飯。陸姐也顧不上旁邊的女娃兒好奇地不停打量她，看她狼吞虎嚥地吃飯，片刻之間風捲殘雲般把一份盒飯吃得精光。

她從小到大沒吃過這麼香的飯，城裏人做什麼都好吃。

39

髮廊樓上有間小閣樓，擠了七、八個女娃兒睡。她絲毫沒覺得女娃兒一會兒上來一會兒下去的吵鬧。女老板還給她抱來鋪蓋被褥，雖然有股又像黃豆又像魚腥的難聞氣味，但比自己家的被褥還新一些。她一夜睡得很安穩。

第二天一大早，陸姐第一件事就是給爹爹打電話。髮廊這點好，有個座機。那時，老家只有村裏的小賣店有公用電話。好在小賣店離她家不遠，站在門口朝坡下吼幾聲，陸姐家就能聽到。電話通了，陸姐請小賣店老板叫他爹爹。小賣店老板說：「你要等一會兒哈。這可是長途電話，這頭沒得關係，那頭你付得起付不起啊？」陸姐在村裏人緣好，人又好看又乖巧，哪個都喜歡她，小賣店老板還關心她是否付得起長途電話費。

陸姐捏了捏口袋裏的十幾塊錢，說：「付得起付得起，就請你老人家快一點哈！」

爹爹來了。第一句話就問找到工作沒得，找到了就要寄錢回來。陸姐說：

「找到了找到了！不過我還要工作一個月嘛！一個月以後才發工資嘛！爹爹先給他在學校報上名嘛。我保證一個月完了就寄錢回來！先報名要緊哈！」

「我就聽你這一次，」爹爹口氣不善地說，「一個月不見錢，我就叫他退學。」

「行行行！但是爹爹還要把錢在路上走的時間算上啊！我把我這裏的電話號碼告訴你，爹爹你記下哈。我不寄錢爹爹就打這個電話找我，我保證給你寄錢去哈！」

打完電話，她問女老板要多少電話費。女老板說：

「要啥子電話費嘛！你這不是太見外了嘛！電話你儘管打，我看你也沒得多少電話好打。有電話來，要是你接的，那邊問有沒得小姐，你就說有有有，問他要啥子樣子的，要白胖的還是要窈窕點的，要外地的還是要本地的，要年齡大點的還是要年紀小的。你就照客人的要求告訴我。這就行了！」

髮廊的女娃兒雖多，但好像並沒有幾個來洗頭理髮的客人，擺在店堂中的四套理髮坐椅形同虛設。客人來了，剛在理髮椅上坐下，女娃兒過來接待，也不拿梳子剪刀，跟客人低聲聊了幾句，兩人就牽著手到店堂後面的小房間去了。頂多半小時，短的十幾分鐘，客人就出來了，髮也沒理，頭也沒洗，錢也不付，揚長而去。這樣的客人在髮廊中川流不息，尤其到晚上生意更好，可是就看不見櫃檯上收錢。

陸姐是個勤快的女孩子，放下電話不等老板吩咐，見哪裏亂就收拾哪裏，地上一髒就趕快掃，誰需要幫忙就馬上過去搭手。來的第一天，店堂就仿佛一下子亮堂了許多，連玻璃窗都增加了光潔度。還沒到中午飯時候，後面的小廚房裏就飄出了飯菜的香味，一幫女娃兒高興地喊叫：「口水都流下來了！」吃中飯時，女娃兒和女老板都誇獎陸姐做得好。

「比對門飯館的盒飯好吃多了！」

陸姐還是抱歉地說：「我就是用廚房現成的東西做的。不好吃，大家多擔待哈！」

女老板想，買對門飯館的盒飯餵養這幫小姐，比起髮廊自己開伙要貴得多。她知道廚房裏沒有什麼東西，陸姐就做出這樣的飯菜，可以說「巧婦能做無米之炊」了。以後，乾脆就讓陸姐做飯好了。

「妹兒，我給你點錢，下午你就到市場買些米買些菜回來，以後，你先給我們做飯。手藝嘛，有生意來了你就慢慢學。」

下午，陸姐不僅買來了米和菜，還把女娃兒和女老板積壓下的髒衣服全在洗衣機裏洗得乾乾淨淨，一件件晾在後院的小天井中間。一幫女娃兒沒一個不感激她的，很快就和她親熱起來。最讓女老板刮目相看的是，幾天後是星期六，她娃娃從家裏來髮廊看媽媽，帶來了學校布置的家庭作業。在樓上女老板住的房間裏，陸姐居然能給娃兒輔導小學四年級的算術課和語文課，娃娃能聽得進去，懂得也快：

「比學校的老師講得還明白！」

從此，女老板就不叫陸姐「做生意」了。不少客人看見陸姐這麼漂亮，指點要她，女老板就說：「眞不好意思！眞不好意思！對不起、對不起！她是我家的親戚來城裏幫忙的。你等下、你等下，我給你找個最好的，比她好看得多。」又裝出是跟客人說實話的表情，湊到客人耳邊悄悄說，「她是個中看不中用的！和『石女』一樣，跟她耍，一點意思都沒得！」

這樣很快到了一個月，女老板主動給了陸姐兩百元。

「不要嫌少啊。其實你在別的地方做，還拿不到這些錢。我也是看你人好。不瞞你說，我暗暗地盯你過，這些日子你買米買菜，給你的錢回來報賬，一個不多一個不少，像你這樣的女娃兒現在眞正不多了！所以我想幫幫你，你以後要是有啥子特殊困難，就跟我開口，我還會幫你的。」

陸姐打聽過，在飯館當服務員包吃包住月工資只有一百五十元，兩百元確實算多的，連忙說「謝謝謝謝」。拿著錢就往郵局跑，寄了錢，立即用郵局的公用電話，打給村裏的小賣店，叫爹爹來聽。

「我剛給你寄了一百塊錢哈，爹爹你給他報了名沒得？千萬不能耽誤他上學啊！以後我保證每月都會寄錢來的！爹爹放心哈。」

聽出來爹爹在電話那頭有點高興的語氣。「正好正好！學校昨天還來催學費哩。頭一年學雜費就要二十多塊呢！你保證，我也保證，只要你每月寄錢來，我肯定叫他上學哈。」

走出郵局，陸姐感到C市的天高了許多，也藍了許多，從她身邊走來走去的人都很親切，她和他們一樣，已經成了城裏人的一分子了。她覺得自己非常幸運，從心底裏湧出的一股快樂令她飄飄然。

拾

陸姐雖然是在農村長大的，沒有城裏女孩子成熟得早，但畢竟十八歲了。儘管農村女娃兒不像城裏女孩子這樣開化、早熟，對性事沒有足夠常識，也談不上什麼情竇初開。她從未有過男朋友，也沒看上過哪個小夥子，覺得哪個小夥子可愛，一心一意都在弟弟身上。可是在髮廊工作時間長了，多少也知道所謂的髮廊是做什麼生意的了。髮廊和她一起住的女娃兒有七、八個，在外租房或者家裏住的更多，來來往往有二十多個小姐。髮廊不僅內部可以「做生意」，還兼「外賣」，「送貨上門」，業內的行話叫「出檯」。女老板在電話裏和對方談妥，再電話通知小姐到什麼什麼地方去，成了個仲介，或者叫「介紹所」，生意形式靈活多樣。

她每天要做十個人的飯，洗十個人的衣，還洗天天換下的床單被套，倒垃圾簍掃地。雖然她不嫌工作累和忙，可以說是「辛苦著並快樂著」，但有時確實很不習慣。

髮廊前堂後面，有用五合板隔出的四間小房，每間只能擺下一張單人床，名義上叫做「按摩室」，女娃兒都笑稱爲「公共廁所」。「公共廁所」的床單上每天都像用糨糊畫了世界地圖，既髒且臭，垃圾簍裏的衛生紙上和一種塑膠套裏的黏液，讓她看起來都覺得惡心想吐。而和她一起住的女娃兒有時說說笑笑又難以入耳。她在農村從未聽過這麼公開地談論這種不堪入耳的事。女娃兒有時還三三兩兩地聚在小閣樓裏看電視，電視機裏放的是錄像帶，播的是一男一女光著身子在床上翻來覆去活動的圖像。女娃兒笑著說是「學技術」。雖然由於對她還算尊重，見她進來就關掉，但在不覺間她也會掃幾眼。第一次闖進去看見時，她驚恐慌張，渾身的血液都湧到臉部，後來看多了也不當回事了。再說，即使不是錄像帶，電視機播出的正式節目和廣告也好看不到哪裏去，男女主角打打鬧鬧，不過是穿著衣服罷了。周圍的氛圍形成一個獨特的世界，讓她認爲城市的世界就是如此。她從另一個角度理解了黑格爾哲學「存在的即合理的」。

在髮廊工作了四個月，有很多人來調戲她，都被女老板一一化解了。女老板姓方，大家都叫她「方姐」，三十多歲，搽了厚厚的面霜，抹了口紅，燙了頭髮，看上去很時髦卻不漂亮。方姐見客人來捏她摸她抱她的時候，就急忙過來打發她去後面的廚房幹活。即使如此，她仍成了這家髮廊的招牌，有人不爲找小姐也慕名而來。有的找了其他小姐，還對小姐說：

「把小陸多給我看看吵！看了她才玩得你起勁嘛！」

但她還是想離開這裏。她認爲這樣大的城市總會找到適合她的工作。有的月份，方姐在兩百元上還給她加二、三十元獎金，存到三百元錢時，她趁買菜的機會用郵局的公用電話給爹爹打了個電話。說是單位要派她出差，要出去一段時間，叫爹爹有什麼事等她回單位才打電話，這段時間別打電話來。回到髮廊，她又跟方姐說，要請幾天假回家看看。方姐通情達理，只是抱怨她走後她們又要吃盒飯了，叫她看家裏都好就趕快回來，還幫她算了算往返花在路上的時間，准了她一星期的假。

這一帶都是髮廊，大同小異，做的都是那種生意，她就乘公共汽車跑到城市的另一頭，找個熱鬧的商業區下車。看見滿街也貼著「招聘啓事」，心中暗喜：天地眞大呀！

她一家一家地進去應聘：服裝店、飾物店、化妝品商店、通訊器材商店、房屋仲介、婦女兒童用品商店、床上用品商店都跑過了。老板一見她就決定錄用，但保證金或者押金，至少要三百元甚至一千元，比她到的第一家餐館要的還高出幾倍，有一家甚至要先交三千元。還有的，除保證金、押金外，更要本地戶口。

這天晚上，她找了個深巷裏的小旅社住下，單人間，一天房費二十元，也很乾淨，她帶的錢還能住上幾天。晚上躺在床上翻來覆去睡不著，總結一天的經驗。這一天，她跑了有三十多家，除國營商業網點、國家企事業單位和銀行，這些只能憑關係或是學校畢業分配才能進去工作的單位，幾乎跑遍了街面上各行各業的民營店鋪以及大大小小的超市，可是都異口同聲地要保證金或押金，而所有商店店員的月工資也只在三、四百元的水平。工資較低的管吃住，工資較高的不管吃住。在城市的四個月中，她知道方姐髮廊裏的小姐每月幾乎都能收入兩千元左右，這還是經方姐提成過的。髮廊的生意多種多樣，花樣百出而又價格分明，不同的服務有不同的價格。雖然店堂牆上只有明星照片和各種髮式的圖像，沒有張貼價目表，但個個客人好像都心知肚明，不講價錢，不打折扣。接待客人最少的女娃兒一天也能有三、四十元進賬，據說出檯的小姐小費更多。她感到這個世界太不公平。在商店工作的高中畢業的女娃兒，一天到晚站在店門口，向過往行人不停地又拍巴掌又喊叫：「進來看啊！進來瞧！」嗓子都喊啞了，一天才拿十元錢。而髮廊的小姐文化程度最高的也只上過初中，有的連小學都沒畢業。

她開始懷疑「存在的」是否「合理的」了。但她仍不死心，決心一定要憑自己的能力找到一份正經工作。

第二天、第三天又在熱鬧的大街上挨家挨戶地找，雖然仍然是每家都要錄取她，但沒有一家不要保證金、押金的；沒有保證金、押金也行，那就要拿出本地戶口，不但要本地戶口，還要本地的擔保人。她背著弟弟勤奮努力讀到高中畢業得到的畢業證書，起不到一點保證作用，既辛苦了爹爹，又辜負了媽媽。早知如此，還上什麼學呢？

第四天，居然看見有家實業公司貼出的「招聘文秘啓事」，注明專招聘女性，未婚，年齡在十八歲到二十五歲之間，文化程度要高中畢業以上。她正好符合這些條件。她在公司外徘徊了好幾圈，最後鼓足勇氣挺起胸走進實業公司。公司在一座大廈的三樓，辦公室很氣派，很正規，幾個職員都在辦公桌上用電腦操作。她非常禮貌地低聲問一個正埋頭工作的職員，來應聘應該找誰，那職員向經理室一指。

她敲敲門，裏面喊「進來」。她輕輕推門進去，經理的眼睛就一亮。

42

經理已到中年，穿西服打領帶，面前是一張碩大的稱爲「老板桌」的桌子。經理本來靠在椅背上，一見她就坐起來，肘子支在桌面上，和她用很和藹的語氣交談，哪裏人？什麼文化程度？曾經做過什麼工作？想在公司做什麼工作等等。別的她都老實說了，高中畢業文憑這次起了作用。可是想到說在髮廊工作過，肯定會給經理不好的印象，因爲她明白髮廊其實是什麼性質的營業場所。她靈機一動，就說她是小學教師，教的是四年級。給方姐的孩子輔導還是有好處，說到小學四年級的教材她滾瓜爛熟。經理一點沒有懷疑，連聲說，好好好，現在就決定錄用你，你當個文秘很合適！

她半吞半吐地問報酬怎樣。經理說，月薪六百元，如果公司業務好，還加一百到兩百元獎金。對她來說，這不僅工作理想，工資高得也出乎意料。她想還是要老老實實地先告訴經理，她繳納不起保證金和押金，戶口也不在本地，免得上班後自己失望，也讓經理失望。經理卻毫不在乎，說，啥子保證金、押金喲！這種方式讓人難以就業，常使優秀人才喪失就業機會，他們公司就是要廣泛吸納人才。

「尊重知識，尊重人才，是我們公司成功的秘訣嘛！」

「明天你就來報到，沒得問題！」經理又說，「今天嘛，晚上我們一起吃頓飯，互相了解了解，我跟你介紹介紹公司的情況，你好開展工作。」

出了公司大門，她分不清東西南北，「心花怒放」都不足以形容她的心情。經理跟她約在公司對面的餐廳，時間是下午七點。她哪裏都不去了，暗暗守在公司門口。又怕公司的人出來看見她，弄得她不好意思，就進了餐廳旁邊的一家茶室。茶室裏五元錢泡壺茶，能坐上一天，這是C市人的習慣。

中午飯她也沒吃，一直坐在茶室裏等。喝茶喝得肚子「咣當咣當」響，也不覺得餓了。七點整，她看見經理從公司那幢大樓出來，直接過街進了那家經理約定的餐廳，就馬上起身跟著進去。

經理一見她來，很熱情地一把挽起她的胳膊，走到一個卡座上，兩人相對坐下。經理把菜單遞給她，叫她喜歡吃什麼就點什麼，她就看著最便宜的點。經理笑著說：

「你啷個那麼節約啊！我們吃飯都能報銷的。來來來！還是我來點。」

經理點了一桌菜，有的菜她不但沒見過，聽都沒聽說過。經理還要了瓶酒，服務員給他們杯子倒滿。經理端起杯說，第一次見面要乾掉。她喝了一口，差點都嗆了出來，但又不能讓經理看出她土氣，只好勉強喝了一點，笑著應酬周旋。

陸姐急切盼望那份文秘工作，不得不盡力適應環境，逢迎經理。加上餓了一天，肚子「咕咕」叫，只顧埋頭吃飯。一會兒，她就比較自如了，一邊吃一邊靜靜地聽經理說話。而經理並沒有向她介紹什麼公司的業務，喝了幾杯酒後，卻向她抱怨他自己家庭的不幸：老婆不理解他，天天回家看冷臉，回到家感覺不到絲毫家庭溫暖，家庭對他來說只是個負擔，而不是「溫情的港灣」。特別是在他們公司艱苦創業的時候，他常常回家得晚，甚至有時不能回家，一回家老婆就摔碟子摔碗，令他煩上加煩。看電視的時候，老婆喜歡看什麼節目就是什麼節目，老婆連拿遙控器的權利也不給他，等等諸如此類的話。接著誇她長得好看，「既有農村女娃兒的純樸，又有城市女娃兒的嫵媚」，臉面好，眼睛好，身材好，姿態好，一雙手長得好，簡直是渾身上下無處不好，如果她參加「選美」，一定會得大獎，等等。諸如此類的讚美又讓她既高興又困惑，不知經理究竟要她做什麼工作。她想探聽一下她的文秘崗位做什麼事情，每天必須完成哪些任務。經理就連說不忙不忙，上了班自然會知道。一頓飯吃完，經理把一瓶酒全喝了。出了餐廳，經理已經半醉，還要送她回旅社。她婉言謝絕都謝絕不了。

經理的態度非常堅決：「請女娃兒吃飯，哪有不送回家的道理！這叫『問得曼』，君子風度，曉得不曉得？」陸姐哪懂什麼「間得曼」，以為說不定這就是城裏人的規矩，是君子風度，也只好讓經理跟她一起回到那小旅社。

進了房間，也許因為房間小，只有一張單人床可坐，經理就拉起她的手一屁股在床上坐下。先擡起一條胳膊在她肩上撫摩，不住地盯著她的臉：

「妙呀妙！你是我想了好久的人！我們倆眞是有緣分，今天你一進門，我就像上輩子見過你一樣！你是上帝賜給我的寶貝！也是上帝給我的機會，我一定會好好珍惜的，絕不放過你的！」說著說著，就來摟她的頭，伸過嘴要親她的臉。

陸姐嚇得趕緊站起來，「經理經理，你有點醉了！我先倒杯水你喝點哈。」

小旅社的暖瓶向來是不保溫的，她從暖瓶倒了杯水雙手捧給經理。經理也口渴了，一口氣喝下杯冷水，清醒了點，又向她伸出雙手。

「來嘛來嘛，過來嘛！在床上我們才能進一步熟悉吵！」經理一下一下大幅度地拍他旁邊的床位，「過來過來！坐這裏，坐這裏！我很文明的，不會傷害你的！讓我摟著你說話嘛！」

陸姐一下就看出常來髮廊那種客人的神態：色迷迷的眼光，把女人當作玩物的表情。她非但沒有過去，還向牆角退縮了兩步。

兩人僵持了片刻，經理點燃支菸，吸了幾口，歎口氣說：

「唉！小陸，你眞不懂事！『文秘文秘』說穿了就是小蜜吵！現在社會上說的『小蜜』你聽過沒得？就是陪老板玩的，給老板當情人的。其實，你啥子都不用做。啥子工作喲！工作就是讓老板高興嘛！陪老板玩得老板高興了，啥子六百塊錢工資，你要多少給多少！你看你，連個手提包都沒得！還像個城裏人啊？還像個城裏的女娃兒啊？當了小蜜，這一套城裏女娃兒的裝備，我馬上給你配起子！你可能想，這要跟老板上床哈。說白了，上床當然是免不了的。但是我還是講文明的是不是？我們感情到了那一步，你就會自覺自願地跟我上床的。我等得起！因爲我喜歡你，不會強迫你的。」

「小蜜」這個詞陸姐早就聽髮廊的小姐說過，髮廊有個小姐還眞給一個老板當小蜜去了，從此沒再到髮廊來做生意。但陸姐對眼前這個經理沒有一點感覺，還越來越反感。嘴裏講得很文明，行爲卻和髮廊的客人一樣，甚至還不如。因爲那些客人一到髮廊就目的明確，不跟小姐講什麼「家庭不幸老婆不好」的廢話。再加上，經理的一張橘子皮臉，看出已經未老先衰，頭髮是小姐說的「地方支援中央」那種樣式，塌在頭頂上油膩得發亮；嘴唇外翻，一嘴黃牙，不喝酒時也有股口臭；別看他一身西服革履，包著的就是一副骨頭架子。陸姐喜歡乾淨，他髒；陸姐喜歡挺拔，他已有點彎腰駝背；陸姐喜歡精神，他委靡不振；陸姐喜歡坦坦蕩蕩，他卻繞圈子說話……陸姐雖然已十八、九歲，但她的特殊情況使這個農村姑娘對未來的愛情並無明確的憧憬。如果這個經理正常地做她上司，不論他長得什麼模樣，她一定會對他尊敬聽話，努力完成交給她的工作。可是要這經理做她的情人，她眞覺得絕不會和他「感情到了那一步」。

總而言之，說到底，陸姐不是斷然拒絕小蜜的角色。到城裏已經近半年了，尤其天天和小姐們生活在一起，受了她們的薰陶，知道現在城市裏的風氣就是如此，當小蜜也不是丟人的事。有的小蜜跟著老板出去還很風光，小車來小車去，進出高級場所，到了公司也比其他職員高出一等。但眼前的這個橘子皮臉經理讓她一點也看不上，眞給他當了文秘或小蜜，兩人肯定會糾纏不清，扯皮不斷，麻煩事接踵而至，落到更難堪的下場。聰明的陸姐這點還是能預料到的。

經理見她默不作聲，並且有拒絕的神情，乾脆直言不諱地告訴陸姐：

「小陸，我告訴你，你一個農村來的女娃兒，儘管你上過高中，教過小學，想在城裏找工作，就只有進餐館和商店，當個服務員售貨員啥子的。想到公司做事，你只有當文秘，也就是給老板當小蜜。還是因爲你長得好看才有這個機會，別的農村女娃兒想當還當不上呢！你不想想嘛！現在連大學畢業生都找不到工作，人才市場擠滿了大學畢業生，城裏頭又有那麼多下崗的，哪有好的工作崗位等個農村女娃兒來？說實話，像你這樣農村女娃兒，連城市戶口都沒得，想在城裏掙錢，不是去夜總會、娛樂城，就是去髮廊。可是那多不體面嘛！『小蜜』總要比『小姐』好聽得多吧！搞好了，我把老婆都離了跟你正式結婚！你好好想想，今晚上我不逼你。晚上你睡覺想一遍，明天我會在辦公室裏等你來的！」

43

第二天一大早，陸姐起來退了旅社的房間。令橘子皮臉經理沒料到的是，陸姐沒到公司那裏去，卻朝相反方向走向不遠的公園。那是C市著名的歷史名勝，紀念一位歷史名人，她在課本上讀過的。在公園前的早點攤上匆匆吃了早點，就找了個公用電話。

照常是村裏小賣店老板接的，陸姐請他叫她弟弟聽電話。小賣店老板說：

「他龜兒子一天到處亂跑，我看能不能找見他哈。找不見啷個辦嘞？」

陸姐聽到可能找不見弟弟，萬分著急。「那就還是叫我爹來。眞麻煩你老人家了！反正我在這頭等，請你老人家仔細找找。我不放心的就是我弟弟！如果找不到，我把這頭的電話告訴你老人家，就請你打個電話回來。電話費我回屋頭的時候一定還你老人家，還會給你老人家帶旱菸回去哈！」

「好好好！那你等著哈。」

陸姐在村裏和她弟弟的關係誰都知道，無人不誇獎她的。陸姐拿著聽筒，焦急不安地站著左右交替地搗腳。所幸不一會兒那頭就傳來弟弟的聲音。

「姐姐姐姐！是你呀？你給我找到那帶眼眼的竹子沒得？就是吹得響的那種！」

陸姐聽見弟弟的聲音覺得腿都軟了。「你今天啷個不上學啊？一天跑啥子嘛跑？」雖然心裏高興得不得了，但她還是用責備的口氣對未來的一億六說話。

「上學上學，我啷個不上學吵！不過學校的老師厲害得很，每天都要考試！今天你忘哪？今天是星期六吵！我剛吃了塊餅子。姐姐，你吃了飯沒得？」

聽到弟弟還關心她吃飯沒有，陸姐的淚水一下子湧出眼眶。

「你把你自己招呼好就行了！爹爹還打你不打呀？」

「他就是打我，我也不怕了！姐姐，我找到個洞洞子，鑽進去哪個都找不到我！」

「你讀書讀得咋樣嘛？學校好不好？你要耍就在學校裏耍，千萬不要到處亂跑。聽到沒得？」

「我又沒有到處亂跑，就在田裏跑！昨天我到江邊邊去了，就是你老帶我去那個岸邊邊上吵！我看見一條船翻了，我還幫著去救人哈。」

陸姐又急了。「你啷個一個人跑到江邊邊去吵！你去救個啥子人嘛！你還要別個來救你，懂不懂？以後你再跑江邊邊去，我回來就不理你了哈！」

「我想你吵！我一想你就到江邊邊上去，那裏是你老帶我去的吵！」

陸姐心酸得疼了起來，但看見旁邊要用公用電話的人已經等急了，只得又安頓未來的一億六幾句話，茹泣吞悲地放下電話。

付了電話費，她就坐在這所名勝古跡門邊等著開門。開門放人後，她直接走向那座著名古人的塑像前，買了一把香，恭恭敬敬地點燃，插進香爐。

她不由自主地一下子跪倒在那古代名人面前，趴在蒲團上放聲大哭。

拾壹

44

痛痛快快哭了一場，陸姐覺得心頭舒展了一些。這時，來參觀的遊客逐漸多了。陸姐站起來，立在這位眾所周知的古代名人前面，注視著這個木雕。木雕面部神秘莫測，好像至今還深有智慧，高高在上地注視著她。但陸姐從他面部表情上得不到一點暗示，仍然不知道自己應該向何處去，怎麼辦？陸姐想起書上說的，他原來也是躲在鄉下種田的，後來才成了在中國歷史進程中起過重大作用的傑出人物，從而流芳百世，今天人們還在紀念他，可見在鄉下種田並沒有什麼不好。大不了，再回鄉下種田就是了。

陸姐到公共廁所去洗了洗臉，梳整齊頭髮，走出景點大門就上公共汽車，像她來時那樣，轉了兩趟車又回到髮廊。

她一進門，小姐們都驚喜得叫起來：

「方姐方姐，你輸了，你輸了！快掏錢請客！快掏錢請客！」

方姐從後面出來，驚喜萬狀，「我說她不回來了不回來了，其實心裏是想她回來嘛！你們不了解我呀，啥子事情都要做最壞打算是不是吵！妹兒快休息，快休息！你是昨天晚上就上車的吧？剛下車一定累得很！今天我打賭輸了錢，要請客吃飯。你今天一天都不用做飯。」

原來，陸姐請假走後，小姐們跟方姐打賭，小姐們說她會回來，方姐說她不會回來了。打的賭就是誰輸了誰請客吃飯。方姐雖然打賭輸了，但輸得特別高興。

出去四處找了一趟工作，爲找個正經的地方工作，陸姐還忍痛花了八十幾元錢買了一套城裏女娃兒穿的衣服，不是時尚的那種，而是職業裝式的，以免面試時主考人看出她一身鄉巴佬的模樣。加上旅社的房費、吃喝的花消、汽車費、上香的香燭費等等，四天一共花了兩百多元錢。好不容易存下的三百元只剩下不到三十元錢了。她覺得這是她一生中最大的浪費，足可以供弟弟上兩年學了。她見大家這樣熱情，人人都盼望她回來，不覺暗自慚愧。

「方姐，不要在外頭吃嘛！我去買菜，買些魚肉，還是我來做了大家在這裏吃多好！」她其實並不累，放下小包，就挽起袖子準備到廚房去看爐火。小包裏裝的就是令她覺得浪費的職業裝。

「好好好！」方姐馬上拿出錢，「你不要再去菜市場了，你先躺下休息一會兒，叫小紅去買。你做的比飯館裏好吃得多！今天我們打一天牙祭！」

這天晚上，方姐就讓她換到二樓自己的小房間，在方姐床對面支了張小床，從此她搬離了那間擠著七、八個女娃兒的小閣樓。

髮廊是一天二十四小時營業的，尤其到晚上電話不斷，方姐跑上跑下聽電話接待客人。在稍有空閒的時候，方姐坐在她床前說，「你在的時候也不覺得啥，你走了還眞想你。你一走，這髮廊好像變了個樣子，連氣味都不對了。雖然我們這個髮廊做的是這種生意，可是你在的時候，大家都還活潑些。你不在，大家好像除了做生意就是做生意，等著叫人來摸叫人來搞。你家裏都好，這你也放心了，就安心待在這裏。人嘛，就是靠運氣，靠機緣。我看你將來說不定會碰上個好機緣，好好嫁個人，在城裏安個家，安安生生過日子。」

她想，這次出去也有好處，就是看到了這個大城市並沒有她什麼機緣，在城市裏到處亂找，運氣也找不來。讓她知道了在這個大城市裏，只有這個藏在城市一角的骯髒的髮廊才有她的立足之地。除此之外，沒有一個能讓她安身立命的地方。在這個髮廊，她至少能感到一點溫情，也很熱鬧，小姐們都靠自己的身體掙錢，互不干擾，互不爭吵，沒有社會上那些勾心鬥角的事，可以說眞是一個「大家庭」！

45

這樣，又與大家安安穩穩、和睦相處地過了兩個月，在陸姐又存了兩百元錢時，家裏突然打來個電話。

是小賣店老板的聲音：「妹兒哪！你聽了先不要著急，也不要害怕哈！我先告訴你，你弟弟那龜兒子沒得啥子事，啥事都沒得！這我才往下講哈。」

她聽來就不妙，「好好好，我不著急也不害怕，家裏到底有啥子事，你講嘛！」

小賣店老板這才往下說：「前天落大雨，不曉得你們城裏落了沒得！電視你看了沒得？電視上叫『暴雨成災』。這裏的山體滑坡，你們家不是就在離江邊邊不遠嗎？在我小賣店旁邊的一溜土滑下來，把你們家房子掃了個拐角。你老爹正好在屋裏頭，房子塌了下來，把你爹壓傷了哈。不過沒得啥子大妨礙，就是肋條壓斷了幾根。現在鄉政府已經把他送到醫院裏頭住起子了哈。」

「那啷個我弟弟沒得事吵！老爹，你不是安慰我才這樣說的吧？」

「不是不是！那龜兒子靈得很！有了點小雨就拉著你爹往外跑，說要跑到個啥子洞洞子裏去。你爹你曉得的吵！偏不跟他跑！結果就壓在屋裏頭了。」

「那現在啷個辦嗎？我回屋裏頭看一趟吧！我這就回來。」

「你回來也是這樣嘛！你爹叫我給你打電話，就是不叫你回來，要的是你想法子寄三、四千塊錢回來：房子要重新蓋，他受了傷，要養傷，傷好了一時又不能下地。你回來不也是啥子都幫不上嘛！現在你弟弟那龜兒子在伺候你爹，端飯、端水、端屎、端尿他還會幹的吵。就是要你寄錢！我看，要蓋房子，沒得四千塊也要三千多，還不算壓壞了的那些東西要添，再還有你爹養傷的錢。」

「好嘛好嘛！」陸姐只能應承下來，「我這裏想想法子看。請你老人家跟我爹爹說，叫他不要著急，好好安心養傷，不要再打我弟弟了。我這裏一定想一切法子盡快給他老人家寄去。」

小賣店老板來電話正在中午，小姐們剛起床，也還沒有客人上門，小賣店老板好像沒打過長途電話，怕對方聽不見，所以高喉嚨大嗓門地喊得所有人都聽見了。放下電話陸姐就發呆，大家也想不出什麼辦法安慰她，全髮廊的人都默默無語。

她照常做了中飯，小姐們吃了。這中間有個沒有生意的間隙，方姐把陸姐叫到她們的小臥室，拉著陸姐的手說：

「妹兒，我曉得你遇到了困難，可是叫我啷個幫你吵？你爹爹一傷，又要蓋房，沒得三、四千塊錢下不來。我倒是可以借給你，你啷個還嘞？你也曉得我家的情況。我們兩口子下了崗，老公就從此消沉了，成天耍麻將，啥子事都不做！我才開了這家髮廊。明明曉得做的就是見不得人的生意，但是只有這種生意還能來錢，其他做啥子？開家小賣店？一天掙不了十幾塊錢！我又要養娃兒，又要養老公的爹和我的兩個老人，還要給老公還賭債。最近，原先的工廠要出賣我們住的家屬樓給職工，說是啥子『房改』，每家都要交一萬多塊錢，這才算現在住的房子歸自己的，讓住下去。不然，就要叫我們卷起鋪蓋滾蛋！所以說，三、四千塊錢對我來說眞是個大數目。借給你了，一百一百的，你要三、四年才還得清，我又不能等到那個時候。」

說到這裏，方姐有些難以張口似的，眼圈也紅了。

「我說話你不要在意哈。有個大老板，早就看上你了。還是你請假之前就派人來問了好幾趟。他要的是『開處』。我不曉得他本人啥時候來偷偷親眼看過你。他派的人來說，大老板『開處』了你就付四千塊，後來還打了好幾次電話來。我一直沒答應，一直推說你是我親戚，我不能讓你做這種生意。妹兒，你考慮考慮哈，女人的一輩子當然只有這一次，可是你給哪個也是給。有的女子倒是讓她自己的丈夫『開』了『處』，可是以後不是又打又鬧，就是離婚拉倒！又有啥子用嘛？何況，現在的社會，只要是愛你的小夥子，也不在乎啥子處女不處女的了！說句難聽的話，女人遲早都要讓男人把那東西弄破了。要讓人弄，就要值得！要是這次你被大老板『開』了『處』，一下子解決了你面臨的全部難題，我看還是值得的。你要答應，啥子三七開啊，我一個都不提，全歸你！解決你的困難要緊。我實在是想不出別的法子，才出此下策！你好好想想，不想讓人『開處』的話，也不要嫌我多嘴哈，就當我沒說，我們照樣還是姐妹。我先下去，大概有客人來了。你就在這屋頭，好生考慮考慮哈！」

方姐說了這番話，像逃似的跑出房間。

陸姐其實已經打好主意。這個世界就是這個樣子，「存在的即合理的」她見過，「存在的並不合理」她也領教了。姐妹們都不在乎，我還有啥子豁不出去的？如果給那橘子皮臉經理當小蜜，早晚也會有這一天。假如橘子皮臉經理真能一次性給她四千元，但從此以後經理就有權不斷騷擾她，她再也無法拒絕，並且她的命運就始終和這個橘子皮臉經理連在一起了。還不如讓不認識的人「開處」了，一次性付她四千元，解決自己面臨的大難題，以後再不見面。

晚飯時，髮廊又有個短暫的空閒，小姐們吃飯的時候，一反常態地不拿電視劇說笑了，都各自說起過去她們被「開處」的遭遇。有的說是在小學時被老師糊裏糊塗用手摳破的，有的說跟男同學鬧得好玩弄破的，有的說上山砍柴時被一個老頭弄破的，有的說在老家愛一個小夥子愛得不得了就跟他弄，還沒幾天，那個小夥子就把她甩掉了，更有一個說是騎自行車就騎破了……種種原因不一而足，總之，都好似在安慰她。言外之意是：弄破了處女膜沒什麼了不起，不要看得多麼嚴重。她們的處女膜被弄破了都不值，都不如陸姐「開」得值得，能救一家人！

飯桌上這番話，可以看作是「戰前動員大會」吧，鼓動陸姐積極上陣的勇氣。

46

方姐看陸姐願意讓大老板「開處」，晚上就照留下的電話號碼試著給大老板手下的人通話。那邊叫等一等，先問問他們老板再說。過了沒十分鐘，這邊電話就響了，叫陸姐明天晚上八點鐘到一家五星級酒店的幾號幾號房間。

這天，城裏和陸姐的老家一樣也下著淅瀝小雨，路上泥濘，沒有什麼客人來髮廊取樂。方姐就在她們的小房間給陸姐傳授經驗，可以說是「業內人士注意事項」吧。

方姐說，第一，千萬不要相信男人，只相信鈔票。不要聽客人說得天花亂墜，啥子你多可愛多美麗，我下次還叫你來等等甜言蜜語。男人都喜歡找新鮮的，到了早上與你分手後，他就會把你丟到九霄雲外去了。第二，千萬不能跟客人動眞感情。你沒有交過男朋友，剛踏上這一行，碰上個對你好一點的男人，你會以爲他多麼多麼溫柔可愛。其實，他不過是圖個高興，耍耍你罷了。你要眞跟他結了婚配了對，他有的是苦頭讓你吃哩！動了眞感情，以後你天天想他，他又早把你丟在腦殼後頭，跟別的女娃兒耍去了，你心裏會比啥子都難受！要找老公不要在嫖客裏找，嫖慣了小姐的人跟你結了婚，還會去嫖別的女人。嫖客中間，沒一個對老婆是忠實的。第三，可以給客人下身讓他弄，但不要跟客人親嘴，親嘴是最容易發生感情的。他弄了你，你就當作也弄了他，反正互相弄的玩。他把你弄了，第二天就把你忘了，你也弄了他，也要把他忘得光光的算了！千萬不要把他放在心上！第四，最重要的是不能讓客人傷害到你。要戴安全套，不說客人有沒有性病，就是把你肚子弄大了，客人也是一點責任都不負的，給你的錢還不夠做流產手術呢！還有，男女之間在床上正常的動作少不了，但不要讓客人弄啥子花樣。要你耍啥子花樣，只要是對你沒得啥子傷害的，也可以，但要加錢，不加錢就不做！另外就是，你第一次肯定有點痛，會流出一點血，那是正常的，忍一忍就過去了，不要害怕。

方姐可說是語重心長，諄諄教導。還有一些細節和經驗，陸姐已經聽小姐們在閒聊時說過，所以，陸姐對她這第一次還是有心理準備的，並不覺得有多可怕。橫下一條心，敢把皇帝拉下馬！還有啥子不敢做的？爹爹把我養這麼大，始終聽媽媽的話，省吃儉用把我培養到中學畢業。弟弟是我一手帶大的，親得更像心頭肉。爲了這兩個人，一片薄薄的處女膜有啥子可惜的！

第二天，C市仍下濛濛小雨。吃了晚飯，陸姐換了她忍痛買來的職業裝，在方姐和小姐們的眼中，形象突然煥然一新。小姐們無不嘖嘖稱奇，都說「馬要鞍裝人要衣裝」，這話說得一點不錯！陸姐在這一帶無人可比，在整個C市也少見，走在大街上，哪個敢說是「小姐」！

方姐叫了輛的士親自送她到約定的五星級酒店。方姐也沒進過這種高級酒店。下了車，見看門的人穿著只有外國電影裏才見過的那種紅色制服，威風凜凜的樣子，兩人只好在門口逡巡不前。這時，一個打著傘的人走了過來，招呼方姐：

「你就是那個老板娘哈?來嘛!還等我請你們啊!」

方姐認出這人到她髮廊來過，就是打問「開處」的事，如同見了救星一般，趕快跟來人進去。

兩人跟著來人進了電梯。來人一按，電梯不知不覺就朝上升，一直到了二十幾樓。她們跟著那人到一間房門口，那人敲了敲門，等裏面的人打開房門才能進去。陸姐才知道並不是這個人要「開處」，而是另有其人。來開門的人把她們讓進去，只見一人坐在沙發上，哈哈一笑說：

「我怕你們上不來，才派人去接。啷個?老板也跟來了，怕我不給錢咋的嗎?」

原來也不是開門的人，「開處」的是坐著的那個人。

「嗨嗨!」方姐賠笑道，「老板說哪裏去了!我這不是怕誤了你先生高興，又怕她找不到地方才送來的嗎?」

大老板朝那兩人揮揮手，「你們走吧!把老板娘也送出去，給她找輛出租車，先付了錢。下雨天，不要讓老板娘淋著了。」

人都離去後，陸姐才有機會看這個大老板是什麼模樣。大老板一直坐著，人走後才站起來。

「坐嘛坐嘛！不要緊張，放鬆點，高興點！想吃啥喝啥，冰箱裏拿。」

大老板有五十多歲，中等偏矮個子，戴著副金絲邊眼鏡，圓滾身材，圓胖臉；臉龐紅潤，面貌和善。穿著一件白色毛巾做的袍子在地毯上走來走去。走到冰箱前，大老板開開冰箱，讓陸姐看，意思是她想要什麼拿什麼。

陸姐聽小姐們說過，客人房間冰箱裏的東西千萬不要隨便動，那是酒店要算在客人賬上的。客人雖然叫你吃喝，你眞吃喝了客人也心疼，所以陸姐推說不必了，她剛吃完飯。大老板關上冰箱，仔細端詳起陸姐來。

「你架子好大喲！請了你好幾個月今天才請到。好好好，有緣不在來得早！你要不要先洗個澡？想洗的話到衛生間去。」說著，向一間房門一指。

陸姐知道這不是徵求她意見而是命令，於是她推開門進去。衛生間比她和方姐睡的那間房還寬大。她小心翼翼地打開水龍頭，原來一個龍頭是熱水，一個龍頭是涼水，還需要調節。聰明的陸姐很快就掌握了適當的溫度，站在蓮蓬頭下洗了個澡。不管怎樣，先享受一下再說。

她不知道怎樣鎖門，但在她脫得精光時，大老板並沒有開門進來騷擾她，這讓她有點放鬆下來。洗了澡，她看見關著的衛生間門背後掛著和大老板穿的一樣的用白毛巾做的袍子，也就只穿著褲衩光著上身穿上它。後來她才知道它叫「浴袍」，只有星級酒店才有。這給了她經驗，客人叫到哪個酒店，她從房間裏有沒有浴袍上，就能知道客人的社會等級和經濟實力。

出了衛生間，大老板在看電視，向她招手。

「過來嘛，先坐下聊一會兒。你眞不錯！可惜可惜！唉！佳人落風塵，這也是沒得法子的事！」

她心不在焉地聽大老板一人說話，不知應該怎樣回答。大老板不像經理似的喉急，當然因爲他已勝劵在握。大老板看她無話對答，也有點倦意，就說，到裏面去吧，在床上談。

原來裏面還有間房間，叫做「臥室」，同樣寬大豪華，一張床睡四個人還綽綽有餘。大老板摘了金絲邊眼鏡後，目光有點呆滯。他脫掉浴袍，露出雪白肥胖滾圓的身子，像日本相撲運動員似的兩手交替地「啪啪」拍胸脯，笑著說：

「你別笑我哈！我知道你是第一次，大家都放鬆些，這樣好玩嘛！」

她眞的笑了起來，她覺得這個大老板既和善還有點可親。

見她笑了，大老板好像更加高興了，說：

「來！就睡在我旁邊。先要跟運動員一樣熱熱身吵！」

她慢慢地上了床，在大老板身邊躺下。大老板還不動她，點了支又粗又大的褐色卷菸。

「這叫雪茄，你曉得不曉得？你聞聞看，香不香？」

她是覺得這菸味和平常的香菸不同，但她無心去聞，只想快點結束這個什麼「開處」，悄悄地從浴袍的口袋裏拿出她在衛生間裏就藏好的安全套，塞在枕頭底下。這是方姐在出租車裏給她的。

而大老板卻不經意地看見了。

「妹兒，這你就不對了吵！『開處』就不能用安全套嘛！這是規矩，懂不懂？不是跟你那個雞婆早就說好的嘛，要『一針見血』，曉得不曉得？說實話，我沒得病，也相信你沒得病。再說，我也沒得生殖能力了，精子不行了。你要眞給我生個娃兒出來，我還求之不得呢！會養你一輩子！」

過了一會兒，大老板就滅了雪茄，一手先摟起她，慢慢趴在她身上。她只想，明天或者過一會兒，是不是眞能拿到四千元錢？如果沒有，那是不是方姐說的「麻煩」呢？是不是像方姐說的，這種麻煩她會解決呢？她只好閉起眼睛，任由大老板上上下下地撫摩她。大老板的嘴在她臉上親來親去，她只把嘴唇閉得緊緊的，不作任何反應。幸好大老板的手很細很輕，嘴裏除了有點菸味，再沒有什麼怪味，也沒有強行叫她把嘴張開的意思。大老板沒有一點姐妹們常抱怨的粗暴動作，所以她也聽之任之，雖然感覺不到一點快樂和興奮，但也感覺不到有什麼不適和緊張。

最後，她只感覺到下面有一點疼痛，有個什麼東西進入她的體內，還沒有感覺到姐妹們說的那種「舒服」的時候，就覺得一股熱呼呼的液體流進她的體內。同時，大老板顫抖了一下，趴在她身上一動不動了。

過了一會兒，大老板好像醒了似的，側身一滾從她身上下來。她聽姐妹們說，這時就要趕快去洗，要把裏面的東西沖出來，於是她立即爬起床到衛生間。臥室裏還有間衛生間，比外面那間還大，衛生用品一應俱全。她又痛快地洗了次澡，裏裏外外都沖得乾乾淨淨。見大腿內側確實有一點血跡，但她並不感到委屈，反而有種壯烈感。報紙電視上不是經常說嘛，爲了什麼什麼重大成果，都是要付出「血的代價」的。爲了兩個親人，流這麼一點點血完全値得！

出了衛生間，她見大老板很安逸的樣子半躺在床上吸他的雪茄。她走到床邊，溫順地靠在大老板身邊躺下。不知是現在就離開，還是等一會兒離開合適。當然，最好是現在就拿到錢。

大老板滿足地說：「妹兒，你還眞是個處女呢！現在，人家都說只有在幼稚園才能找到處女了，你眞正不容易！我還碰見過下面搽了紅藥水的來騙我的，還有修復處女膜的。格老子！製假、造假、販假！連處女膜都能做出假的來。中國人眞有天才！啥子假處女我都見過。來來來！我們聊聊天，你是啷個到城裏來的嘛？爲啥子過去一直叫你做你都不做，現在不是做了嘛？」

提到原因，陸姐掉過臉去，不想說話。她只想，如果大老板眞正給了她四千元錢，什麼問題都解決了。

大老板見她沉默無話，自己倒先說了：

「你妹兒可能覺得我有點毛病，爲啥子喜歡『開處』，是不是？」

大老板問她話，她不能不回應，不然顯得很不禮貌。她翻過身，看著大老板。

「聽髮廊的姐妹們說，你們大款爲了賭錢的時候能贏錢，就找個處女來，叫『見紅』。『開處』了就能贏錢。是不是這樣嗎？」

大老板撇撇嘴一笑。

「鬼話！是有好多人信這個。我就不信！『開處』是狗日的缺德的事！缺了德了，還能贏錢呀？現在社會上把迷信跟科學都攪到一起去了。你不想想嘛！這個『見紅』跟牌桌上贏錢有啥子關係嘛？二者有啥子聯繫嘛？」

陸姐心想，你既然知道「開處」是缺德的事，爲什麼還要缺德呢？更不知道「見紅」和贏錢有什麼聯繫，又轉過臉呆呆地盯著房頂的天花板。

大老板吸了口雪茄，歎了口氣，問她：

「妹兒，我先問你，你曉得不曉得啥子叫『知青』？你聽說過沒得？」

陸姐側過臉看著大老板，想了想說：

「我聽見村裏人說過，好像是從城裏自願下農村來勞動的學生娃兒。是不是？我們村裏曾經就有過你說的『知青』。那是過去好多年前的事了，現在鄉下一個城裏下來的學生娃兒都沒得了。」

「是的，也可以這樣說吧。不過不是自願的，是響應所謂『上山下鄉向貧下中農學習』的號召，動員下去的。哪個城裏的學生娃娃願意到鄉下種田嘛？」

大老板一邊吸著雪茄一邊說。那雪茄菸也怪，不吸的時候不亮，一吸，菸頭上就放出紅光。

「我們市裏的學生娃娃大部分到另外一個省，好幾萬人，都一批批地分到不同的公社生產隊。我待的那個生產隊，生產隊長就是土皇帝！我們女知青幾乎都被他搞遍了。他還專門喜歡搞處女！妹兒，我的老婆，就是現在跟我生了兩個娃兒的老婆，她今年都六十了，她比我大兩歲，那時候照顧得我無微不至，我們非常相愛，也被他搞了！不讓他搞，我們就結不成婚。你說氣人不氣人！他缺德不缺德！我老婆都不是處女！我現在翻了身，就想搞處女！我很清楚這是一種心理變態。但是，我花錢搞，不是利用手上的權力搞。至少，我要文明些，給的錢也比一般人多，缺德也不缺大德！我搞了個處女，心裏好像就好受些，好像出了口氣一樣。眞是！心理變態變成這個樣子！可見得，過去年輕時候的遭遇，能影響人以後的一輩子！我看你不是做小姐的女娃兒，你不要讓做小姐這段經歷影響了你以後一輩子啊！最好，不要再做小姐了。」

陸姐聽大老板說了他的秘密，似乎拉進了和她的距離，不由得也坐起來靠在床頭上，把自己的事原原本本告訴了大老板。

「哪個要當小姐？但是在城裏，不做小姐我做啥子嘛？我剛跟你說過，這個大城市裏就沒得我容身的地方。我還啷個支援我爹爹和弟弟嘞？爹爹又傷了，以後能不能勞動都成了問題；弟弟還要上學，從小學、中學一直到大學，你想要多少錢？老板，我曉得你的好心，可是，你管不到我這麼大的負擔。我是下定決心了，既然開了頭，又只有當小姐才能掙到錢，我一定要扛到底！」

大老板聽了，又歎了口氣：

「唉！農村眞苦！農民眞苦！比我當知青那時候好不了哪裏去。妹兒，我們原先說好的是四千塊，我今天給你一萬塊。給你家裏寄了錢，再去買個手機。我把我下面馬仔的手機號碼寫給你，你買了手機就給他打電話，他就曉得你手機的號碼了。以後，我有好多客人來，就招呼你來陪他們。這些人素質高，不會欺負你的，錢也給得比別的客人多。到了一定時候，你存下些錢，就脫離這個苦海。」

48

陸姐第一次出征就馬到成功，旗開得勝。

大老板跟她聊了一會兒，就叫她穿好衣服，用一個酒店的信封裝了一萬元現鈔給她，又讓下面馬仔叫輛出租車送她回去。

方姐見她面帶喜色地回來，急著跟她上樓問情況。陸姐一頭撲到方姐肩膀上，一面流淚一面報告喜訊。方姐說，沒得啥子沒得啥子！老天爺保佑！第一次過了關，以後就不怕了。這是你的運氣，你以後肯定會好起來的！陸姐拿出信封，掏出一萬元錢。她從未見過這麼多鈔票，拿在手裏都覺得沉甸甸的。她要給方姐兩千元，方姐死活不肯收，兩人推來搡去，方姐最後答應只拿一千元。然後拉著她坐在小床上說：

「妹兒，你剛剛說把剩下的都寄回去。我勸你千萬不要這樣做！你不曉得，家鄉的人見你一下子寄這麼多錢回去，就會有人說閒話。老家的人都曉得你不過讀個中學，又不是美國回來的啥子『海龜派』，啥子歸國華僑，你寄的錢多了，有人就會懷疑：你啷個那麼有本事嘞？說來說去，就會猜到你當了小姐。老家的人說起來就難聽得很，啥子話都說得出口！那家髮廊就有個女娃兒，爲了家裏急用，一下子寄了三千塊。一個小學都沒畢業的女娃兒進城來工作，啷個一寄就是三千嘞！讓老家鄰居跟她家罵架的時候就喊：『你們家那個女娃兒在城裏賣屄！』弄得家裏人都擡不起頭。現在大家都有了教訓，每次給家寄錢，就照做售貨員服務員這樣的收入水平寄，回家的時候還要哭窮。不是家裏碰到啥子禍事，錢就不拿出來。唉！妹兒，當小姐的，有的家裏爹媽心裏清清楚楚他們女兒在城裏頭幹的啥，女兒不明說，爹媽也就裝糊塗。女兒說是打工就打工，說是當售貨員就是售貨員，其實爹媽心裏都明白，兩邊都不挑破就算了。這次你可以寄四千塊錢回去。就跟你爹爹說是到處借的，以後還要還。以後你還是一百一百地寄，免得村裏人起疑心。剩下的，眞的買個手機是必要的。大老板肯定會給你找高素質的客人，有了穩定的客源，你就穩坐泰山，出檯也是到高級酒店去。」

陸姐聽了方姐的話，第二天早晨給爹爹寄了錢後，就去買了個手機。那時，一個手機最便宜的也要兩千多元，不像現在幾百元就能買到一個。中國移動和聯通的高管大概不會想到，中國的小姐們才是移動通訊最早的大客戶；在移動通訊市場中，小姐們占了相當大的購買份額，是移動通訊主要的顧客群體之一。

手機和安全套，是小姐們必備的兩樣勞動工具。

拾貳

果然，大老板手下的馬仔後來就多次給陸姐通過手機打來電話，訂好時間，到什麼酒店，什麼賓館，幾號房間。每次陸姐都準時趕到。客人們見了她無不歡喜，而且個個客人正如大老板說的那樣「素質高」，陸姐沒有碰到過一個粗魯不堪的客人。有的客人由自己付錢，有的客人由大老板付錢。由大老板付錢的，馬仔一定會先向陸姐打好招呼。陸姐就會知道這是大老板的重要客人，伺候得更加小心，更加溫順，表現得更加柔情綽態。

不久，陸姐的芳名就在C市的高級商圈中盛傳。活動不僅僅在臥室的床上，還漸漸走上檯面。結交的老板也越來越多，有的老板大白天也叫她出檯陪客。陪客人逛街，參觀旅遊景點，同桌聚餐，在咖啡座聊天等等。陸姐學會了怎樣吃西餐，左手拿叉，右手用刀；喝咖啡時攪拌咖啡的勺子一定要放在碟子上，然後才能端起杯子一小口一小口抿著喝，不能用勺子舀著咖啡喝。在中餐桌上也學會了怎樣給客人布菜，怎樣敬酒，場面上應該給主要客人說什麼樣的奉承話，怎樣給叫她來的客人撐面子，讓客人的朋友覺得客人帶來的女伴不但姿色出眾還文雅高貴，從而在場面上使叫她的客人臉面風光，朋友們對客人更加尊重。

很快，陸姐的存款就接近六位數，將近十萬元了。雖然她完全有條件在外租房住，但還是捨不得髮廊這個「家」。她能想像得到，租的房子不管多舒適，回來只有她一個人。那時，心中的凄涼孤獨都會一湧而上，讓她徹夜難眠。她很明白，客人叫她去應酬或陪睡，弄得好的，也僅僅是雙方都在玩弄對方；摟她抱她摸她弄她不過是玩她，即使男人表現得溫柔多情、纏綿悱惻，也只是客人自己在表演一場覓愛尋歡的遊戲，她只不過是客人意淫中的一個角色。有的客人在床上弄她的時候叫她「媽媽」，有的客人叫她「乖女兒」，有的客人非要讓她叫他做「兒子」或「爹爹」不可。完事後，「媽媽」、「兒子」、「爹爹」、「女兒」都各自勞燕分飛，走到大街上誰也不認識誰了。這就是「高素質」客人的把戲，再準確不過地說明了古人用詞眞對：就是「尋歡作樂」四個字而已。哪能當眞看待！

而在這骯髒擁擠的髮廊，不論她回來有多累，感到多麼無聊，都有伴兒說話，都有人互相安慰。有不如意的事能互相傾訴，一起發牢騷，拿著醜陋的、醜態的或者變態的客人肆意辱罵，私底下把他們貶得一文不值，圖個讓心裏痛痛快快、舒舒暢暢。似乎這時她們才把自己的身心從客人的身體下面解放出來。陸姐雖然從不像她們那樣在後面「按摩室」做生意，沒遇到過所謂「低素質」的客人，也沒有那麼多牢騷可發，但聽著她們的玩笑也頗感熱鬧，能暫時忘卻爹爹和弟弟。只要身在一個群體中，就會有群體的溫暖和快樂。而方姐更不想讓她搬走。通過大老板「開處」這件事，方姐完全取得了陸姐的信任，陸姐知道方姐眞的是一直在護著自己，兩人更形同姐妹。自方姐接受了陸姐十分之一的一千元提成，無形中這就好像成了慣例，陸姐每次回來都交給方姐客人付的小費的十分之一。

提成了幾次過後，方姐連這十分之一也說死說活拒絕接受了。一天上午，方姐在陸姐床旁邊坐下，捂著眼睛哭道：

「我原先有個哥哥和一個妹兒，都在一次車禍裏頭死了。現在沒得一個兄弟姐妹。我們倆處到今天，我從心裏頭眞是把你當親妹兒看的！你再給我提成，好像我還要在我親妹兒身上撈錢。叫我心裏頭眞難受得不得了！我成了啥子人了嘛？」

於是，陸姐就花錢雇了一個老保姆，給髮廊做飯洗衣，打掃衛生，代替過去她幹的事情。

然而，壞就壞在陸姐還住在髮廊，也可以說好就好在她還住在髮廊。

50

一天，陸姐正來月事，沒有應召出檯，晚上髮廊生意在高峰期時，突然擁進一大幫警察。不止她們髮廊，這一條髮廊街都被封鎖了，好像戒嚴的架式。原來，C市和全國一樣，浩浩蕩蕩地開展了「打擊賣淫嫖娼」的掃黃行動。警車堵住了街兩頭，警車上的紅燈不停閃爍，警察們奔來跑去，如臨大敵，好像美國警匪片中的場景，看得人心驚膽戰。

警察挨鋪挨店搜捕，一進髮廊就厲聲喊叫「出來出來」！不管男女，統統從「按摩房」裏出來抱著頭蹲在前堂地上。方姐的髮廊裏正好有四個客人在「按摩」，當場逮個正著。穿著暴露的小姐和只圍著毛巾被單在「按摩」的男男女女蹲了一地，蔚爲奇觀。警察一個一個地詢問登記。陸姐當然也在裏面，但因她並不在做生意，穿著還比較整齊。蹲在地上的方姐看見一個警察很注意地打量陸姐，馬上擡起頭仰面向那警察說：

「警官，她是我妹兒，是個小學老師，剛從學校來城裏看病的，絕對不是做這種生意的！我保證，就請你高擡貴手，不要讓她回學校去影響不好。現在找個正經工作好艱難！我這就跪下來求你了，請你積德，菩薩都會保佑你的！」

說著，方姐眞的跪下了，還兩手合十地向警察作揖。

警察低聲音對方姐說：「蹲起子！蹲起子！叫人看見像啥子樣子！叫她進屋頭去。你不用管了，交給我。」

方姐向陸姐使了個眼色，陸姐趕緊趁亂偷偷起來躲進後面一個「按摩房」，只聽外面還在叫：「還有沒得還有沒得？」那個警察在外掀了掀「按摩房」的門簾，和陸姐對視了一眼，朝外面喊：「沒得了沒得了！這家搜查完了，到下家去！」

第二天中午，方姐才蓬頭垢面地回來。說是客人每個罰款三千元，按治安條例拘留十五天，髮廊每家要罰款一萬元，從此封門，再不許開張營業。小姐們每人也罰三千元，拘留十五天，然後各自遣返回老家。陸姐急得要命，連聲說：「啷個辦嘞啷個辦嘞？」方姐卻胸有成竹地說，「沒關係沒關係，這樣的陣仗見得多了！啥子掃黃不掃黃，一陣風就過去了。」

「好！不讓當小姐，我看政府啷個安排這些女娃兒就業！上頭有更好的就業崗位，哪個女娃兒願意當小姐？我都不願意做這種生意！不急不急！頂多過一兩個月就會恢復正常。我們也好休息休息，就當作放個假吧！」

陸姐才知道，這就是方姐早先給她說過的「麻煩」。

51

陸姐月事剛完，就接到一個早就訂下的老客戶的電話，叫她晚上到一家四星級酒店。方姐說星級酒店沒事，警察不會到星級酒店抓賣淫嫖娼的。陸姐和客人做完生意後，客人說累了，給了她小費就打發她回去，客人要一個人睡覺。時間還不到十一點，應該是很安全的。陸姐洗了澡，穿好衣裳，梳理整齊後下了樓。走出電梯，卻被酒店的兩個保安員擋住了，把她押到治安室，問她是哪個房間的客人。陸姐知道小姐的職業道德首先是保護客人，就說是來找熟人沒找到，現在正準備回家。

「格老子！啥子找人啊，我們早就盯上你了！你八點多鐘就來了，還說找人，要找這麼長時間呀？你就是個婊子，賣屄貨！不信，你把你提包裏的東西掏出來，叫我們檢查檢查。要是我們錯了，我們給你賠禮道歉！」

陸姐只好把提包裏的東西倒出來。只有客人剛剛給她的三張百元大鈔和一點零錢，可是，一堆七零八碎的化妝品裏面赫然有一個安全套。

「這是啥子？這是啥子？」保安員如獲至寶地叫喊起來，「這是幹啥子用的？走，到分局去說清楚！」

陸姐從來沒遇到過這種事，差點嚇得哭了。但她知道城市不相信眼淚，哭也沒有用，只好強忍住淚水低著頭跟酒店保安去分局。

分局不遠，拐個彎，走十幾分鐘就到。在這十幾分鐘裏，陸姐思來想去，因爲她生意好，除了來月事那幾天以外，幾乎天天出檯，她對這種生活已感到厭倦。她已覺得今天讓這個男人耍，明天被那個男人玩，每天都有不同的男人抱她摟她，似乎天天都有男人在身邊陪伴，心裏卻沒有個依托，一顆心就像在汪洋大海中飄蕩的沒有目的地的小船，飄來蕩去，看不到哪裏是岸。天天都身有所依而心無所靠，這種生活比過窮日子好不了多少！她覺得自己就像公園裏的公共健身器，來公園晨練的人誰都可以爬上去搖搖晃晃，所不同的只是她是人們「晚練」用的公共健身器而已。既然這次被人抓住了，大不了罰款三千元，拘留十五天，然後遣返回家。反正她手頭已有近十萬元的存款，正好趁此機會擺脫這種日子，回鄉去開家小鋪，維持三個人的生活也夠了。

主意拿定，橫下一條心，什麼都不怕了！

所以，她就乖乖地一直跟著酒店保安走。進了分局的一個房間，陸姐就像電視劇裏被抓獲的地下工作者似的，毫無畏懼地面向牆角一站。酒店保安拿著安全套，如同拿著輝煌戰果似的向坐在辦公桌前的警察報告：

「抓到了抓到了！抓到一個賣屄貨。別忘了給我們在『掃黃行動』上記個功哈！」

陸姐只聽見那警察冷冷地問保安：

「你啷個曉得她是小姐嘞？你們跑進客人的房間抓到的？」

保安說：「這賣屄的八點多就進酒店了，現在才出來。問她住哪個房間，死也不說，還說是找人。找人要找兩個多鐘頭啊？怕把我們酒店二十多層樓都跑遍了！警官，你看這是啥子？安全套都帶起了的！人證物證都齊全，不是賣屄的是啥子？」

又聽那警察問保安：「我只問你們是不是在客人房間當場抓到的，捉姦還要捉個雙哈。是不是？」

「那倒不是。」保安說，「不過，有安全套爲證吵！你們公安局不是到酒店來宣傳過嗎？安全套也可以作爲賣屄的證據的哈！」
那警察忽然提高嗓門，聲嚴厲色地說：
「啥子安全套能當作證據！我正在搜捕強姦犯，你們兩個都有雞巴，有雞巴就有強姦女人的可能！那我把你們兩個現在就抓起來行不行？胡扯淡！要你們抓賣淫嫖娼的，是要你們看到一男一女正在做交易的。曉得不曉得？要是安全套能當證據，那滿大街的人，除了娃兒，我看好多人包裏都有安全套。要省事的話，我們警察不會在藥房門口蹲起子，看見哪個來買安全套就把哪個抓起來。行不行？嗯！我問你們話哪！爲啥子不回答？說！行不行？」
兩個保安被警察懾住了，嘴巴拌蒜似的，「咕嚕咕嚕」不知說些什麼。
又聽那警察朝保安高聲吼道：
「給我滾！還要啥子功勞！不給你們記個過就算你們運氣！這是碰到我哈，碰到別的警察跟你們酒店反映，炒了你們龜兒子魷魚！看你們還到哪裏找飯吃！」
兩個保安沒撈上功勞，反而自討無趣，只得灰溜溜地走了。這時，陸姐聽警察改用平和的語氣問她：
「啷個是你嘛！你不是個小學教員嘛？你啷個讓這兩個龜兒子抓到了嘛？」
陸姐一怔，這時才敢轉過身，稍稍擡起頭看那個警察。原來就是前天到髮廊來進行掃黃行動而有意把她放掉的那個警察。陸姐這時才不由得哭泣起來。
「莫哭莫哭！」警察反倒勸慰她，「要當小姐也放機靈點吵！酒店那些龜兒子是沒撈上你給的好處。何況，酒店裏現成有的是小姐，你從外面進去，就搶了裏面小姐的生意，所以他們特別注意外來的小姐。要是你出來，給保安百兒八十的，啥子屁事都沒得了！那些龜兒子還可能替你拉皮條呢。唉！現在就是這樣：『掃黃』只掃低級的，不掃高級的。叫我們當警察的也無能爲力。你先坐一會兒，說不定那兩個龜兒子又要告到別的警察那裏去。因爲市公安局確實給全市的酒店賓館都宣傳過，在這次『掃黃』行動中，安全套可以當作賣淫的證據。有可疑的女娃兒在酒店賓館出入，如果搜出了安全套，就可視爲賣淫女抓起來。要是又來了警察，你就說你是我的線人，是我派你去酒店的。懂了不？」

陸姐聽了，等於上了一課。她慢慢在一把椅子上坐下，愣愣地看著那個警察，感到像那個橘子皮臉經理說的那樣，似乎上輩子就見過這個警察。

「你不要發愣，以爲我說的不是事實。事實就是這樣。」那個警察笑著說，「帶安全套的就是小姐，那長雞巴的都成了嫖客了。打擊賣淫嫖娼能把全中國成年人都抓起來！眞可笑！我這個警察都不同意這種看法。可是，不同意又有啥子法子？上級規定的嘛！我看這個上級肯定是個沒得雞巴的！」

陸姐雖還流著眼淚，卻「噗哧」一下笑出聲來。警察見她笑了，好像十分高興。

「對了對了！不要愁眉苦臉的吵，都是爲了討生活嘛！我見過的小姐多了，足夠成立一個兵團！可是你眞不像個當小姐的樣子。對不起！反正我們還要等一會兒，如果你願意擺，就跟我擺擺，你爲啥子非當小姐不可嘛？是喜歡讓男人玩？如果不願擺也沒得啥子！哪個都有哪個的難處，有的話是說不出口的。」

陸姐突然對這個警察由衷地產生好感；這個警察好像就是她朦朧中憧憬的那種男人，陸姐非常願意向他傾吐苦水，無所不談。稍作鎭定後，陸姐就把她家裏的情況和來城裏後的經歷告訴了這個警察。警察聽後一言不發，呆呆地坐在椅子上。兩人都沉默了好久，警察突然嗖地站起來，在房裏踱來踱去，就像他後來聽了陸姐說劉主任那番話後一模一樣。

「我呢，還幫不了你啥子忙。但是我會盡可能地幫幫你。」警察終於開口說，「叫你現在不當小姐是不現實的，確實，現在像你這樣的情況，在城裏不當小姐你就一點解決不了家裏的困難。這樣吧，你以後碰到啥子爲難的事，就像剛剛那種，你就給我打電話，說是我的線人。不管啥子事，都說是我派你去的。你那個方姐說得也不錯，這陣啥子『掃黃』，過不了多久就會煙消雲散的。以後你只做賓館酒店的生意，掙錢多，認識的人也會多，做到一定程度，你就在城裏做個正經生意。我只有這點能力，也算是扶貧吧。你看行不行？我把名片給你，上面名字電話都有。你沒得名片吧？」

問到她是不是有名片，警察好像是調侃似的笑了笑。

「那你就把你的手機號碼告訴我。」

陸姐就把自己的名字和手機號寫給警察。

警察一看，「呵！一手字還寫得相當好嘛！」

陸姐又站起來接過警察的名片看了看，知道了這位警官姓陶。正在陶警官準備放陸姐回去的時候，分局果然又進來了一個警官。

「啥子事嘛？酒店那個龜兒子說抓住個賣淫的，人證物證都有，讓你放跑了。告到我這裏來，我又不能不來。龜兒子！明天我非收拾他們酒店不可，拿根雞毛當令箭！他們倒積極得很，大概是沒得到好處吧！」

陶警官朝來的警官向陸姐一指。

「這不是！這就是那些龜兒子說的賣淫的。你看像不像嘛！她是小學校的陸老師，我好不容易請她來幫我辦個案子，全讓那些龜兒子給攪了！你說氣人不氣人！」

來的警官很客氣地向陸姐擡擡手，像是敬禮，又像是打招呼。

「啊，你好！陸老師，謝謝了啊！不存在、不存在！誤會誤會！你不要跟那些龜兒子一般見識，繼續替我們工作哈！陶警官這人很好，不會虧待你的。你在辦案上出了力，我們局裏頭還有獎勵的啊！」

陶警官看看表，說：「啊，都到一點了，我也要下班了。你就送她一下。這麼晚，出租車也打不到了。」

這位警官熱情地把陸姐請上他開來的警車。陸姐不敢說住在髮廊那條街上，就說住在她常寄錢的那所郵局樓上。警官把她送到郵局，說了聲「再見啊，陸老師」，才又開車回警局。

被保安惡狠狠地抓到公安分局，卻被警車恭恭敬敬地送回家，陸小姐變成了「陸老師」。陸姐見了方姐又哭又笑，笑著哭著把事情經過一一向方姐敘述，弄得方姐也哭笑不得。

陸姐惦記被抓到拘留所的姐妹，說她們在裏面待了十幾天後就要被遣返回家，回到家見不得人，可能家裏飯都沒得吃，這啷個辦嘛！她想給陶警官打個電話求求情，看是不是可以放出來後不被遣返，放出去就算了，不管她們到哪裏去，行不行？方姐說，千萬不要打這個電話，陶警官再好，也幫不了這個忙。拿這種事情求他，等於給他爲難，以後他再也不會幫你了。女娃兒遣返回家後，保險不到一個星期都會自己跑回來的。

但是陸姐總有一種感覺，這位陶警官一定會幫她的忙。第二天早晨起床後，她第一次有這種奇特的現象：腦袋昏昏沉沉，行動坐臥不寧，在髮廊中轉來轉去，做起事來丟魂失魄，放下這個忘了那個。實際上，這就是女人想撒嬌的衝動。女人都想對自己愛慕或者愛慕自己的男人撒嬌，向自己愛慕或者愛慕自己的男人撒嬌是女人的本能，或者說是女人的天性。男人們，你們可要注意，只要有個女人要求你做難做或根本做不到的事，你就交桃花運了！你不要當眞，以爲她不講理，跟你爲難；你千萬不要掉以輕心，更不能有絲毫厭煩。你做不做、做得到做不到她並不在乎，女人就是要享受撒嬌的過程。不管她叫你幹什麼事，哪怕是上天摘星星你都滿口答應，就讓她享受撒嬌的過程好了。

到中午，陸姐實在忍無可忍，拿起手機想，頂多碰個釘子罷了，沒啥子了不起的。不撥這個電話，她心裏絕不會平靜。「是可忍，孰不可忍！」與其說她想爲姐妹們求情，不如說她非要撒嬌一下不可。

她撥通了陶警官的手機，心裏七上八下地等著。「嘟嘟」幾聲後，陶警官接了，第一句話就問她是不是出了什麼情況。陸姐心情稍安，這表明陶警官還是關心她的。她連忙說，不是不是，她只想求他一點「小事」。她說，從這個髮廊抓走的女娃兒都很可憐，家裏不是有病人就是要靠上頭救濟，她們又不能回去，在城裏做了見不得人的事，回去了要挨鄰居恥笑辱罵，最後還要往城裏跑。現在她們突然和家裏失去聯繫，家裏人都急得不得了，這裏的長途電話不絕於耳，紛紛哭訴著叫她想法子。她不知道如何回答，問陶警官究竟怎麼辦。

那邊傳來陶警官的笑聲，說：「你倒管得寬得很！我也曉得，她們回去了還會往城裏跑，政府盡花冤枉錢。我這裏想想法子，看能不能讓她們提前出來。反正款也罰了，她們在拘留所蹲著，拘留所還要管飯。你不要著急，就告訴她們家裏，叫等個幾天，不會有啥子事的。你以後把你自己照顧好就行了哈！」

陸姐聽得心都化了，連聲說：「我會照顧好自己的哈，你放心哈！」她不知不覺地說出「你放心」這句話，說了後，兩人都回味無窮。

還不到十五天期滿，方姐髮廊的小姐們一個又一個或早或晚都歸隊了。雖然十五天後這條髮廊街的小姐大多數都又回到原崗位上「工作」，但畢竟是方姐髮廊的小姐回來得早，於是，這條街上漸漸傳遍了這家髮廊「上頭有人」。老百姓說的「上頭」就是政府或政府部門。也正如方姐和陶警官的預料，聲勢浩大的「打擊賣淫嫖娼掃黃行動」，不久就無形中偃旗息鼓，髮廊街又熱鬧起來。當然，「上頭有人」的方姐的髮廊生意更好了。

陸姐仍然幾乎每天出檯，周遊遍了C市每家星級酒店賓館。有時白天也和客人觥籌交錯，推杯換盞，煞是忙碌熱鬧。但沒過兩個月，政府的「掃黃」雖然暫停，民間的「掃黃」卻勢頭更猛。報紙廣播上經常報導性工作者或賣淫女被人殺害的消息，幾天就發生十幾起，有的屍體被剝得光光的，大卸八塊，塞在下水道裏，慘不忍睹。公安局連一個犯罪嫌疑人都偵查不出來。凶手像十九世紀倫敦著名的「開膛手傑克」一樣，專門針對妓女下手，神出鬼沒，十分恐怖，搞得小姐們都不敢出檯。要出檯就死纏活纏地要求跟客人過夜，第二天早上才敢離開房間。可是，小姐的「公共廁所」功能完成後，客人要睡覺了，何必花過夜費？小姐的「物價」雖然不是政府物價局制訂的，但還是有個約定俗成的價格標準：過夜和不過夜，是兩種價格。真正憐香惜玉、怕小姐半夜回家遇到不測而留下她們過夜的客人少之又少，所以，出檯小姐的生意就清淡了許多。這時，陸姐接到陶警官的電話，叫她多加小心，如果和客人不過夜，她要半夜離開酒店的話，最好給他打個電話，他會派人在路上暗中保護她。

陸姐居然成爲C市乃至全國唯一有警方暗中保護的性工作者，足有資格載入將來會出版的《中國性工作者發展史》。但陸姐的客人都是不在乎錢的老板群體，她要求過夜就過夜。儘管她不存在這種危險，但心底裏還是對陶警官感激萬分。怎樣才能報答他呢？

方姐說，對陶警官，不是幾條菸幾個錢就能回報的，只有拿出陸姐身上那個男人最想要的東西才行，可以說是「獻身」吧！

53

這正合陸姐的意。

於是，有一天，陸姐第一次懷著從來沒有過的甜美心情，給陶警官打了個電話，請他哪天有空閒就給她打個電話來，約個時間見見面。幾天後，陶警官跟她說，明天下午他有個空閒，問她有什麼事情。她就找了家三星級酒店，約他明天到那裏「談一談」。第二天，陶警官如約而至，這天陶警官穿著便服，但仍挺拔英俊，陸姐差點一下子撲進他的懷抱，但不知怎麼，這個從不知害羞的小姐竟然害羞起來，只好表現得落落大方地請他入座，給他倒水端茶。兩人坐下後，善於應酬周旋的陸姐卻一時找不出話說。陶警官問她有啥子事，她也說不出口，一副忸忸怩怩、吞吞吐吐、欲說還休的模樣。想不到，還是陶警官先開了口：

「妹兒，你眞要是沒得啥子緊急的事，我就曉得你約我來幹啥子。你不要不好意思，你就直說，你是不是以爲我圖你的身子？想把你身子給我，是不是？」

既然陶警官已經挑開了，她就挪到他身邊，靠在陶警官肩膀上，低聲細語地把她早就想好的話傾心而出：

「就是嘛！只要你不嫌棄我就行。其實，不要看我跟那麼多男人睡過，我心裏還始終保持清白的。我想不但要把身子給你，還想把心也給了你。不管你接受不接受。我見的男人多了，可以說沒得一個男人得到過我的心。你不接受，我再也不會給別人了。反正我覺得我就是你的人了。我也有自知之明，我幹過啥子事我曉得，你也曉得，你放一百二十個心，我絕不會像有些女人那樣，給你鬧死鬧活要跟你結婚的。如果你不嫌棄，我給你做個情人也心甘情願的！我曉得，我這輩子要找個眞正的、像你這樣的男人是妄想！不如就跟了你。你有時間，我們就在一起；沒時間，我也絕不會來打攪你的。」

陶警官聽了十分感動，伸過胳膊摟著陸姐說：

「其實，我也很喜歡你，說眞話，你的影子一天到晚老在我腦子裏頭轉來轉去。但是，我們做警察的，哪有經濟能力像大款那樣包二奶？我包不起你，也就不想了，只能幫到你哪點算哪點，也算我盡了自己的心了！不過，我要先跟你說在前頭：一個警察，絕不能跟小姐有性關係。社會上說的那些啥子公安幹警日了小姐白日的話，我承認是有，還不少！可是我不幹那種事。何況，我喜歡你，就更不能像他們那樣做了。那樣，我們之間的關係就成了性交易，你讓我弄，我保護你。你說，那還有啥子意思？這樣也不得長久，我們兩個在一起耍，想想都覺得既無聊又無趣，不過是個交換而已嘛！時間長了，搞得感情越來越淡，最後分手拉倒！要想我們能長久在一起，你就不能再當小姐，正正經經做個生意，或者找個工作。我們就能像現在說的情人那樣來往。但是，這又碰到問題，你做正經生意我也幫不到你。一個警察，就算警官，哪有錢來給你開店開鋪面？除非我貪污受賄，可是我絕不幹這種事的！」

兩人雖然摟抱著，卻不像是談情說愛，陸姐仰面看著陶警官條分縷析地擺道理。

陶警官又說：

「啊！妹兒，你還不了解我吧？今天我們不幹那種事，好好聊聊，擺擺龍門陣也好嘛！」

陸姐連說，「好好好，你躺在床上說，也舒服點。你說的時候我聽，然後我再說我的想法，你再聽。」陸姐就伺候陶警官在床上躺好，把枕頭給他墊得正合適，將頭髮替他捋順，免得頭髮被枕頭壓得翹起來，又拉直他的褲腿和上衣，讓陶警官展展地躺舒服。還把茶和菸灰缸拿到床旁的床頭櫃上擺好。

陸姐服侍男人是一級高手，陶警官從來沒感到這麼舒服過，也就由她擺布。在床上躺好，陶警官點燃了菸，悠然地繼續往下說：

「說實話，我小時候也是個熱血青年，還是個文學愛好者呢！想當警察，就是看了好些小說，外國的中國的都看，看了後就想爲民除害，除暴安良，主持正義。可是從警校畢業以後，眞當了警察，上面盡叫我們幹我不願幹的事：啥子拆除市民的房子，維持搬遷秩序！啥子到工廠驅趕下崗工人！啥子驅散在政府門口靜坐的群眾！啥子給老板的地皮上驅趕圍攏來鬧事的農民！這是些啥子工作嘛？就是打人抓人嘛！我親眼看到哭的鬧的盡是些平頭老百姓，提的要求還是合理的占大部分。警群關係搞得緊緊張張，兩邊見了跟仇人一樣！我想，這哪是在爲人民服務嘛！我私下裏是有看法，有看法又有啥子用？沒得！只好隨大流，盡量潔身自好。老實說，我唯一幹的壞事就是保護了你這個小姐，沒把你抓走，如果這也算壞事的話。至於說到你要跟我結婚，那是絕不可能的！爲啥？並不是我看不起小姐，絕不是！不然我也不會保護你。我想這個你心裏明白。雖然我並不滿意我老婆，當初是我父母在老家訂下的，一開始就沒得啥子感情基礎；要說面貌身材，她差你十萬八千里！也沒得啥子風趣，我回家也沒得啥子話跟她說。但是，我當警察的，一天到晚不得閒，在外面的時候多，在家裏的時候少，有時候一出差就是十天半月。我們的娃兒七歲了，都是她一手帶大的，我一點都沒插手。家裏的柴米油鹽醬醋茶，全是她一手經辦。我就那麼一點工資，她在園林局工作的工資比我還少得多，兩個人一個月的工資加起來，還不如你一個人兩晚上掙得多。可是她不讓我操一點心，到家要吃有吃，娃兒要穿有穿，娃兒的學習她都管得很好。最可貴的是她一點怨言都沒得！可以當得起『任勞任怨』四個字。要說賢惠，她沒得比！你說，我能跟她離婚跟你結婚嗎？跟她離了婚，恐怕你都看不起我！你可能會想，這樣的老婆我都甩了，以後會不會甩了你呀？」

說到這裏，陶警官在菸缸裏滅了菸，長長地歎了口氣。

「唉！人嘛，可以沒得感情，不能沒得良心！你說是不是？」

陶警官說得陸姐淚流滿面。陸姐一下抱著他不顧一切拼命親吻，舌頭在陶警官的嘴裏亂攪。方姐多次警告她不要跟客人親嘴，陸姐才第一次嘗試到親嘴的滋味。她覺得把舌頭伸進這個男人嘴裏，就好像把心也投放了進去。她和數不清的男人睡過覺，讓那些男人在她身上滾來滾去，摸來摸去，但從未有過這樣強烈地要和男人做愛的激情。她感到體內暗潮湧動，不一會兒，儘管兩人的衣裳都沒有脫，陸姐居然體驗到她從未體驗過的高潮，她像受到驚嚇似的大叫了一聲，全身抽搐不已。

陸姐的高潮平息後，她翻身坐起來。她今天才體會到什麼是女人應該享受和可以享受到的快樂。雖然女人在這個時代、在這種社會「人盡可夫」，而一個女人在身心兩方面都需要一個固定的依托，這是女人的天性所決定的。然而，要有一個固定的依托，她就必須要下定決心擺脫「人盡可夫」的狀態，「正正經經做個生意」。

陸姐將頭髮捋整齊後，如同發誓地說：

「我的想法也不給你說了！你不用管，我有法子！不出一個月，頂多兩個月，我的店就會開張。你看著吧！到時候，你可要要我，不許你不要我喲！」

拾參

陸姐的老顧客中，除了那個「開處」的大老板，還有一個非常奇特而陸姐卻很喜歡的小老頭。大老板「開」了她「處」以後，僅僅是通過他下面的馬仔給她經常介紹新客戶，再沒有和她同床共枕。但有時在叫她陪他的朋友時見到陸姐，仍很關心，詢問她的近況，也叫她找個正經事情做。而這個小老頭不但經常勸她從良，還說過只要她有機會從良，他能幫她一把。

這個小老頭不知是誰介紹的。她只是接聽了一個電話，叫她哪天晚上八點鐘到C市頂級的五星級酒店，房間號碼很大。陸姐知道酒店樓層越高，房間的級別也越高。酒店是全市頂級的，房號也明確無誤，雖然陌生，也沒有什麼可顧慮，陸姐就按時去了。

到了門口，陸姐按了一下門鈴，房門打開，在她眼前出現一個白髮白鬍鬚的小老頭，穿著那時還沒有流行開的白色紡綢中式褲褂，顯得特別精神乾淨，而年齡足足有七十歲。

「請進，請進！久聞芳名，朝思暮想，今日才得一見，果然名不虛傳，花容月貌，妙人兒也！」

小老頭做出一副戲劇姿勢，向她彎腰並一揮手，做了個禮讓的手勢請她進門。

「小生這廂有禮——了！」

陸姐和所有的小姐一樣，進了門，並不在乎客人是胖是瘦，是高是矮，是老是少，相貌如何。因爲不論客人長什麼模樣，也不是你準備戀愛結婚的對象。你別無選擇，只能把身體讓他玩，何必花那個心思去「相親」？主要觀察的是房間的設施等級，因爲這是客人能不能多付小費的主要標誌。如果只是間普通的標準間，儘管住五星級酒店，客人的消費水平也不會很高，給的小費只在約定俗成的標準上下而已。而這間房卻叫陸姐暗暗吃驚，這是間比大老板「開處」那種房間更大的套房。有大熱帶魚缸，熱帶魚在裏面悠哉遊哉地漫遊；有古董花瓶，有多寶格架子，每格裏都擺放著各種石刻、玉刻和瓷器的小擺件；有吧檯，吧檯上陳列著各式各樣的洋酒，每個酒杯都粲然發亮；牆壁上掛著色彩濃豔的油畫；茶几上放著碩大的水晶果盤，堆滿各色時令水果；寫字桌上還有電腦、傳眞機、印表機；邊門旁還有個小廚房，廚房裏面都是當時C市還少見的不銹鋼竈具、炊具。

陸姐知道這個客人不一般，但不知一個七十多歲的老頭子會怎樣玩她，是不是有點變態？一時有點不知所措。沒料想小老頭卻很好伺候。小老頭叫她先去洗澡。她洗澡的時候，老頭在另一間衛生間洗澡。兩人洗罷出來，小老頭才叫她脫掉浴袍，光著身子轉過來轉過去，小老頭背著兩手在一旁津津有味地欣賞，並不碰她。小老頭自己也光著身子，只圍塊浴巾。陸姐轉了幾圈後，兩人就坐下聊天。

小老頭這時完全變成年輕人似的，一會兒拿出根笛子吹奏，叫陸姐坐在他身邊聽。笛聲低沉而悠揚。陸姐聽著聽著竟流出眼淚，原來弟弟叫她找「有眼眼的、吹得響的竹子」就是這種東西！

小老頭看見陸姐流淚，以爲她受到感動，面露喜色，用乾瘦而細長的手撫摩陸姐的頭髮，感慨地歎了口氣說：

「啊！知音呀，知音！現在還有幾個人聽出高山流水，知我清音？唯獨美人知我也！幸哉！幸哉！」

然後，小老頭站起來，在大客廳當中舞之蹈之。舞的時候圍的浴巾掉在地上，小老頭就赤身裸體地一手拿笛子當馬鞭，像在舞台上那樣揮動，一手用食指和無名指捋著垂到喉頭的白鬍鬚，口中吟哦道：

「『今古山河無定據。畫角聲中，牧馬頻來去。滿目荒涼誰可語？西風吹老丹楓樹。從前幽怨應無數。鐵馬金戈，青塚黃昏路。一往情深深幾許？深山夕陽深秋雨。』」

舞罷，小老頭坐下說：

「你知道嗎？這是清朝納蘭性德的詞。我最喜歡了！是他弔唁王昭君的。王昭君，古代四大美人之一也，最後只落得遠走他鄉，下嫁匈奴。我知道你也是流落風塵。但我一向敬重風塵女子，我曉得你並不懂這些，但你能聽我笛音受到感動，就是非常有天分的了！」

隨後，小老頭把白髮蒼蒼的頭枕在陸姐大腿上。仰面朝天，長長地歎了口氣，又自顧自地吟唱道：

「唉！『落魄江湖載酒行，楚腰纖細掌中輕。十年一覺揚州夢，贏得青樓薄幸名。』唉！青樓多薄幸，紅塵少溫暖——呀——何處是好！何處是好——」小老頭的「好」聲高高揚起，然後突然拐個彎，像掉在地上似的，猛地落下來：「呀！」

陸姐讀中學時也讀過古詩詞，讀的時候和讀白話文沒有區別，不像小老頭吟唱得這麼抑揚頓挫，一板一眼，婉轉好聽，把詩詞內容的情感情緒都表達了出來。她不禁用手去捋小老頭的幾根白髮，小老頭閉了眼，似乎在享受她的溫柔。這時，陸姐竟看到小老頭眼縫中有點濕潤，她想叫小老頭高興起來，就給他剝橘子，一瓣瓣地餵到他嘴裏。小老頭果然開心了，吃了幾瓣橘子後，又睜開眼坐起來。

「今夕何夕，共此良人？如果不嫌老朽醜陋，玷污美人與我共枕同衾如何？眞是『滿目山河空念遠，落花風雨更傷春，不如憐取眼前人』！」

兩人雖然光著身子睡在一個被子裏，小老頭卻沒有一般客人那樣的動作，只是叫陸姐摟著他乾瘦的身軀，讓他蜷曲在陸姐的懷裏，嘴巴放在陸姐乳房旁邊，像個嬰兒一樣，偶爾吮一下陸姐的乳頭，叫陸姐輕輕地拍他入睡。

竟然如舊小說寫的那樣「一夜無話」。

第二天早晨，兩人梳理完畢，小老頭叫陸姐跟他一起到樓下的西餐廳吃早餐。陸姐知道一般客人在早上是不會留她一起吃飯的，因爲一旦碰到客人的熟人，客人會很尷尬，讓人知道客人晚上叫了小姐。但是小老頭毫不在乎，挽著她的胳膊大大方方步入餐廳。服務員好似都認識這個小老頭，必恭必敬地引到好像是小老頭的專座，替陸姐拉開椅子。吃完飯，陸姐以爲小老頭要付小費了，而小老頭卻叫他的司機開車送她回去。陸姐坐在後座有點失落，原來白白來了一趟，小老頭沒玩她，是不是就不付費？

可是，下車時，司機雙手給陸姐送上個信封。回到髮廊，陸姐打開一看，比約定俗成的小費多三倍。

55

從此，小老頭每星期召她一次，每次都是那間大套房。只要陸姐不來月事，風雨無阻。陸姐看見大水晶果盤中貼著外國商標的水果他們倆只吃了幾個，其餘的都便宜了酒店的服務員拿去享受，眞可惜！有時想問問小老頭，是不是能讓她帶回去讓姐妹們分享，可是又不好意思說。由此也好奇小老頭究竟是幹什麼的，官不像官民不像民，老板不像老板，教授不像教授，但出手大方，在陸姐看來可以說揮金如土，令她十分費解。一次，陸姐偶爾試探了一下，小老頭哈哈一笑，從她腿上翻身坐起來。

「你別以爲我是販毒的啊！我實話告訴你這個美人，叫你放心。這就是因爲我的遠見嘛！現在，美國的兩大金融機構在支援我嫖你這個娼！」老頭笑著在她臉上擰了一把，「莫生氣莫生氣！開開玩笑！還在鄧小平剛剛上台提出『科教興國』的時候，國門也打開了，我的兩個娃兒，一個女娃兒，一個男娃兒，都考上了美國的大學。那時候，他們都要去學科技。我叫他們不要去學科技，要學就學金融管理和經濟貿易。那時候，這兩個是冷門，沒得幾個人學。因爲他們媽死得早，兩個娃兒都是跟我長大的，所以很聽話。後來，兩個娃兒都成了這兩門學問的博士。現在，美國想進軍中國的金融市場，男娃兒是美林主持亞洲區的主管，女娃兒是摩根主持亞洲區的主管。你說，是不是我拿了美國人的錢在和你耍？」

陸姐雖然不知道「美林」、「摩根」是什麼機構，但知道這小老頭既有錢又來路正當。知道客人有錢，陸姐就安心了。

一回生二回熟，後來陸姐一進門，小老頭就建議他們倆都脫光衣裳，說這是返璞歸眞、崇尙自然的「天體運動」，對養生有好處。小老頭見了她就眞返璞歸眞了，和小娃兒一樣，還要陸姐跟他在房間裏捉迷藏。大套房有大小六個房間，由他們兩個赤裸裸地跑來跑去。小老頭捉到她就在她臉上親一下，陸姐捉到小老頭也同樣如此。玩得高興了，小老頭還要背她，陸姐比小老頭高半個頭，陸姐只好趴在他背上用腳尖踮地跟著他走來走去。陸姐背小老頭的時候，很輕易地就背了起來，在房間裏小跑，小老頭在她背上樂不可支。

有時，從小老頭的吟詠中，陸姐也聽出一絲悲涼。一次，小老頭躺在她大腿上閉著眼睛吟詠：『寒蟬凄切，對長亭晚，驟雨初歇。都門帳飲無緒，留戀處，蘭舟催發。執手相看淚眼，竟無語凝噎。念去去，千里煙波，暮靄沉沉楚天闊。多情自古傷離別，更那堪，冷落清秋節。今宵酒醒何處，楊柳岸、曉風殘月。此去經年，應是良辰好景虛設。便縱有千種風情，更與何人說？』唉！多好啊！『今宵酒醒何處，楊柳岸、曉風殘月』！此種絕妙好詞，今日有誰能作？後繼無人，風流不再！『便縱有千種風情，更與何人說？』我不乘風歸去，更待何時？」

可是，小老頭一會兒又高興起來。吟唱道：

『如今非是秦時世，更隱桃花亦笑人』；『到老居然逢盛世，男兒何處寄頭顱？』啊！所以，我也只好隨波逐流，得樂且樂。學古人那樣：秉燭夜遊，倚紅偎翠，傍柳隨花。眞是『舞低楊柳樓心月，歌盡桃花扇底風』啊！以使吾『不知老之將至』也！」

經過幾次，陸姐覺得小老頭每次付給她那麼多小費，卻不弄她，自己也有點過意不去。這是小姐的職業習慣，也是小姐的職業道德，並且，陸姐從心眼裏也有點喜歡這個小老頭。有一晚，陸姐就在被窩裏主動挑逗小老頭，有意去抓他的下體，還把嘴湊上去。小老頭趕忙捂住他的下體，像被胳肢了一樣，「咯咯咯咯」地笑起來。

「褻瀆、褻瀆！不敢褻瀆美人紅唇。」小老頭輕輕推開她，從床上坐起來，笑著對陸姐說，「你不要以爲是我的東西起不來才不弄你，要你『吹簫』才能起得來，不是那樣的！就是不能起來，外國人現在發明了一種藥，叫『偉哥』，讓八、九十歲的老頭也能過性生活，但是我不願那樣做。」

小老頭正色地問陸姐：「你知道我爲啥子不出國嗎？」

陸姐當然不知道，搖搖頭，徵詢地看著小老頭。

小老頭說：

「我的兒子女兒孫子外孫一大群，都在美國，今年孫子都在矽谷工作了，掙的錢比他老子還多。他們總是叫我去，說是叫我去安享晚年。我說，要安享，就在我們中國安享！你們把錢給我寄夠就行了，其他不用你們管！我喜歡我們中國的東西，特別是文化，傳統文化。可惜，一個『文革』，毀了我們一大半珍貴的東西！幸好還留下一點點。就因爲那只有一點點，所以特別可愛！那叫『餘緒』、『餘韻』。懂得不懂得？我們中國文化重視精神心理上的享受，西方文化偏重物質肉體上的享受，這就是東西方兩種文化的根本區別。我跟你耍，精神上得到快樂就行了。你又這麼美，你想想，我這樣一個醜陋的糟老頭子趴在你身上『哼哧哼哧』地搞你，像啥子樣子？可笑不可笑？自己想想都覺得降低了品格，把美好的東西都破壞了，更破壞了我的心情！你是我安享的一個最好的陪伴，讓我安享了；你能讓我眞正放浪形骸，能眞正忘形！這點，我還要感謝你呢。你知道我爲啥子不親手把錢給你？就因爲我不想把錢混到我們裏頭去。可是不給你錢，你就是靠它生活的嘛！沒得法子，只好讓司機給你。不過，要是你以後做個正經事，從良了，你就找我，那時候我就會親手把錢給你了。你很有天分，從良了你就是個不平凡的女人。你要曉得，你現在是『神女生涯原是夢』，你還『小姑居處本無郎』呀！好好做個正經生意，尋個『貧賤不能移、威武不能屈、富貴不能淫』的大丈夫，做個良家婦女。」

小老頭又歎口氣說：

「唉！現在哪個整成這個樣子：神州大地，男無君子，女無淑女！小姐不像小姐，良家婦女不像良家婦女！走在大街上，你都分不清哪個是小姐，哪個是良家婦女；好像滿大街都是小姐，又好像滿大街都是良家婦女！唉！可是你不同，你這個小姐走到哪裏，看起來都像淑女。你有這個天分吵！」

有時，赤身裸體地鬧累了，陸姐和小老頭兩人一起躺在寬大的沙發上閒聊時，也想問問小老頭過去的事，現在幹啥。

小老頭長歎一口氣說：「這些你就莫問了。我給你吟一首我的詩，你就明白了。」

於是小老頭就清了清嗓子，兩手淩空緩緩地揮舞著節拍，像唱戲般悠揚婉轉地吟哦起來：

臨風——不——受——始——皇封，只作——荒——山——一——古松。莫問——當——年——霜——雪事，今宵——閒——話——盡——從容。

小老頭吟唱完了，陸姐還是不明白，但更覺得小老頭可愛了。

小老頭還給她說過，中國文人自古就有呼優召妓的傳統。說了一大串古代文人的名字和古代小姐的名字，陸姐只聽出什麼蘇東坡、白居易，還有本省的薛濤。說到一個叫梁紅玉的古代小姐，說她是有名的戰將，巾幗英雄，「擂鼓戰金山」。小老頭興奮得赤身裸體地翻身起來，站在大客廳當中，白鬍子撅得高高的，兩條細小的胳膊像拿著鼓槌般急速上下揮動，口裏發出「咚咚咚咚咚」的鼓聲，讓陸姐彷彿看到梁紅玉小姐面對著敵人的千軍萬馬在指揮激烈的戰鬥。

「沒得妓女，哪有千古流傳的〈琵琶行〉嘞？沒得妓女，杜牧、柳永都沒得靈感！沒得妓女，夏衍啷個能寫出《賽金花》嘞？他後來還當過文化部部長！」

小老頭越說越來勁，說得她雲山霧罩，覺得她們從事的還不是低級工作，在歷史上也曾有過貢獻。

和陶警官分手後，陸姐就回到髮廊與方姐商量怎樣做正經生意。陸姐除了在餐館酒店賓館進進出出過，完全不懂其他什麼店鋪超市怎樣做生意的。方姐還捨不得放棄做小姐的生意，因爲自外面傳言她的髮廊「上面有人」後，她的生意越做越紅火。方姐說，現在做什麼生意都不如做小姐生意容易賺錢。

方姐鄭重其事地告訴陸姐：「現在，全中國只有兩大行業最容易賺錢：一個是當官，一個是當小姐！」

但是，髮廊太顯眼了，一來掃黃行動，髮廊就首當其衝。要開個外表看來是正當的營業場所，暗中兼做出檯小姐的仲介。小姐不在正當場所裏做，只讓她們「外賣」，於是就建議開個茶室。茶室陸姐倒略知一二，因爲她曾在茶室裏等橘子皮臉經理等了八、九個小時，閒著無聊時看了一些茶室的買賣。那裏面不只飲茶品茗，還有點心、棋牌和足浴。C市人愛打麻將全國聞名，茶室的棋牌部分生意特別好，當時就決定了開家茶室。

57

爲了找地點鋪面，陸姐就把「開」了她「處」的大老板約到一家咖啡店面談。大老板嘴上叼著雪茄說，這有何難？一手把玩著一塊玉佩，一手拿出手機打了幾個電話，然後叫陸姐到什麼什麼地方找誰誰誰。陸姐去了一看，地點果然不錯，正在一家四星級酒店旁邊，是一座辦公樓大廈的一層，有一千多平方米面積，租金也很合算。又剛好到了小老頭約陸姐的時候，陸姐去了跟小老頭一說，小老頭連聲說好好好，中國的茶文化應該發揚。兩人也不捉迷藏了，一老一小就在大套間裏赤身裸體、在「天體運動」的純原始自然狀態下研究當代商業，商量如何開辦茶室。

小老頭不愧是中國文化的通家，提到茶文化興趣盎然，光著身子拿出張紙就把一千多平方米的大廳分隔出幾個部分，各個部分有各個部分的功能，有琴棋書畫茶藝插花麻將牌九和養生休閒，把茶室做成個多功能廳。並對陸姐特別強調要有中國傳統文化品味，一律採用中國的古典家具和裝飾。但陸姐只有十幾萬元存款，無能爲力，連裝修費都不夠，何談預付房租？

小老頭說，有方向，就不怕沒辦法。

「你有十幾萬，拿出十萬就行了。我出十萬，你叫你那個大老板也出十萬。我們三家正好組建成一個股份有限公司。有了個公司，我們才能向銀行貸款吵！你這個呆美人，你曉得不曉得，銀行就是幫我們掙錢的吵？銀行方面你們不用管，我來和他們打交道！」

大老板慷慨答應入股。三人三一三十一，登記了一個「股份有限公司」，註冊資本三十萬元。區區三十萬人民幣，要開家擁有一千多平方米面積的多功能廳，當然是杯水車薪。而小老頭果眞有辦法，在民營企業很難向銀行貸出款來的時候，小老頭居然叫銀行上午送錢，銀行就不敢下午送。原來，小老頭的背景C市政府高層和C市銀行界高管都知道。小老頭跟陸姐說得不錯：「美國的兩大金融機構在支援我嫖你這個娼！」現在，有些官員是用納稅人的錢公款消費，小老頭是拿美國金融機構的錢公款消費。小老頭住的總統套房、坐的小汽車等等，都是美國的金融機構埋單。那間「總統套」，名義上是美國金融機構在C市的臨時聯絡處，其實是企圖長期進駐C市的尖兵哨。

王草根手中有土地，小老頭背後有美國金融機構這座大山，要銀行放多少款銀行就放多少款，而小老頭貸款根本不需要像王草根那樣請客送禮給回扣，張口就行，手到擒來，一分不少。陸姐有了錢，就預付了租金，雇裝修公司來裝修。小老頭還是個完美主義者，經常到工地視察，親自挑選古典家具飾物，精益求精，花銀行的錢不心疼，把個茶室裝修得古色古香，高貴典雅，成了C市最高檔的茶文化展示場所。

茶室的名字當然是小老頭起的。小老頭說，他小時候在江津見過陳獨秀，江津人對陳獨秀都很敬仰，蔣介石還經常派大官從重慶來看他，好像對陳獨秀也很尊重。陳獨秀在北京時也很喜歡嫖妓，是八大胡同的常客，跟小老頭雖不是同志，卻是同好。小老頭就把茶室起名爲「獨秀居」，並且手書了牌匾。

牌匾一掛到門口不得了！陸姐才知道小老頭是C市的大名士，「文革」前就出版了好幾本研究古文的專著，是中國古詩詞研究界的一名權威人士，書法作品一字難求，更是從不給人題牌匾的。人們不爲喝茶，也要跑來看一看「獨秀居」三個字。

58

兩年後，中國大陸突然掀起了國學熱，冷門變成熱門，小老頭也一下子成了著名的國學家，在各地跑來跑去講學，東奔西走，席不暇暖，在C市別想找到他影子。有一天，陸姐突然接到個電話，說是小老頭在南方的一個大城市講學時，晚上沒人照顧，在衛生間摔倒了，現在半身已經癱瘓，要她去南方那所醫院一趟。陸姐急忙當晚就乘夜班飛機趕到那座城市，第二天一早就去醫院。

小老頭病房內外有一群年紀大小不等的看似「海龜派」的人物，都尊敬地讓她走到小老頭床前。

小老頭躺在病床上，看起來，軀體陡然縮小了許多，像個小娃娃睡在被窩裏。見她來，咧了咧嘴，算是一笑。揮揮他還能動的一隻手，意思是叫別人都離開。人們離開後，小老頭向她招了招手，意思是叫她來床前。陸姐一下子撲到床前，趴在小老頭身邊哭泣。小老頭把那隻能動的手放在陸姐頭上，卻還能勉強說話，他的話也只有陸姐能聽得懂。只聽小老頭吐字不清地斷斷續續地說：

「我還沒死，你不要傷心。啊！『碧雲天，黃花地，西風緊，北雁南飛。曉來誰染霜林醉？總是離人淚。』哦……嗨！你再脫了讓我看看，只脫上衣，我看看我含過的奶頭子就行了！」

陸姐馬上去把病房門鎖好，轉身過來把上衣連裙子褲衩全部脫光，赤條條地坐在小老頭床邊，拿起小老頭那隻有知覺的冰涼的手，把它放在她溫暖的乳房上，俯身用慈母般的目光看著小老頭。

小老頭眼睛一亮，咧開的嘴更大了些，喜悅之情溢於半邊沒有麻木的臉上。

「啊！你讓我知道了什麼是『美之所在，雖污辱，世不能賤；惡之所在，雖高隆，世不能貴』。好！好！好！老夫此生有此豔福，不枉來人間走了一遭也！」

在陸姐乳房上暖了一會兒，小老頭的手微微抽動了一下，意思是可以了，叫陸姐穿上衣裳。陸姐穿著整齊後，小老頭示意叫他的兒孫進來。小老頭跟他的兒子媳婦孫子一句話都不說，只用手勢表示。他用手勢叫一個美國式瀟灑打扮的少婦把她手上捧的一個包交給陸姐。然後朝陸姐微微揮手，意思是她可以走了。

陸姐走出病房，小老頭的兒子對陸姐說，他們已包租了一架飛機，明天就把小老頭送到美國洛杉磯去。陸姐直抹眼淚往外走，沒跟小老頭的兒子說一句話。小老頭的兒子很客氣地向陸姐謝了又謝，一直送到醫院門外。

陸姐回到酒店打開包一看，原來是一個非常精美的女式手提包。陸姐記得，她曾跟小老頭說過那橘子皮臉經理嘲笑她連個手提包也沒有的話。陸姐捧著手提包貼在臉上，涕泗橫流。

不久，世界名牌大舉進入中國市場，陸姐才知道小老頭送給她的手提包的牌子是LV，她的提包式樣還是全球限量版，屬於頂級的奢侈品。

小老頭去美國後，沒有與陸姐再聯繫。幾個月後，小老頭的兒子來C市開什麼學術研討會。他專程來獨秀居茶室拜訪陸姐，告訴她，小老頭到美國不久就在醫院安詳去世，彌留之際，只見他父親用一隻能動的手向空中指著，喊了三聲「他、他、他」。可是漢語不像英語，搞不清這個「他」是女性還是男性。

陸姐心裏明白這個「他」是誰，也明白小老頭的兒子其實心裏也清楚這個「他」是誰，不然，小老頭的兒子何必不遠萬里跑來告訴她小老頭最後說的三個字。

小老頭的兒子走後，陸姐放聲慟哭，肝腸寸斷。如果沒有陶警官在一旁不停地安慰，陸姐肯定會大病一場。

拾肆

獨秀居茶室在小老頭和大老板的參與策劃下，集中了中國傳統的茶文化、棋牌文化和養生休閒文化，方姐又主持著地下性文化部門。外表琴棋書畫一應俱全，華麗典雅，每間雅間都極具中華傳統文化品味，既古典華貴，又舒適怡人。每週都有茶藝和插花表演，經常邀請高手來舉辦象棋和圍棋比賽，是C市有文化的富人們養尊處優、頤神養性或是進行商業談判的好地方。而骨子裏頭，就是C市高級商圈的富人們呼五喝六、尋花問柳的場所。說白了，就是賭博和性交易。所以，陸姐才不讓一億六到她公司工作。陸姐對劉主任說公司女的多，怕對一億六影響不是很好，劉主任要仔細一想就絕無道理。果眞如此的話，中華婦女聯合會就不能有男幹部進去工作了。陸姐怕的就是這兩項業務不利於一億六的成長。但說是「公司」還是眞的，因爲獨秀居在工商註冊登記上就稱爲「獨秀居文化休閒股份有限公司」。

這個暗中有賭博及性交易的獨秀居文化休閒股份有限公司的靠山，就是陶警官。陶警官自公司開張那天起，就正式成爲陸姐的情人，或者反過來說陸姐就正式成爲陶警官的情人。一方面，陶警官爲了暗地裏替公司保駕護航，在其他方面再不能發生任何差錯；另一方面，更因爲抱得美人歸，有了極大的滿足感與幸福感，此生再無他求，從而眞正達到了「無欲則剛」的境界。陶警官有了青年時追求「爲民除害，除暴安良，主持正義」的現實條件，所以在工作上能正直不阿，鐵面無私，廉潔奉公，敢於主持公道，並且特別踏實肯幹，一絲不苟，鑽研業務，認眞辦案，爲人又大方慷慨，樂於助人，因而在全市公安系統有很高威望。陶警官眞的成了既符合人民警察的標準，又符合小老頭說的「貧賤不能移、威武不能屈、富貴不能淫」的大丈夫標準。對內，是陸姐的理想伴侶；在外，陶警官立功數次，多次被表彰獎勵，獲得了「先進工作者」、「先進標兵」、「公安模範」、「優秀人民警察」等等榮譽稱號，從一個初級警官一步步很快提升爲高級警官，攀蟾折桂，平步青雲。

60

因爲陸姐常覺得自己沒有名分，陶警官作爲公職人員，又不能和她生孩子，不然，陶警官就會引起軒然大波，公職和黨籍都會一擼到底，所以陸姐總有種不穩定感和不安全感，擔心陶警官的官當得更大後，哪天想起她曾當過小姐而甩掉她，經常纏著陶警官起誓，要他海誓山盟。農村出身的女娃兒，長得再美也擺脫不了指天畫地賭咒發誓的習氣。

陶警官理智得很，把社會看得很透。一天，陶警官和陸姐完事後，在床上摟著她，一邊抽菸一邊閒聊：

「你眞天眞，老要我賭咒發誓。我跟你說哈，啥子賭咒發誓都沒得用！唐明皇和楊貴妃發誓：『在天願做比翼鳥，在地願做連理枝。』結果啷個了嘞？還不是下聖旨把楊貴妃在馬嵬坡處死了。那些被抓的貪官，不能說個個都跟他老婆發過誓，但肯定個個都在黨旗前面宣過誓。宣誓的時候還莊嚴得很，手舉起子，胸挺起子，信誓旦旦：『全心全意爲人民服務。』可是，後來一心一意搞錢、一心一意搞女人！情人不止一個兩個，還有的走到哪裏搞到哪裏，調到哪個部門搞到哪個部門。所以，要看一個人忠心不忠心，誠懇不誠懇，不要聽他說得多好聽，發過誓沒有，要分析他的實際情況和實際能力，看他做得到做不到。我跟你說哈，現在社會上，有錢的富人，男的包二奶三奶甚至四奶五奶，富婆包二少三少甚至四少五少，都可以！喜歡哪個就包下來，獨自享受。因爲啥？有錢！因爲他們有這個能力，有這個條件。中產階層也有錢，但錢不是太多，包不起二奶，就耍小姐，今天耍一個，明天再換一個，比起包下來花錢又少，還新鮮；女的就找『鴨子』。爲啥？因爲他們的能力差一點，包二奶、二少錢還不太夠，想包包不起！一般公務員，工薪階層，還有啥子小知識分子一類的，腰包不那麼鼓的男人，犯了『七年之癢』，跟自己的老婆有了『審美疲勞』以後，又啷個辦嘞？包麼包不起，嫖麼嫖不起，就隨意隨緣像發情的狗娃兒一樣，到處找『一夜情』。最理想的，就是找個有獨立經濟能力的、丈夫不在身邊、或者離了婚的寂寞少婦。跟這種寂寞少婦談情說愛，又有情調，又不擔責任，又不花錢，甚至有時候還是女的花錢。上床可以上床，也能在公開場合抛頭露面。因爲這種寂寞少婦大都有正當職業，可以跟朋友夥一起吃喝玩樂，不像小姐那樣帶不出去，帶出去叫人發現了會笑話。而且，這種寂寞少婦還隨叫隨到，比起找小姐既合算，又方便，可說是達到了『共贏』，男女雙方都各自找到樂趣。爲啥？就因爲他們的能力更差一點，他們只能這樣做：男的不是不喜歡這個女人，是包不起這個女人；寂寞少婦也包不起一個小白臉。男男女女只能像無頭蒼蠅一樣亂撞，撞到哪個算哪個！每個人都是量力而爲、按自身條件辦事的吵！其實，這種現象，比啥子包二奶找小姐的多得多！在社會上非常普遍，只是一般人還沒有覺察到這點罷了！我們這個社會可說是個『情人社會』！」

陸姐聽著笑了起來。陶警官很得意自己獨到的發現，也笑著親了她一下，彈了彈菸灰又說：

「好！說到我，老實說，我有了你就滿足得很。第一，沒得幾個女的有你漂亮，你比我還年輕十多歲。第二，我不花一分錢，你不需要我包。說句丟人現眼的話，有時還要你倒貼。第三，我的官越當得大，地位越高，越要謹愼小心。爲啥？盯住我的人多了吵！那些人恨不得我出問題，比你盯我厲害得多！你看，你有多少免費的義務密探上上下下圍著我，你還不放心！我就是有那個外心，也沒得那個條件吵！第四，我們早就有『君子協定』，你又不纏住我要正式結婚。好，退一萬步說，萬一又有一個啥子都不圖的，甘願獻身，比你還要年輕漂亮，也說不跟我結婚的女人追求我，我要是接受了，她肯定要我給她解決這個問題那個問題。說白了，就是權色交易。這你早就曉得我是不幹的。不要你的錢，就要你的命！你記住，這可是個經典總結！這點我心裏有數得很。你也曉得我不會跟女人輕易上床，要不，那天我們在你訂的賓館房間早就發生關係了。何況，我又不是傻子，我也四十歲的人了，哪個女的是啥子都不圖，只看我的長相好才甘願獻身的？我是劉德華呀？我是梁朝偉呀？我是金城武呀？你看我像不像嘛？」

陶警官側臉徵詢地看著陸姐，兩人對視了一會兒，都笑起來。

「再說，我們早就有感情基礎，不曉得你啷個感覺，反正我是覺得我跟你的感情越來越深。說實話，我覺得你不是我的啥子情人，我是把你當親人看的！我又不是不曉得你當過小姐。你忘哪？正是你在當小姐的時候，我喜歡上你的。你要不當小姐，我們還沒得見面的機會嘞！你只要防止我不要害精神病，不要發瘋就行了哈！我要哪天害了精神病，突然發起瘋來，我才會不要你去找別的女人。」

陶警官沒有害精神病，陸姐卻忽然害了精神病，非要和陶警官再來一次不可。她在陶警官身上近乎瘋狂，最後大叫一聲，癱在床上昏死過去。幸虧陶警官懂得急救方法，又是按壓胸部，又是嘴對嘴地做人工呼吸，陸姐才漸漸蘇醒過來。

61

陸姐發誓似的向陶警官說要做正經生意，陶警官本以爲陸姐會開家小小的服裝店、化妝品商店等一類店鋪，雇上一兩個售貨員，陸姐當個小老板，在櫃檯後面一坐。陶警官還會替她尋找店面，洽談租金，招聘員工，介紹貨源，暗中保護，不讓街頭小混混跑來搗亂什麼的。沒想到她一下子搞得這麼大，而且不僅沒有脫離小姐生意更加上了賭博，很不以爲然。可是獨秀居文化休閒股份有限公司一開張就面臨還債的巨大壓力，不兼營這兩種生意就賺不到錢，賺不了錢就無法還貸。而陸姐也沒料想到，小老頭居然不但同意方姐的做法，還大力支持公司暗中做這兩種買賣。

小老頭能貸款，但也力主不僅要照合同按時連本帶利地還貸，還急著要早早地還清，越提前還清貸款越好。

小老頭說：「一個企業絕不能負債經營，負債經營的話，你總是在給銀行打工。擺脫負債經營的局面了，哪怕你一天只賺一分錢，那一分錢也是你的。老是負債經營，哪怕你一天賺一百萬，你也只能乾瞪眼看著那堆鈔票，因爲那全是銀行的。你有多少錢，是要把你欠別人的錢扣除去，剩下的那部分才眞正算是你的。懂得啵？」

聽陸姐說陶警官對公司兼營這兩種生意很反感，小老頭就叫陸姐哪天把「你的警察哥哥」約來一談。

陸姐不再當小姐了，但和小老頭還是一週一次在那「總統套」中進行「天體運動」。這是陶警官允許的。陶警官想得開，他說那已經不是小姐和嫖客的關係，而是朋友之間的關係了。所以，陶警官聽說小老頭要跟他見面，很坦然地穿著便服跟陸姐去了酒店。

62

陸姐和陶警官進了「總統套」，只見小老頭一反常態，和陸姐眼中那慣常赤身裸體、打打鬧鬧、四處捉迷藏，還要吮她奶頭的小老頭全然不同。

小老頭一派儒雅風度，白髮白鬚，白褂白褲，舉手投足不疾不徐，步履輕盈，在厚厚的地毯上走動如在水面上漂浮，雍容閒雅，仿佛一身仙風道骨，雖然身居豪華的「總統套」，卻似一塵不染，和四周毫無關係，倒像是在深山峽谷中修行的神仙中人。陶警官原以爲小老頭會跟他嘻皮笑臉，現在一見小老頭，不由得下意識地有種高山仰止的感覺。

小老頭請他們二位入座，立即有服務員端來咖啡、茶水和水果點心，一一擺放整齊，替各人的杯子倒滿後，悄然退出。

服務員走後，小老頭拈著鬍鬚對陶警官說：

「陶警官，多次聽小陸說起你，正直清廉，主持公道，扶弱濟貧，關懷和保護下層群眾。我覺得你還是當今不多見的衙役捕快，才願一識尊容，想與你促膝而談。又聽說你對公司的經營有不同意見，更想與你交換看法。你的不同意見很自然，如囿於當今俗見，我也會像你一樣認爲是寡廉鮮恥、傷風敗俗的行爲，也會羞與爲伍，嗤之以鼻，更不用說允許下面的人染指了。所以，我完全理解你並尊重你。如果你不嫌老朽唐突，是否可以聽聽老朽的看法？啥子事情都可以商量，你說對不對？」

陶警官在小老頭面前只有洗耳恭聽的分，連忙起立了一下。

「請講請講！願聽老前輩指教。」

在陸姐身上，小老頭還眞算是個老前輩。於是小老頭靠在沙發背上，坐得更鬆散舒適一些，像諸葛亮未出茅廬就三分天下似的，侃侃而談：

「現在人們說今天中國面臨百年來未有的大變局，這眞是目光短淺！其實，中國現在面臨的是五千年來未有的大變局！五千年來形成和積澱下來的東西，不論是精神文化方面的，還是外在物質生活方面的，都在短短的二十年間猛地一下子翻轉過來！」

小老頭拿起茶几上放的一瓶玻璃瓶裝的開心果，猛地一倒過來，讓瓶底朝上，向茶几上「砰」地一蹾。

「請看，這裏面的開心果一下子都調換了原先的位置。有的原來在上面的跑到下面去了，有的原來在下面的跑在上面來了，即使在中間的好像還是在中間，但也挪動了位置，不可能沒有一顆開心果絲毫未動。每顆開心果都有移動。二十多年，在我們看來似乎很長，而在歷史長河中只是毛澤東說的『彈指一揮間』。這一『彈指』間，就是我剛剛把瓶子往下一翻過來的一刹那，我們每個中國人都猛然改變了位置。請問，這樣是不是每個中國人都會被搞得暈頭轉向，一時摸不清東南西北？這是當然的。因爲沒有哪個人能未卜先知，早早就想好了他會變動到哪裏去，變了以後該唧個辦。不過，有人動了位置，仍然照原來位置上那樣做，那樣思考，意識不變。這是習慣嘛！有人變了位置，馬上變了做法，變了思考方式，變了意識觀念，完全照他現在變了的位置想辦法，去做、去思考。」

小老頭說到這裏，向陶警官一傾身說：

「請問，陶警官，毛澤東說的『數風流人物還看今朝』的『風流』是啥子意思？小陸說你愛好文學，我倒想向你請教請教。」

陶警官這時哪敢班門弄斧，虛心地說：「是呀，我們常說『風流』這兩個字，但是在這裏究竟應該怎麼講，還是要請教老前輩。」

小老頭又靠在沙發背上，微微一笑說：

「其實非常簡單。用通俗好懂的話來講，『風流』就是『心眼兒活』的意思！按馬克思主義原理，無產階級革命首先是從城市工人起義開始，依靠工人階級推翻資產階級統治，可是毛澤東『風流』，『心眼兒活』，來了個『農村包圍城市』，靠農民打天下，結果大獲全勝；在國共兩黨內戰時候，史達林叫毛澤東見好就收，不同意解放軍過江。毛澤東『風流』，『心眼兒活』，不按當時擁有最高權威的『共產國際』的指示，來了個『宜將剩勇追窮寇』，非過江不行！結果把國民黨打到了臺灣去，得了天下。所以，毛澤東當得起『風流』兩個字，他的心眼最活，眞正是個了不起的『風流人物』！可是，他老人家晚年太『風流』了，心眼兒太活了，活得隨心所欲，完全不按照科學規律辦事，才把中國弄得一塌糊塗！然而，我不認爲他不好。毛澤東的歷史功績之一就是他晚年犯了錯誤！他搞的那一套，就像我剛剛拿起這瓶開心果底朝上地翻過來一樣。毛澤東拿的瓶子裏裝的是啥子呢？瓶子裏裝的就是五千年的中國和我們中國人。這就是毛澤東的偉大之處，五千年的中國和八億中國人，讓他輕輕一提，就提起來了！這一翻，讓中國人知道了『造反有理』，下面人可以反對上面人，老實說，這就是民主的第一步！在『文革』時候，除了毛澤東之外，再沒有別的權威；昨天對的，今天都錯！昨天錯的，今天都對！把中國五千年的東西翻了個底朝天。傳統的那一套、舊的那些東西都不行了！從此，把中國的人心搞亂了，可是，也把懷疑的種子撒在中國人的心裏頭了！」

小老頭笑著喝了口茶。他用拇指、食指和中指捏茶杯柄，小指和無名指微微翹起，像京劇演員做的蘭花指那樣優雅。

「好！那麼鄧小平的歷史功績是啥子嘞？鄧小平接過毛澤東翻過來的瓶子，不僅往下一蹾！還乾脆把瓶蓋打開，讓瓶子裏面的開心果撒了一地。瓶子原來是密封的。密封是啥子意思？密封實際上就是不透氣嘛！和外邊的空氣完全隔絕嘛！如果鄧小平不是擰開瓶蓋，而是接過毛澤東翻過來的開心果瓶子，再慢慢小心地翻轉回去，仍然好好地再放回桌上擺好，那就糟糕了！那就沒有中國的今天了！那樣，今天我們還是處於計劃經濟社會：大家吃大鍋飯，各人憑證憑票買東西；雖然沒有貧富差別，可是大家都一樣窮！人分三六九等：什麼工人、農民、革命幹部、地、富、反、壞、右；身分等級森嚴！農民在農村，工人在城市，城鄉兩重天，小陸現在就跟她爸爸在鄉下種田！中國還是個貧窮落後的國家！所以，我說鄧小平比毛澤東還偉大，就在這點上！」

小老頭看陶警官和陸姐都在仔細聆聽，一副津津有味的神情，就又往下說道：

「好！我們再往下說。毛澤東把中國五千年翻了過來，鄧小平又打開了瓶蓋，讓開心果撒在地上亂蹦躂。而且從此中國透氣了，不再處於密封狀態了，開心果可以直接看到外面的世界，外面的人也能直接和開心果接觸了。這樣，五千年的中國就遭到非常猛烈的一次衝擊，我們每個人也都受到衝擊，在地上亂蹦躂！在我們蹦躂的時候，每個中國人都遇到前所未有的問題，因爲我們已經不在瓶子裏待著了，面對新環境新世界，我們在五千年歷史經驗中找不到指導我們應該啷個辦的辦法，所以鄧小平才說『摸著石頭過河』！其實，我們每一個中國人都在『摸石頭』！毛澤東在『文革』時候說，『天下大亂達到天下大治』，他的大錯特錯就在這一點！爲啥子？因爲那種『亂』是他老人家一手造出來的，由他老人家在上面鼓動的亂。現在，陶警官，你說亂不亂？我想你們當警察的比我清楚，現在是亂得不得了！對！可是今天的亂，是老百姓人人都像剛倒出來的開心果那樣，在地上蹦躂蹦躂跳的亂！是歷史巨變中的亂！這種亂是必然的，不亂反倒不正常。你們說對不對？」

陶警官不得不服：「就是的、就是的！我們現在社會眞正是亂得很！我原先不理解，今天聽老前輩一說，我才有點開竅。」

「是呀！」小老頭說，「因爲我們中國人都在蹦躂蹦躂地跳嘛！不安然嘛！現在搞市場經濟，大家都在這市場經濟社會裏找錢，東找、西找、南找、北找、瞎找！亂蹦躂！前些日子報紙上在討論現在民營企業家的『原罪』，就是說幾乎每個民營企業家在他們開始做生意的時候都有過不法行爲。啥子『不法行爲』啊！國家連個法都沒得嘛！國家都在『摸石頭』，不叫老百姓『摸石頭』行嗎？中國人又在『文革』中被搞亂了的人心，個人崇拜又沒得了，沒得一個權威管得住老百姓了，那所謂的『不法行爲』，不過就是民營企業家在亂『摸石頭』、瞎『摸石頭』罷了！摸到了的，成功了的，就是『心眼兒活』的『風流人物』！摸不到的就掉進河裏，不是進了監獄，就是傾家蕩產，『成則爲王，敗則爲寇』。這種亂，要等一個個法律法規制訂出來後，才會慢慢上軌道，漸漸平息，達到『大治』。到那時的『大治』，才是眞正的『大治』！錢要賺，但要賺得合理，納了稅以後，有正當的利潤率。」

小老頭停頓了一下，又笑起來，面對著陸姐說：

「小陸那個老鴇兒說，『現在中國只有兩大行業最容易賺錢：一個是當官，一個是當小姐』。這話不無道理！因爲其他行業逐漸制訂出法律法規，有了規矩，在市場經濟的競爭裏頭，逐漸形成合理的正常的利潤率，這就稍微消停下來了，不太亂了。而恰恰這兩種行業沒有制訂出規矩來：對當官的，沒有制訂出家庭財產定期申報制度；對小姐，沒有把它當作一門行業，納入徵稅範圍。當官的一起貪念，想貪污多少就貪污多少，反正他的上下級都不曉得他家原來有多少錢，當了官以後有多少錢，每年收入有多少錢，多出來的錢是從哪裏來的。一筆糊塗賬！當小姐的，政府只管打擊抓捕，小姐就跟政府打起了游擊戰，『敵進我退，敵退我進』，當然更談不上啥子營業稅和所得稅了，客人給的錢都屬於自己！官員的灰色收入和小姐的桃色收入，是我們法制建設上的兩個盲點，也是稅收上的兩個盲區，所以說，這兩種人最賺錢了！」

小老頭抿了口茶，又請他們倆喝茶吃點心，然後悠然地繼續說：

「好，這我們就要說到公司的事了。公司表面上是茶文化、棋牌文化、休閒文化，可是暗中在搞賭博和女娃兒的生意。請問，賭博是哪個在賭？是老板們在賭，公司只是提供了一個良好的場所罷了；女娃兒是哪個要的？還是那些大老板要的，公司不過給他們介紹了一下罷了。小陸的公司既談不上組織小姐，更不是逼良爲娼，另一方面，又不去引誘正經人進入青樓。那些人本來就是小姐和不正經的老板嘛！好！公司不提供賭博場所，不給大老板介紹女娃兒，那些大老板是不是就不賭不嫖、從此循規蹈矩了？小姐就不當小姐，另謀職業了？當然不可能！他們還會找別的地方，而別的地方還多不勝數。賭博和嫖妓歷史悠久，可以說從原始社會後期就有苗頭，有雛形。爲啥？因爲這出自人類的本性。世界歷史上各國的領導人或者說是統治者，都曾多次想肅清賭和嫖，可是都是『野火燒不盡，春風吹又生』。爲啥子？就因爲人有這種需要嘛！有需要就有市場，這是市場經濟的根本道理！有的國家和地區就鑽了空子，搞個『特區』，像拉斯維加斯、蒙特卡羅、澳門等等，更多的國家還專設了『紅燈區』，從稅收上大發其財。美國有的州從嫖和賭上收的稅，可以支付全州的教育經費哩！我們國家是社會主義國家，要禁止，但是多次『打擊黃賭毒』，效果咋樣呢？你這個警官比我還清楚。」

小老頭看了看陶警官，見他沒有異議，才往下說：

「黃和賭，跟毒不一樣。黃和賭出自人的本性，我剛才說過，從原始社會後期就開始出現了。最近，科學家觀察，在靈長類動物譬如猴子中間，就有雌性猴子要雄性猴子拿食物來交換交配權的現象，猴子也會『賣淫嫖娼』！你說怪不怪？趙忠祥解說的《動物世界》這個節目陶警官看過吧？反正我愛看！你看那裏面，幾乎所有雄性動物和雌性動物交配的時候，都要和牠的對手搏鬥一番。這就是賭博的原始形態。賭的是啥？是身體和氣力，哪個打贏了哪個占有雌性動物。所以，賭博賭博，裏面就有個『博』字。可是，毒不同！毒不出於人的天性，還是反人的天性的！毒只是在近代社會才出現的。它是人類發展到文明社會以後的一種反文明行爲；人類文明到一定時候，會出現一種自我殘害行爲的，這就是毒！陶警官清楚，世界各國都有緝毒警察隊伍，有沒得專門成立緝賭警察和緝黃警察隊伍的？至少我沒聽說過！我們國家倒是想成立，可惜沒有那麼多警力！掃黃和查賭，都是在警察的一般治安任務之內，是屬於治安範圍。那也就是說，黃和賭，只要不妨害到社會治安就是睜一隻眼閉一隻眼的事情。」

小老頭說到這裏，才彷彿認眞起來，又從沙發靠背上向前傾身，很嚴肅地對陶警官說：

「好！這樣，在我們蹦躂的時候，並不是沒有空子可鑽。我們爲了還清銀行的貸款，就非得像《後漢書》裏講的『物窮則變生，事急則計易』。小陸家窮到這個地步，我們又不讓她再當小姐，就給她開了家公司。公司不『變生』不行，就要『易』個『計』，就要擦個邊球！就是要『心眼兒活』，要『風流』一下！有一本古書叫《列子》的，上面說：『天下之理無常，事無常非。先日所用，今或棄之；今之所棄，後或用之。』也就是說，說不定現在禁止的、反對的，很有可能明天會用。『今之所棄，後或用之』就是這個意思！這樣，誰做在前面，要麼是槍打出頭鳥，出頭的椽子先爛，要麼就是先拔頭籌，搶占了先機。我們也不要啥子『先機』，至少不能『先爛』吧！是不是會『先爛』，就在你陶警官手上！」

小老頭用食指向陶警官一指，彷彿這個任務就在一指間交給了陶警官。

「你也知道啥子三家股東啊，實際上只有小陸一家！成立個公司至少要三家，我們三家才搞起個公司，就是爲了能向銀行貸款，支援一下小陸罷了！我和那個大老板是光出錢，一分錢利潤也不要的。我們不分利潤，當然也不管還貸，還貸還要靠小陸來還。小陸還清了貸款，整個公司就成了她一個人的了！茶文化、棋牌文化、休閒文化那都是門面，賺不了錢的，保個本就不錯了。你不同意兼做那兩種最賺錢的生意，你叫小陸拿啥子來還貸？我想你是眞愛小陸的，你只要在風頭快來的時候給小陸打個招呼，公司馬上停止這部分營業，就不會『先爛』。等風頭過了後，再跟小陸打個招呼，讓這兩種生意死灰復燃，這就夠了！這就像過去你給小陸個人打招呼一樣，沒得啥子區別！而且，這其實也在你警察的職責範圍之內，就是不要叫小陸公司的生意妨害治安。在警察工作上你也算盡職盡責了。」

小老頭又對陸姐正色地說：「小陸這方面呢，在做這種生意的時候，也要做得規範，做得文明，做得高檔。這樣，來的客人自然而然也會文明起來。何況，來獨秀居的客人都是有錢的老板，他們也顧及自己的身分名譽臉面，不會惹是生非，不會妨害治安的。他們那種人的心理是多一事不如少一事。不像那些去低級場所的下等人，爲了點小事就罵街吵架，打打殺殺，天天撥打一一〇叫警察。其實，在外國，賭博嫖妓都有一套規範，不像我們現在這樣亂來的。我們還可以培養出文明的客人呢！你說是不是？」

小老頭說得陶警官無話可說，不住地點頭。告別的時候，陶警官還主動叫陸姐留下來。

「好好陪陪老前輩，老前輩今天累了。我先告辭了，不好意思！不好意思！以後一定要多多向老前輩請教，還要多請老前輩指點哩！」

陶警官告辭後，陸姐連忙給小老頭倒茶敲背。

「你累了！喝口茶，趕快躺下！」

而這個好似神仙中人的老前輩馬上一變，變得比孫悟空還要快，像娃兒似的躺在沙發上又蹬腿又喊叫：

「哎呀呀！爲了說服你的警察哥哥，把我說得口乾舌燥，趕快把你的奶頭子給我咂咂呀！」

拾伍

公司開張以後，陸姐第一件大事就是把一億六接出來。陸姐接一億六當然要連爹爹一起帶來C市。那時陸姐的公司還剛剛起步，經濟能力有限，就在獨秀居附近租了一套四十多平方米的房子給父子兩人住。又在附近找了個小學校，把一億六送進去插班二年級。可是一億六上學的第一天，只看見他背著書包出門，晚上卻不見他回來，把陸姐急死，向陶警官報失，要陶警官派人去找。一直到半夜，一個警察才把一億六送回家。問他到哪裏去了，一億六很坦然地說玩去了。到哪兒玩去了？到一個空曠的地方，有樹還有水。警察說是在公園裏找到他的。公園關門了，人都走光了，才發現一個娃兒，就送到派出所。陸姐也不忍心過分責備他，怕他不願和姐姐在一起，要回鄉下，趕快安頓一億六吃飯睡覺。

第二天，仍然如此，一天跑得不見影子，不過晚上還知道回家吃飯睡覺。陸姐懷疑一億六的腦子被爹爹打壞了，就帶他到醫院做全身檢查。檢查結果良好，什麼病都沒有。一億六還很聰明，只要他認識了一個字馬上能記住，不用再教第二遍，所以也不用復習，省得做家庭作業；那根「帶眼眼的、能吹響的竹子」即笛子，居然無師自通地也能吹得有腔有調，雖然誰也聽不出來他吹的是什麼曲子，但至少可以充分證明一億六的腦子沒被爹爹打壞，還完好無損。可是就是早上出門晚上回來，不去學校。陸姐又懷疑他沉迷上電子遊戲，叫陶警官派個便衣警察暗暗盯著他，看他究竟是到哪裏幹什麼去了。陶警官遵命派了個人暗中跟一億六跟了一天。便衣警察晚上回來報告的，就是陸姐向劉主任說的話：

「在野地裏四處逛，跟鳥說話，跟魚說話，跟花花草草說話。」

陸姐怎麼也想不通一億六爲什麼不愛上學。小老頭那時還沒有成爲國學家，還沒有開始在全國跑來跑去講他的國學。一天，她把小老頭請到獨秀居，正兒八經地向小老頭請教。小老頭一邊喝功夫茶一邊等一億六，等到很晚，一億六才玩回來。

小老頭一看一億六，把茶杯往桌上「砰」地一蹾，對陸姐說：

「此子有異稟，非籠中物！我只給你三個字：由他去！」

64

爹爹在城裏住了兩個月，非要回鄉不可。說在城裏住不慣：出門太鬧，在家太悶。又正值老家要修三峽水庫，在高坡上給鄉民們蓋了新房，要把人們都移到那裏去住。爹爹不回去就分不到新房。爹爹要回鄉下，當然要把一億六一起帶回去。這樣，一億六在陸姐身邊只待了兩個多月就和爹爹回去了。

一億六回去後，陸姐每隔一兩個月就要回家看一次一億六。看一億六只在學校裏掛個名，仍然天天到處逛，不學習也不搗亂。想到小老頭說的「由他去」，也只好由他去了。兩年多後，陸姐不僅全部還清貸款，還更爲發達，擁有了整個獨秀居文化休閒股份有限公司，生意越做越紅火。陸姐有了陶警官，又有了錢，一億六就成了她唯一放不下的心思。但每一兩個月就要跑去跑回，疲於奔命。移民們自搬到山頂上住後，多半不需種田，只弄個果園什麼的，要麼開家小賣店。爹爹也不下地種田了，每天坐在山上看風景，怡然自得。爹爹似乎也明白放走了一億六，陸姐回來的次數就不會這麼多。一億六成了爹爹手中的人質。這件事讓陸姐憂慮不安。

還是陶警官明白，跟陸姐說：

「你不想想嘛，你媽去世了十幾年，你爹身邊一個人都沒得，只有小弟。他即使不喜歡小弟，也要把他帶在身邊，這是人之常情嘛！你爹現在才五十幾歲，還能夠過夫妻生活吵！你自己都老想跟我過性生活，就不想你爹要不要性生活，眞沒得一點人道主義精神！現在除非我們給你爹找個老伴，你爹才會放了小弟。不然，小弟總也出不來，只有等你爹死了以後。我們也不願意你爹早點死，對不對？你不要急，急也沒有用，趕快給你爹找個老伴，也就是給你自己找個後媽。」

陸姐聽了茅塞頓開，回到老家，就四處打聽哪裏有適合跟爹爹過日子的單身女子。可是爹爹的對象還眞不好找，歲數不能太老也不能太小，必須在四十到五十之間，又不能有娃兒，因爲女的帶了個娃兒來，爹爹就會想還不如跟一億六住在一起。更大的問題是，移民們都想進城，沒有娃兒的單身寡婦更想進城，哪有不嫁到城裏反嫁到山頂上的傻寡婦？即使進縣城當個保姆，也比嫁到山頂上給孤寡老人做老婆強。所以陸姐找了幾次都無功而返。

陶警官見陸姐一回來就愁雲滿面，聽了陸姐說找後媽的困難，就說：

「我想想法子，到勞改隊快釋放的女犯人當中看有沒有合適的。我想肯定會有，給她一點優待就是了。不過，找到以後，你不能跟你爹說是勞改過的，我怕他一時不能接受。」

開始，陸姐還有點猶豫，找個犯過法蹲過牢的女人來當她後媽，有個說不出的彆扭。陶警官說，你不要看不起曾犯過法的女人，正如你也當過小姐一樣，那都有這樣那樣的原因，絕不是天生下來就壞的。你別忘了本，雖然你不一樣。即使我愛你，我也要批評你：「不要好了瘡疤忘了疼！」

陸姐不聽別的，聽陶警官說「我愛你」這就夠了，虛心接受了陶警官的批評。

65

其實，這個想法陶警官早就有了，也已有準備，只等陸姐同意。兩天後，陶警官就叫陸姐和他一起開車去郊外的女子監獄。人熟好辦事。監獄長見陶警官他們兩人來了，馬上迎他們進去。進了監獄長辦公室，客套了一番坐下後，監獄長從抽屜裏拿出一個檔案袋，向陶警官和陸姐說：

「我先給你們介紹介紹我替你們找的人的情況哈，你們聽聽合適不合適。如果一聽就不合適，那我再另外替你們找哈。這個女犯呢，叫黃小梅，今年四十三歲。原先跟老漢生了兩個娃兒，大娃兒七歲的時候，二娃兒兩歲。大娃兒得了病，要用錢治病。他們是普通農民，都是種地的，哪來錢給大娃兒治病嘛？當時宣傳計劃生育，說有娃兒的婦女結紮了能得兩百塊錢，黃小梅就爲了這兩百塊錢去結紮了。可是，有了兩百塊錢也沒治好大娃兒的病，死了。禍不單行，正在兩口子傷心的時候，一不注意，二娃兒又被人販子拐跑了，據說賣到山西河北一帶，這哪能找得到嘛！好了，黃小梅也結紮了，再生不出娃兒了，老漢天天鬧，想要娃兒，鬧得跟黃小梅離了婚。黃小梅離了婚沒去處，在鄉下住，沒得房子住，種地，也沒得地種，只好進縣城找事做。縣城哪來的事給她做嘛？下面嘛……就看你們的意見了。」

說到這裏，監獄長咳嗽了幾聲。「她呢，就讓騙子脅迫去當了一陣子『站街女』。」

監獄長還以爲陸姐不懂什麼叫「站街女」，向陸姐解釋道，「『站街女』就是租間出租房，在馬路邊上拉客人的那種賣淫女。這點你們不要嫌棄就行了哈。當了幾天就被城管抓住了，蹲了十五天看守所。看守所有個看守看上了她。她放出來以後，看守就把她領回去同居了。看守有個十歲的碎娃子，脾氣強得很，既不叫她媽，還把她當下人使喚，有時候還踢她打她。有一天，她和碎娃兒一起到縣城外挖野菜，下起了暴雨，路滑難走，她和碎娃兒都跌到河裏頭去了。好！下面的事就難說了。她一個人跑了回來，碎娃兒淹死了。她說是她不會水，但也盡力救過碎娃兒。可是因爲平時和那碎娃兒的關係不好，看守就告她有意謀害了他兒子。法院啷個判嘞？說是她推碎娃兒下水故意謀殺，沒得人證；說她不小心跟碎娃兒一起落水了，她還盡力救過，也沒得人證。法院又迫於原告看守那方的壓力，就判了個『過失殺人』罪，判刑有期徒刑十年。我實事求是地說哈，她在監獄確實表現得好！上次大暴雨發山洪，監獄犯人整體轉移的時候，她救起人來可以說是捨生忘死，表現特別突出，領導給記了個功，還上過報紙。現在，她已經在監獄裏改造六年多了，勞動踏實肯幹，遵守紀律是模範，考慮放出去對社會也不會有啥子危害，已經報了減刑，提前釋放。這已經向她個別談過話了，徵求她的意見。可是她不願再到社會上去，回到社會也無依無靠，要求留在監獄。陶警官曉得現在沒得這種政策吵！你們看著合適，就給她找個地方安身，不合適的話我們再說。」

陶警官和陸姐對視了一眼，見陸姐沒有不滿意的表情，就向監獄長說：「那還是先看看人才說嘛。」

監獄長點點頭，「那就好，你們聽了沒有完全不滿意的意見，就請你們二位跟我到那邊提審室去。陶警官跟我進去，陸女士在隔壁看。陶警官，咋樣？」

陶警官對陸姐說：「應該這樣。監獄長想得周到。你就在隔壁房間看，不要一開始就直接和這個女人見面。如果你不滿意的話，也不會讓那女犯尷尬。」

監獄長把陶警官和陸姐領到提審室，安排陸姐在隔壁房間。

「你就坐在這裏哈。透過這扇玻璃窗你能看到那間房，也能聽見那間房說的話。我們那邊看不見你，也聽不到你這邊的聲音。其實我們也沒得啥子要問那個黃小梅的，你一看就不行，不滿意，就敲一下玻璃窗哈。可以的話，你就敲兩下玻璃窗。我們知道你認爲可以，再跟黃小梅說些話。不行的話，啥話也不問了，叫她走了拉倒。你說行不行？」

陸姐連連感謝道：「多謝了！多謝了！給你添了麻煩，眞不好意思。」

「不要客氣！麻煩啥子嘛？」監獄長說，「陶警官託我的事，我一定盡力而爲。再說，這也是辦一件好事嘛！有好些女犯其實是苦命人。我不曉得陸女士信不信命，反正我信！有人命好，有人命苦，就這麼回事！」

房間空蕩蕩的，沒什麼擺設，只有一張桌子兩把椅子，一面牆上有一扇大玻璃窗，在另一邊看來是面鏡子。陸姐既緊張又好奇地坐下。透過玻璃窗當眞能將隔壁房間一覽無餘。先是見陶警官和監獄長兩人坐在一張審訊桌前談笑風生，一會兒，就有個獄警帶了一個穿著犯人服裝的女人進來。陸姐仔細端詳，第一印象就非常好。中等個頭，細眉細目，面孔紅潤，身體強健，看來比實際年齡年輕得多；也看得出她年輕時很有姿色，不然那個後來告她的看守也不會看上她帶回家同居。她如果跟爹爹過日子，還是爹爹的福氣呢！想到她自己進城那天的淒涼和悽苦，在街頭彷徨無主時的情景，正像監獄長說的，有人命好，有人命苦，她如果不幸進城那天碰到個騙子，在騙子的脅迫下，是不是也會成爲「站街女」也難說。想到這裏，同情之心油然而生，不由自主地敲了兩下玻璃窗。那邊聽到陸姐敲了兩下，就讓黃小梅坐下。黃小梅說了聲「謝謝」，規規矩矩地在一把凳子上用半個屁股坐下。監獄長裝模作樣地翻看黃小梅的檔案，陶警官趁機過到這邊房間裏來。

「啷個決定得這樣快嘛？你看仔細一點，不要後來反悔，弄得我們跟她都下不了台。」

陶警官看見陸姐眼睛裏噙著淚花，也不再問了。

「那我過去就跟她透個信啊？」說完，又走到另一間房去。

監獄長見陶警官進來向他微微點了點頭，知道陸姐同意了，就問黃小梅：

「咋樣？最近你們隊長反映你有點情緒不安。爲啥子嘛？提前釋放是好事吵！別人盼還盼不來哩。你倒好！提前釋放你還發愁，有啥子發愁的事嘛？」

黃小梅低著頭，沉默不語。監獄長「嗯」了一下，她才低聲說：

「監獄長，我感謝領導的好心，更感謝這麼多年來黨和政府的教育。不過我跟別人不一樣。別人釋放了都能高高興興地回家，跟家人團聚。我一個人無家可歸，在這裏也習慣了，我已經覺得這裏就是我的家了。所以還是請領導把我留在場裏。我啥子活都能幹，保證讓領導放心。」

「哪個不放心你啊？就是放心你才提前釋放你吵！」監獄長說，「至於你出去沒得地方走，領導也替你考慮了哈。給你找個合適的地方安家，好生生地過日子。你還年輕嘛，只有四十來歲。說不定我還要吃你的喜酒去呢！」

說完，監獄長笑起來。黃小梅也不好意思地低下頭靦腆地一笑。陸姐發現黃小梅有了笑容顯得更善良可親。她恨不能馬上跑過去親自跟黃小梅說話，又著急陶警官穩穩地坐著不開口，不自覺地又敲了兩下玻璃窗。

陶警官那邊馬上領會了陸姐的指示，知道現在面前的這個女犯非同小可，將來不叫她「伯母」也得叫「嬸娘」，同時他自己看黃小梅也覺得很不錯，先恭敬地立了立再坐下，向黃小梅溫和地介紹了自己：

「你好！我姓陶，現在你就叫我陶警官好了。請問你，你出去以後，是想進城裏嘛，還是在農村也可以？」

黃小梅從來沒有見過一個中年的英俊警官向她這麼尊敬有禮，也站起來向陶警官鞠了一躬，有點忸怩地說：

「我是眞心想留在場裏的。要是領導不准許，我還有啥子挑挑揀揀的嘛！我完全服從領導安排。」

陶警官說：「你看，監獄長爲你將來出去以後的安置很操心哈。今天監獄長和我叫你來，就沒有把你當個犯人，和平常人一樣，想跟你聊個家常哈。要是把你安置在農村一個很好的地方安家，不曉得你是啷個想法。所以才問你是想進城嘛，還是到農村也可以？你不要有啥子顧慮，直說就好。」

這話等於暗示了要把她安置在農村。黃小梅立即說：

「要說眞心話，我還是覺得農村好些。我是農村長大的，城裏頭的事啥都不懂得！我就是進了城才遇到這種事，不進城，啥子事也沒得！」

「好！」陶警官說，「那就等你哪天釋放，我哪天來接你哈。聽監獄長說，等著辦手續，你大概還有一個月就可以出獄了。在這期間你安心勞動，也要注意身體，多多保重哈！」

66

陸姐回去後臉上的愁雲一掃，興奮得滿面紅光。比在監獄裏快到釋放期的犯人還迫不及待地盼著黃小梅釋放，要跟黃小梅當面談心。

陶警官說：「你不要急。我要想個法子叫你爹自覺自願地把弟弟送到我們這裏來。我們主動給他去介紹黃小梅，說不定你爹會起疑心。啊，弄了半天你們不是爲我好，還是想把弟弟帶起走啊！還說不定你爹同意跟黃小梅結了婚還是不放小弟。好了，這以後啥子法子都沒得了！你那位國學家老頭子跟我說過一句話，給我印象很深。他說韓非子有句話叫『事以密成，語以泄敗』，做啥子事情保密很重要。你千萬不要去跟黃小梅當面鼓對面鑼地說開！你前些日子還不同意，這一下子又跑到另一個極端，做啥子事都要慎重嘛！你不要操之過急。這事情你萬萬不要插手！你一插手，感情一衝動，還不曉得你會跟黃小梅說些啥子，搞得黃小梅不知所措。你想嘛，黃小梅在監獄裏待了那麼多年，只習慣監獄裏那套說話方式，不習慣你的說話方式。你跟她淅瀝嘩啦一下子說那麼多眞實情況，提出你的要求，嚇都把她嚇壞了！以爲你在利用她做啥子見不得人的事。她已經上過一次當，不敢再做啥子秘密的事了。她聽領導的話聽成了習慣，我要先跟她用監獄那套語言說話，等於是指示她啷個啷個做。她只相信政府領導。這才能把他們兩個撮合在一起，還要你爹恨不得小弟走得越遠越好！」

陸姐摟著陶警官的脖子，連連親吻，說：「你眞行！你眞好！你太有才了！今天晚上我要好好為你服務哈！」

陶警官趕快避開她，「好了好了！你哪次為我服務都把我弄得筋疲力盡。等我先把這事辦好，再找一天空閒時間來享受你的服務哈！」

67

陶警官第二天就開車到陸姐的老家，兩天後回來，對陸姐說：

「好了，你就等你爹的電話叫你去接小弟吧！」

黃小梅出獄那天，陶警官開車去把她直接送到陸姐老家的縣城。趁路上行車的四個多小時，陶警官用警官的語言略給黃小梅透露一點資訊，讓她怎樣怎樣做，並且趁機也與黃小梅熟悉，聯絡感情，讓黃小梅覺得這家人對人很好，既讓黃小梅安心，又讓黃小梅很好地配合。不到一個星期，陸姐就接到爹爹電話，說是他找到個對象，準備結婚，要陸姐把娃兒接走。陸姐故意說，爹爹結婚是大喜事吵！我要來喝喜酒。弟弟跟你們兩個人一起不是很熱鬧嗎？弟弟有個後媽照顧了，我也放心了吵！

爹爹在電話裏吼道：「啥子熱鬧啊！他龜兒子一天到晚亂跑，盡叫我費心！不在我眼前我還舒服些！趕緊來趕緊來！你要放心，放到你身邊你更放心！趕快來接走了，讓我眼前清淨。」

原來，陶警官先到陸姐老家的公安局，把朋友同學找來布置了一個圈套。警官警察們聽了無不哈哈大笑，都要踴躍參與，促成這件好事。

一時，陸姐爹爹很奇怪，家裏天天有派出所的警察登門問寒問暖，縣上公安局的領導也跑來慰問，好像他是個離休的革命老功臣。來的警官警察都異口同聲地說，老人家年歲大了，身邊無人照顧，眞可憐！出門沒人看家，進門沒人說話；夏天沒人扇扇子，冬天沒人蓋被子；晚上連個焐腳的女人都沒有，夜裏一個人睡冷被窩，眞不是滋味等等話語。陸姐爹爹受寵若驚，弄得他自己也顧影自憐起來。想想這麼多年來獨守空房，確實難受，老婆雖好，也死了十幾年了，老婆讓女兒讀書的遺願也實現了，沒有什麼對不起老婆的事了。陸姐每月給爹爹一千元錢，別說吃穿用，就是換成鋼鏰兒一天到晚朝長江裏撒都撒不完。有個貼心的老伴在身邊，錢也足夠花了。

「格老子！自己啷個那麼哈嘞！啷個沒想起來嘞？白白受了這麼多年罪！派出所牆上的標語硬是對頭，『人民警察爲人民』，還是人民警察想得周到！」

縣公安局領導還當他的面指示派出所，給老人家找個老伴勢在必行！要下級堅決完成這個任務。獨身了十幾年的鰥夫寡婦不動念頭便罷，一動念頭就像堤壩決口，洪水洶湧，勢不可擋。警察們挑動起陸姐爹爹續弦的念頭，弄得陸姐爹爹整天坐立不安，急不可待。但是，這時陸姐爹爹也同樣遇到陸姐遇到過的困難，哪裏有合適的寡婦嫁給他？警察也表示難以完成上級交下的任務，一來就是一副苦惱無奈的表情。但過了些日子，警察又跑來高興地說，有了！有了！好不容易替你老人家找到了！江邊邊有個寡婦人家，單身一人，是個移民的「釘子戶」，叫她搬她不搬，就賴在江邊邊不走，妨礙了修建三峽水庫。哪天把她領到你這裏看看，她看到你老人家經濟條件好，人又精神，家裏人也少，大概會願意的，這樣她就會搬上來了。

「你老人家可要好好配合修建三峽水庫啊！」

到了那天，陸姐爹爹換了身新衣，頭臉洗得乾乾淨淨，能生出陸姐和一億六的人雖然長期務農，在田間辛苦勞作，但稍加收拾，便比縣城裏離休的老幹部還精神。

上午，陸姐爹爹見警察果然領了個中年女子裊裊娜娜地走來，趕緊迎上前去。誰知他見了黃小梅就像見了仙女下凡，一見鍾情，很久沒有知覺的下面竟然蠢蠢欲動起來。陸姐爹爹慌張得不知怎麼招待爲好，手顫抖得連碗和茶杯都拿不住，「叮叮噹噹」一連摔破好幾個。警察看在眼裏，心中暗笑，知道有門，故意領著黃小梅在陸姐爹爹家裏四處看，說：

「你看！彩電、冰箱、洗衣機、微波爐啥子都有！這都是城裏頭用的高檔家用電器。你來了，洗衣做飯都方便得很。」

陸姐爹爹趕緊說：「不用不用！哪能讓她做！我都會做。這就是我城裏的女娃兒怕我生活不方便給我買的。用這些，做起來又快又省力，根本不需要她動手！」

只見那位仙女低眉順眼地跟著警察走了一圈，不發表任何意見。陸姐爹爹像發情的公狗一樣跟在仙女後面饞涎欲滴。警察帶了仙女來晃了晃，又帶走了。晚上，陸姐爹爹爬起來又睡下，睡下又爬起來，一夜未曾合眼。

第二天，警察又表現出很爲難的樣子跑來說，那女子也同意了，但你家裏還有個娃兒，不曉得她從哪裏打聽到的，你那娃兒不愛上學到處亂跑是出了名的，她怕跟了你以後難管教娃兒。她一個人生活慣了，就想跟你兩個人一起生活，多一個娃兒反添了一份心事。你老人家要是有個地方能把娃兒送去，就好事成雙了。

陸姐爹爹急忙說：「有有有！他姐姐在城裏頭，正好想接走他。我這就打電話叫他姐姐來接他走！」

陸姐回去接一億六那天，也是爹爹和黃小梅成親的那天。家裏房子裏裏外外打掃得乾乾淨淨，張燈結綵，四處都貼滿紅色的雙「喜」字。一億六仍然是跑得不見影子。黃小梅略施了一點淡妝，更顯得年輕了許多，在農村中年婦女中可以說是姿色出眾的。陸姐一見黃小梅就趴在她肩頭流淚。大家都以爲是陸姐高興得哭了，就讓她們倆親熱地說話，也沒人過來勸慰。黃小梅見「女兒」這麼漂亮，又對她這樣親熱，既高興又激動，心頭充滿從未有過的喜悅，兩人抱頭又哭又笑了一番。

拾陸

68

一億六進了城，和陸姐住在一起了。但分開這幾年，一億六在陸姐眼中好像並沒有長大，仍然跟娃兒一樣喜歡到處跑，成了個不安於室的小夥子。陸姐給他在一所那時很難上的重點中學報了名，插班讀高一。也和過去一樣，班級的花名冊上有這個名字，老師卻找不到學生的人影，對不上號。陸姐沒法子，只好按小老頭說的「由他去」，採取「自由主義政策」，問他想到什麼地方去玩，索性讓他自己去玩就是了。一億六說他除了老家只到過C市，聽說深圳好，想到深圳去打工。

「我們老家好多人都去深圳打工了，我也要去！」

陸姐說不用你打工，你剛剛十六歲，哪家工地都不會接收你，你打什麼工呢？儘管去玩就是了。一億六不幹，說是要「自食其力」，非去打工不可。陸姐只好徵詢陶警官的意見。陶警官說，既然他不願上學，強迫他去學校也無濟於事，讓年輕人早早見識見識社會也好，在社會上鍛鍊鍛鍊沒有壞處。陶警官就把一億六送到深圳，託深圳的警官朋友照顧一億六，找個工地讓他做點輕鬆的工作。

一億六已經一米七的個子了，看起來是個大小夥子，包工頭就讓他和普通的農民工一起幹活，吃住都跟農民工在一起。雖然姐姐在C市，弟弟在深圳，但陸姐「打飛的」從C市到深圳看一億六，一天之間就能來回，比往返老家方便多了。一億六也是如此，逢年過節「打飛的」往返C市與深圳之間，姐弟兩人經常見面。這樣相安無事地過了近兩年，就出了陸姐向劉主任說的那事情：一億六惹火了一幫農民工，說「這龜兒子是個哈兒！要給他一點教訓！」準備群起而攻之。幸好深圳有陶警官的朋友，到工地去解了圍。深圳的警官怕擔責任，給陶警官打電話。陸姐就急忙去深圳把一億六帶回了C市。

69

一億六回C市後，安分了一陣子。因爲他迷上了《貓和老鼠》、《唐老鴨》、《米老鼠》、《獅子王》這類動畫片，天天租一摞碟片抱回家看。看得茶飯不思，廢寢忘食，看到可笑處笑得前仰後合，在屋裏打滾。後來覺得動畫片沒意思了，盡是畫的圖畫，不是眞人在演，就問出租碟片的老板有什麼眞人演的可笑的故事片。出租碟片的老板就給他挑了些美國片和港臺片。他喜歡上了金凱瑞的《變相怪傑》（按：台譯《摩登大聖》。），把金凱瑞演的喜劇片都看完後，再看其他美國喜劇片，要看字幕才看得懂。顧了看字幕顧不上看畫面，顧了看畫面顧不上看字幕，有時兩頭都顧不上。後來選中了港臺片，而港臺片中他特別喜歡看周星馳演的香港叫「無厘頭」的鬧劇，成了一個「星迷」。把周星馳演的片子反覆看了無數遍，有的台詞能背得琅琅上口。陸姐很高興他終於在家能待住了，但又有進一步要求，人總是得寸進尺的。那時，中國有一些風靡一時的電視連續劇，陸姐說很有「教育意義」，叫一億六跟她一起看。陸姐看時感動得眼淚直流，一億六卻說：

「你說有『教育意義』的東西，看得你流眼淚，看得我打瞌睡！不過，我看，這樣的『教育』肯定不對頭！這種『教育』裏頭一定有啥子毛病！」

一億六見陸姐在電視機前一流眼淚就拽她的頭髮，擰她的耳朵，跟她打鬧。陸姐也跟他廝打。兩人在屋子裏追來追去，摟著在沙發地毯上打滾。剎那間時光倒流，仿佛又回到兒時在鄉下的情景。陸姐感到和一億六在一起，有種和陶警官在一起全然不同的幸福感。陶警官不來的時候，一億六睡著了，陸姐就悄悄地走進一億六的房間，躺在一億六身旁，輕輕地撫摩著一億六的頭靠著他睡，心裏感到無比的充實、喜悅和自豪。

可是，待一億六把周星馳的「無厘頭」鬧劇看膩了，又要出去打工。說還是工地熱鬧，在工棚裏睡得香，好像他天生愛「和勞動人民打成一片」似的。陸姐也只好由他，但是立了個規定：不許到外地打工，要打工就在C市。C市也在熱火朝天地建設，四處都是工地。

「你從生下來那天就要我擦屁股，一直到這麼大了，出去惹了麻煩還要我去擦屁股！在本地，我跑去擦屁股也近些吵！休假的日子你還得回來休息，不許你在外頭休息！」

一億六說，好吧，哪裏打工都一樣。似乎只要「和勞動人民打成一片」就行。

可是，在C市打工也惹了個麻煩！

70

一天，周星馳的一部最新影片上映，這部影片事先就炒作得火熱，報紙雜誌上沸沸揚揚，有意要吊觀眾胃口，讓「星迷」們翹首以待，望眼欲穿。電影海報四處張貼，一直貼到一億六工地那條街的電線杆上。一億六收了工，興匆匆地乘公交車到電影院門口排隊買票。買票的隊伍排得好長，人人都著急是否能買到寶貴的一票：今天不看誓不罷休！一億六排在中間位置，前瞻後望，估計還行。這時，忽然來了個女娃兒挨到一億六身邊，悄聲問他：

「大哥，就你一個人來看電影呀？」

「是呀。啷個？」

「我陪你看嘛，要得不要得？」

「啷個？你怕買不到票呀？你們幾個人？我幫你們買。」

女娃兒說：「就我一個人吵。陪你看電影還要幾個人喲！我一個人陪你還不夠呀？」

一億六說「行行行」，伸出手表示要女娃兒給錢，好替她買票。

女娃兒笑著說：「我就是沒得錢吵，有錢哪個要陪你看電影喲！」

一億六好不容易排到售票窗口，買了兩張票，擠了出來，跟女娃兒說，電影快放映了，趕快進去。女娃兒很大方地挽起一億六的胳膊，頭靠在他肩頭上，就跟一億六擠進電影院。剛坐下，電影就開映了。一億六全神貫注地注視著銀幕。看了一會兒，那女娃兒卻伸過手來，在一億六身上動手動腳亂摸。一億六笑著推開女娃兒的手說；「莫鬧莫鬧！看電影看電影！」而女娃兒似乎對電影不怎麼感興趣，反而頗有興味地在暗中打量一億六。

電影映完了，一億六興猶未盡：有的段落不錯，有的段落讓他失望。和女娃兒並肩出來，一路上說他對電影的欣賞和失望之處，發表自己的觀後感。女娃兒不說電影，卻問一億六：

「大哥，你肚子餓不餓啊？要不要吃點消夜？」

一億六掏出手機一看，「喲！都十點多了！就是肚子餓了，你不提醒我還不曉得。到啥子地方吃嘞？」

女娃兒說：「啥子地方都有！最好買了吃的，到我家去吃。」

一億六說好好好。二百伍知道小吃攤點在哪裏。到了那裏，攤點已擴大成夜市。兩人就到夜市上買了許多雞腿、雞翅膀、鴨爪、醬肘子、滷肉和飲料等等，一億六抱了一大包。

女娃兒又問：「大哥喝不喝酒？要不要買瓶酒回去？」

一億六說：「我不喝酒。我最不喜歡喝酒了。一喝酒頭就暈。」

女娃兒連說好好好，「喝了酒親起嘴來臭得很！」

一億六並不覺得女娃兒提「親嘴」的話有什麼奇怪，只顧四處找座位。但整個熱鬧的夜市摩肩接踵，人頭鑽動，熱氣騰騰，數百個攤位看不見一張空板凳。

女娃兒說：「不是說好到我家去吵？你找啥子啊找！」

一億六說行嘛，你家住哪裏？女娃兒說不遠，打輛出租車幾分鐘就到。一億六就跟女娃兒打了輛出租車，跑了半個多鐘頭，七彎八拐地好像到了郊區，女娃兒才叫司機停下。打出租車就花了三十多元錢。

下了車，又跟女娃兒七彎八拐地穿過幾個小巷，到了一溜平房中的一間。女娃兒說到了，掏出鑰匙開開房門，拉開電燈。一億六進去一看，只見有一張舊的雙人木床，一張舊桌子和兩把椅子，四壁蕭條，再沒其他東西，不像是個家。一億六就把買的消夜統統放在桌子上。

「吃吧！跑都跑餓了。你啷個住得這麼遠？」

「啷個遠啊？我看你是著急的！」

一億六這才看清楚女娃兒長的什麼模樣。女娃兒個頭偏矮，略胖，皮膚白皙，臉龐圓圓的，眉清目秀，一副憨態可掬、天眞爛漫的樣子。一億六的第一印象就是，這女娃兒不知哪點和他自己有些相似，有種見面熟的感覺。

女娃兒把椅子給一億六拉開，叫他坐下。兩人面對面坐著，有滋有味地大吃特吃，大啃特啃。吃的時候，女娃兒問一億六叫什麼名字。一億六告訴了她。一億六問她的名字，女娃兒邊吃邊說，就叫我二百伍好了！一億六正喝著可口可樂，一下子笑得噴了出來：

「啷個叫這麼一個怪名字啊！啥子『二百五』，你姓『二』叫『百五』呀？」

二百伍拿著雞腿隔著桌子敲了敲一億六的腦袋。

「我姓伍，啷個姓二嘞！你才姓二！你才姓二！伍！曉得不曉得？一二三四五的五，旁邊加個『人』字吵！」

「你姓伍，我姓陸！我還比你大點啊！」

「啷個你比我大？我還排在你前邊！對不對？人人數數的時候都是先數五才數到六的！」二百伍一根一根掰著手指頭喊，「一、二、三、四、五、六，對不對？我比你大！我比你大！」

「當然是我比你大！六就是比五大嘛！我排在你前頭嘛！」

「我排在你前頭！」二百伍回嘴喊叫。

「我排在你前頭！」一億六不依不饒。

兩人吵吵鬧鬧，爭誰的姓大、誰應該排在前面。

一億六啃一嘴肘子說一句：「我排在你前頭！」

二百伍吃一口雞翅膀回一句嘴：「我排在你前頭！」

「我排在你前頭！」

「我排在你前頭！」

……

一億六除了和姐姐兩人對吵，從來沒有和另一個女娃兒對吵有這樣開心。最後兩人就像幼稚園的娃娃一樣，把舌頭在口腔裏上下拍打，「撲嚕撲嚕」地臉對臉做怪相。

正在兩人爭吵不休時，房門突然「砰」地被撞開。三個男人猛地闖進來，凶神惡煞般在他們面前「一」字兒排開。

兩人對著他們三人發愣，三個惡狠狠的漢子似乎也很愕然。本來，他們三人撞進屋應該看到是兩人赤條條地在床上幹事，一人就舉起一個只閃光沒膠卷的照相機給兩人迅速地拍一張「照」。男人幹得正來勁的時候，突然有人闖入，眼前還閃一下強光，哪個男人都會大吃一驚。閃光起個先聲奪人的作用。接著一人拿出一把刀架在男人的脖子上，一個年紀大些的人就喊男人在強姦他的女兒或是妹子。然後談判解決問題的辦法：「給多少錢吧！」不然的話，跟這倒霉的男人沒完沒了。這是一套詐騙的慣常程式，是爛得不能再爛的騙局。舊社會各地有各地的叫法，一般叫做「仙人跳」，在高科技時代，只是加了個假照相機而已。可是這三個凶漢闖進門，看到的卻是兩人坐在桌子兩邊，衣服一件沒脫，規規矩矩地面對面吃東西。年紀大點那個就厲聲問：

「二百伍！啷個搞起的嘛！」

「我……」二百伍支支吾吾地剛說了個「我」，就被雞翅膀噎住了，嗆得不停地咳嗽，彎著腰，好像還要嘔吐，口水直流。

「啊！你們認得的啊！是朋友啊！」一億六這才知道三人不是港臺電影裏經常出現的那種破門而入的強盜，是二百伍的熟人，便熱情地邀請他們。

「來來來！一起吃。不過，不好意思！剩得不多了。來嘛！坐下來。就坐在床上也行吵！」

三人看見一億六站起來是個大個子，又壯實，休想憑力氣制伏這傢伙。何況沒有「照片」爲證，這傢伙是「不做虧心事，不怕鬼敲門」的。三個人都像吸毒者那樣瘦骨伶仃，如果眞打鬥糾纏起來，還可能被這傢伙痛打一頓，鬧個底朝天，把附近的人招來圍觀更露了餡。

年紀大點的人雖不算老江湖，但在江湖上也跑過一陣子，看出一億六是個哈兒，雖然穿著普通的工作服，從面相氣質上看卻像個富家子弟。對一個既傻且富又沒幹那種事的強壯小夥，只能利用他的哈嚇唬他。於是馬上改變策略，表現得十分懊喪地說：

「嘖嘖嘖！你叫我啷個說嘛？一個大小夥子，半夜三更跟我女娃兒待在一間屋裏頭，叫我女娃兒跳到黃河也洗不清囉！以後我女娃兒還啷個活人嘛！還嫁人不嫁人嘛？小夥子，你說啷個辦？這個名譽損失你要包賠！」

一億六摸不著頭腦地說：「啊！這有啥子關係啊？我們一起看了電影，我送她回來，又在一起吃消夜。這有啥子說不清的吵？就這麼回事，不信的話，我們把周圍鄰居叫來大家看，我們是不是在吃消夜嘛！」

「大家大家！大家哪個給我女娃兒出證明啊！除非是派出所出個證明還差不多。走，到派出所去找警察說清楚！」

年紀大的以爲拿警察就能把他嚇唬住。因爲誰都知道，到了派出所，不分青紅皀白，警察要盤問這盤問那，即使當事人無辜，至少要囉嗦一晚上，第二天才能放出來，誰也不願招惹那種麻煩。沒想到一億六不怕警察。

「嗨！這是個好法子。有警察開個證明，二百伍就清白了！那就到派出所去。」

年紀輕點的趕快出來打圓場：「大哥，你啷個這麼哈嘞？到派出所二百伍也要跟去吵。一個清白的女娃兒進派出所，不管啷個說都是丟臉的事吵！叫我說，小夥子，派出所也不用去了，你就賠些名譽損失費算了，當場解決！你有多少錢，拿出來吧！然後各走各的，兩不相干。又省事又快！」

一億六覺得這話不錯，也不願意把二百伍弄到派出所去丟人現眼，就說：「這個法子好。不過，眞對不起，我身上沒得多少錢了。」一邊說一邊掏上衣褲子的口袋。把所有口袋都掏遍，只掏出五元六角錢放在桌上，有的還是鋼鏰兒。

這時，二百伍把嗆在嗓子裏的東西咳出來了，插了句嘴：

「你們要給他留點錢坐公共汽車吵！要不，他啷個回去嘛？」

年紀大的轉過頭厲聲斥責二百伍：「要你說要你說！狗日的，就是你搞砸的！」

一億六見二百伍受到責備，又說：「眞不好意思！不過，我還有個手機，也搭上，行不行？」

年紀大的更看出一億六的哈，拿起手機看了看，很一般的那種，當二手貨賣不了幾個錢，就問一億六：

「你有手表沒得？把手表拿出來我看看！」

一億六捋起袖子露出手腕說，沒有手表。

「手表戴在手上箍得很，不自由。有個手機就能看時間了吵！」

「那啷個能行！」年紀大的假裝發起脾氣，「一起加起來連一百塊錢都沒得！一個清清白白的、這麼好看的女娃兒的名譽，就值這點錢啊？你想想合理不合理！」

一億六也覺得不合理。「那啷個辦嘞？不過，我姐姐有錢。我明天一定送錢來給你們，賠償二百伍的名譽損失。」

「明天？哪個鬼才相信你明天會送錢來！」三人一起嚷嚷，「開玩笑！不行！我們說好的，當場解決！」

一個年紀輕點的還湊近一億六說：「要不解決，我大哥會把二百伍打死！哪個叫她深更半夜的跟個陌生男的在屋裏頭！丟人死了！」

「行行行！」一億六怕二百伍挨打，連忙說，「那我打個電話叫我姐姐現在就送錢來行不行？不過，你們說要多少錢才能賠償二百伍的名譽嘛？」

年紀大的試探說：「我說，沒得一萬塊錢下不來！你看多好看的一個女娃兒！讓你糟蹋了名譽。以後她啷個辦嘛？還嫁不嫁人嘛！」

「行！」一億六爽快地答應，「我這就給我姐姐打電話，叫她送一萬塊錢來。」

三人喜出望外，本來只想要兩、三千元錢就滿足了，沒想到這小夥子連折扣都不打。其中一人有點懷疑，問道：

「慢著慢著！你姐姐姐夫是幹啥子的？」

一億六說他姐姐開公司，還沒結婚，沒得姐夫。三人略放心了。但告訴一億六，只許他姐姐一人來。這間出租房不好找，叫他姐姐把錢送到前面不遠的一座標誌性建築，就是C市一個著名的牌坊那裏，他們中有一人在那裏等著拿錢就行了。年紀大的還說，不要說是賠償名譽損失費，就說一個朋友要急用錢，問他借錢，找他姐姐想辦法。

一億六滿口答應，就給姐姐撥了手機。陸姐那邊接了手機，只聽一億六說有個朋友急用錢，問他借一萬元，他沒有這麼多錢，叫姐姐現在就送一萬元錢到一個牌坊那裏，有人等她拿錢。聽得陸姐莫名其妙，又非常擔心，不知道要借錢的人爲什麼搞得這樣神秘兮兮的，更不知道一億六深夜跑到那座郊外的牌坊去幹什麼。這晚上陶警官恰好睡在陸姐身邊，一聽就有問題。暗示陸姐什麼都不要問，就說陸姐現在就剛好在這牌坊附近的渡假村，叫等她的人馬上到牌坊那裏等她就行了。

三人也在一旁聽了，暗自慶幸。這一萬元可說是唾手可得，就是有可疑之處也利令智昏了。年紀大的就叫一人馬上去牌坊等她。

那人走後還不到二十分鐘，就被兩個警察銬了回來。進了屋，警察就拿出銬子還要銬另外兩人。警察說：

「狗日的！你們不要以爲上了你們當的人自認倒霉，不敢報案。我們早就盯上你們這些龜兒子了！沒想到今天你們自己送上門！」

另兩人以爲一億六原來是個便衣警察，這個便衣警察可以說表演得天衣無縫，只好乖乖就範。警察銬起兩人後，就拉起二百伍的手腕要上銬子。一億六驚愕地說：

「你們搞錯了！你們搞錯了！是我不對，我損害了二百伍的名譽，叫她不得嫁人！你們哪個把她也抓起來嘛？」

警察不聽他的解釋。一億六趕忙又給陸姐打電話。

「姐姐姐姐，你趕快找陶警官。這裏的警察搞錯了，把二百伍也抓起了！她又沒做錯事，是我損害了她的名譽吵！啷個抓她嘛？要抓，抓我才對嘛！」

這時，陸姐和陶警官開車已經快到那座牌坊了。陶警官怕一億六當著警察面還說出些什麼傻話，就把手機接過來。

「小弟，你啥子都不要管！把你的手機給警察，叫他們聽電話。」

警察接過手機連說：「是、是、是！」就沒給二百伍上銬，把五個人都帶到停在牌坊前的巡邏車那裏。片刻間，陶警官和陸姐的車就到了。陸姐仍坐在車上，陶警官下了車，就向兩個警察道辛苦。兩個警察忙說多謝陶警官，這夥敲詐勒索嫌疑人早就被他們盯上了，但苦於沒人報案，今天多虧了陶警官提供線索抓了個正著。在車燈的光照下，陶警官看一億六說二百伍只是個小女娃兒，就吩咐警察把那三個犯罪嫌疑人帶走，把女娃兒和一億六留下交給他處理。

巡邏的警車開走後，陸姐才下車，嗔怪一億六：

「你啷個搞起的嘛？啥子你『損害了她的名譽了』嘛？你做了些啥子嘛？又要我來擦屁股！」

一億六低著頭，難爲情地摸著腦袋，支支吾吾地笑道：

「這個這個……不過不過……」

二百伍卻在一旁理直氣壯地爲一億六辯解：

「他啥子都沒做！是那夥人教我騙他來的。我把他騙了來，就在一起吃消夜。我們聊得高高興興的，他們就闖進來了。本來是我應該跟他在床上幹事的，他又沒跟我幹事，那夥人沒法子，才說他損害了我的名譽啥子的！啥子『擦屁股』，難聽死了！」

陸姐詫異地看著二百伍問：「你叫啥子名字？哪裏的人？」

二百伍說：「我叫二百伍！」說起老家，離陸姐老家不遠。

陸姐聽她叫「二百伍」，也笑了，問：

「那你現在啷個辦嘞？家裏還有人沒得？有錢回家沒得？」

二百伍說家裏沒人了，也不願回去。陸姐問陶警官，那啷個辦嘞？陶警官說，就先在獨秀居找個工作給她做，看她能幹點啥就幹點啥，要不，學個簡單的茶藝也好。審問那三個犯罪嫌疑人時，司法機關還要找她作爲證人訊問，她暫時還不能離開C市。

這樣，二百伍就成了獨秀居的一名員工。

拾柒

六十多年後，二百伍去世時雖然備享尊榮，國家領導人和許多國際知名人士都紛紛以未來的傳感方式向她的兒子表示慰問，請她兒子節哀順變。但是，這位中國未來偉大的傑出人物垂暮之年，在人腦互聯網上推出的二百萬言的回憶錄中，寫他童年少年青年時期對他有深刻影響的女性，只有他姑母陸姐一人。他是由他姑母撫養成人的，沒有他母親的任何資料。這位偉大的傑出人物母親的出身情況，比如籍貫何處、生於何地、出生年月日、家庭狀況、父母姓名等等，一概闕如。所以，作者必須在這裏專闢一章介紹一下二百伍。

二百伍的大名叫伍小巷。但絕非取自陸游的詩：「小樓一夜聽春雨，深巷明朝賣杏花」中的「小巷」，絕對與那種高雅不沾一點邊。她不知是被父親還是母親、或是其他什麼人偷了來丟在一條小巷裏的棄嬰。那條小巷深藏於離陸姐和一億六老家不遠的一個貧困縣的小鎮。小鎮不像城市，每條街巷都有名字，小鎮的小巷是沒有名字的，不然，二百伍很可能就以這條小巷的名字爲名字了。

大清早，有人在那條小巷中發現了她，報告給派出所。派出所的治安員跑來一看是個女嬰，只包了塊薄薄的爛花布，小身子一絲不掛。那時，在「只生一個好」的號召下，遺棄女嬰已成爲「多發性的社會現象」，有時上公共廁所都會撿個回來，人們都見怪不怪了。而這個女嬰看起來卻很健康，外表沒有一點毛病，圓滾滾白生生的很可愛。治安員抱回派出所。當時，這個窮縣還沒有兒童福利院，要送進兒童福利院還需翻山越嶺抱到它上級的市裏去。派出所所長說，眼前她就要吃、要喝、要穿、要尿、要拉屎，誰來給她換尿片餵湯餵水？還不如看鎮上哪家想要娃兒的，就叫哪家養起算了，哪怕每月由鎮上貼點錢，也比隔山過水地送到城裏的兒童福利院省事。

恰好，這鎮上有家姓伍的紮紙匠老夫婦倆沒兒沒女，聽說派出所撿了個女娃兒就跑來想認領。紮紙匠夫婦倆都六十多歲了，平時靠給有喪事的人家紮紙人紙馬過活。老頭還是個殘疾人，一條斷腿自膝蓋以下安了一條假腿。老婦人想要個女娃兒比較好，大了還能幫著幹些家務活。於是派出所就與這老兩口商定，每月由鎮政府給他們五元錢補貼。老兩口就抱了回去養著。

在紙紮匠家，二百伍養到四、五歲，女娃兒就能幹點輕易的家務活了。紙紮匠老頭特別滿意，每天晚上老頭脫下假肢，被摩擦了一天的膝蓋和假肢的接觸部位，讓女娃兒用小手按摩舒服得很。女娃兒每天晚上，就用一雙小手在光光的截肢面上，來來回回轉著圈給老頭按摩，那個光光的截肢面就是她小時候的玩具。除此之外，女娃兒整天就在紙人紙馬間穿梭，沒有一個玩伴。很快長到十二歲，鎮上給老兩口的補貼也由五元錢漲到八元，而老兩口也過了七十歲了，對女娃兒越來越依賴，做飯洗衣買東西打掃房屋都由她幹。女娃兒還很乖，從無一句頂撞老人的話，可以說是逆來順受。原先鎮上來催過多次，叫老兩口讓女娃兒上學。老兩口都推三阻四地擋了回去，今年推明年，明年推後年。後來鎮政府爲了貫徹國家的教育方針，對兒童教育越抓越緊，就跟老兩口說，如果再不讓女娃兒上學，不但要停止給女娃兒的補貼，還要罰他們老兩口的款。老兩口被逼無奈，這才讓女娃兒上學。

上學要有個名字，老兩口去學校給女娃兒報名的時候，小學校教務室職員問起來，老兩口這才想起，從小到大都喊她「女娃兒」，高興時親熱一點叫她「女女」。要上學，叫個什麼學名好呢？老頭忽然想到，鎮上人人都知道她是被人丟在一條小巷子裏的，乾脆就叫「小巷」吧。

於是，女娃兒到十二歲時，才有了個正式的姓名，跟老頭姓伍，叫「伍小巷」。

十二歲的伍小巷才上小學一年級，當然跟六、七歲的同班同學玩不到一起去，跟高年級的同學玩，人家不理睬她。伍小巷在學校，仍然像在紙人紙馬中間一樣，何況她每天回家還要做飯洗衣，也沒有多少玩的時間。伍小巷孤獨寂寞地上了四年學，居然連續跳級，把小學六年讀完了。十六歲時小學畢業。而姓伍的老兩口就在她小學畢業那年先後去世。鎮政府就把伍小巷安排進了鎮上的中學住校，開始讀初中一年級。

73

伍小巷自養父母去世後，在學校住校，開始了一種全新的生活。不用洗衣做飯了，玩的時間多了。可是同學們都知道她無父無母無家，是個棄嬰，看不起她，不願跟她一塊兒玩耍。伍小巷看著同學們在玩耍時非常羨慕，可是自己一參加進去，人家就喊：「去去去！」就是討好地替同學們拾起飛出的毽子或是皮球送還到同學手上，也遭人白眼相向。

可想而知，伍小巷自小就有強烈的自卑感，盼望著有人接近她，有人看得起她，有人願意跟她一起玩耍，一起聊天，甚至想別人能接受她的關心，也心滿意足。而這時，鎮上的一個著名的小混混就乘虛出入。

這個小鎮雖然偏遠，但隨著市場經濟的發展，也逐漸繁榮起來。小鎮上出現了從未有過的桌球室、電子遊戲廳、打麻將的茶館和卡拉ＯＫ廳等等遊樂場所。這個小混混外號叫「皮猴」，十四歲時就被學校開除，直到二十歲再也沒進過學校，一天到晚就在這些娛樂場所穿梭進出。他爹是個不爭氣的賭鬼，媽也不工作，成天東家進西家出，傳播張家長李家短的資訊，一家三口靠大兒子大女兒在武漢打工掙的錢生活。

一個星期六，皮猴在路上偶然遇見伍小巷，發現這女娃兒又白又嫩，穿著鎮上中學的校服，身材圓滾滾的，乳房是乳房，屁股是屁股，腰是腰，性感誘人，可是臉上卻是一副愁眉苦臉的表情，就上去搭訕：

「嗨！要不要到哪裏耍一耍呀？啷個了嘛？是你媽打了你呀？」

伍小巷星期六沒地方去，一個人跑到街上散心，正好碰上一個熱情的小夥子主動跟她說話，馬上高興起來。

「哪個媽打我喲！我倒盼個媽來打我，就是沒得媽來打！」

「嗨！哪是爲啥子吵？哪有盼著挨打的？你眞生得賤！」

兩人一對話，皮猴才知道她是那個鎮上人人皆知的棄嬰，靠鎮政府補貼養活大的，去年養父母也死了，沒人管。這天，皮猴就帶她去喝了啤酒，又打了會兒遊戲機。伍小巷玩得心曠神怡，喜不自勝，第一次嘗到了人間的快樂。分手時，兩人約好了第二天星期日下午在鎮邊上的樹林裏見面。

皮猴說：「那裏有條小河，還有大樹，樹下面長好多花，叫你摘都摘不完！」

第二天下午，伍小巷興致勃勃地來到樹林，想跟皮猴一起摘花。下面的事就不用說了，皮猴哄著就在那棵大樹下摘了她的花。一方面，我們的學校只管教書不管育人，教師的職責只是照本宣科，在課堂上能管住課堂秩序就很不錯了，整個教育理念中嚴重缺乏道德教育、公民教育和倫理教育；政治課盡是些離人們現實生活非常遙遠的空洞教條，僅供背下來考試用；另一方面，伍小巷從小就沒有受過收養她的老兩口的家庭教育，在學校又沒和女同學接觸，從來沒人教她知道什麼是女性應有的羞恥感，只知道男女廁所是應該分開的；用純粹中性的語言說，伍小巷「不知羞恥二字」，更不懂得什麼是「貞操」。皮猴搞了她，她對這種事既不認爲不對，也不覺得有什麼害臊。只是那天皮猴喝了點酒，動作粗魯，弄得她很疼，所以她對此也沒有任何興趣。但爲了保持與皮猴的友誼，不失去一個難得的朋友，皮猴要搞她的時候，她就出來讓皮猴搞一下。皮猴搞她的時候，她絲毫沒感到有什麼性快感和興奮，只是能享受到還有一個人需要她的快樂。伍小巷讓皮猴搞，完全出於一種「友情聯絡」。

皮猴在鎮上不止搞了伍小巷一個女娃兒，還有好幾個。皮猴還特別喜歡吹噓自己在女娃兒身上的魅力，搞了一個就到處宣揚。鎮上公路邊有個私人老板開的招待所，樓下有電子遊戲機，皮猴經常在那裏打電子遊戲，欠了老板二十多元錢，拖了好久還不起。這家招待所的常客是過路的卡車司機，來往熟了，司機就問老板有小姐沒有。

「沒得小姐，哪個鬼才來住你這個破招待所啊！」

這個小鎮哪來的小姐，要當小姐也不會在這個小鎮上做生意。老板心思一動，就想到皮猴。跟皮猴說，你說你搞了那麼多女娃兒，我看是吹牛。不是吹牛的話，你找個女娃兒來給司機玩，不但不再問你要那二十多塊錢，你每找來一個，一次還給你十塊錢。

皮猴想這眞是從天而降的大好事，可是找別的女娃兒都有家長，弄不好會惹出一身麻煩，只有伍小巷是最佳人選。於是又哄伍小巷，說是他欠了招待所老板的錢，還不起的話，老板要把他送到派出所拘留，央求伍小巷救救他，如果招待所來了要小姐的司機，她就跟司機做和他做過的那種事情。皮猴把那種事叫做「幹事」，「幹事」了幾次，就把欠老板的錢還清了，他就不會被拘留了。伍小巷長到這麼大，從來沒有人求過她，覺得幫助一個朋友是她的責任，義不容辭。何況那又不是自己做不到的什麼大事，不過就是「幹事」嘛！

74

伍小巷第一次被皮猴領進招待所，就能大膽面對，一副慷慨就義的樣子。皮猴把她交給招待所老板，自己在樓下打他的電子遊戲，伍小巷就跟老板上樓進到司機房間。司機並沒有皮猴那麼多連篇廢話，見她進來就叫她脫衣裳褲子，做皮猴說的那種「幹事」。「幹事」還挺快，有時，她「幹事」完了，下樓來，皮猴還沒打完一局電子遊戲。鄉鎮學校普遍管得鬆，寄宿的學生晚上回來睡覺就行，沒人管學生晚上到什麼地方去、做了什麼事。即使熄燈後，學生還能翻牆進出，尤其是沒有家長的伍小巷，更沒人管束她了。這樣「幹事」了十幾次，好像皮猴的債老還不清，還要她繼續「幹事」，而一年時間過去了，她已長到了十八歲。

有個跟她「幹事」了兩次的司機，在一個大雨天和她待的時間比較長，知道了她的出身情況。看她既蒙昧無知、又溫順可欺，有時調皮多話，有時沉默寡言，有時輕佻，有時莊重，有時冷靜，有時衝動，一會兒冷冰冰，一會兒熱呼呼，好像是個多重性格的集合體。然而，她有眼色，會伺候人，要茶端茶，要菸拿菸，就那麼下雨的一會功夫，伍小巷就把司機存下的髒衣服都洗得乾乾淨淨。司機眼下正缺一個「陪跑」的。「陪跑」，就是坐在長途汽車司機旁邊陪司機說話、防止司機夜間跑長途時打瞌睡出事故的人。市場經濟是個廣闊天地，「陪跑」也算一門職業。

司機就想把伍小巷騙出來跟他「陪跑」。這個「陪跑」，到任務跑完後，還能和她「幹事」，還能享受她的伺候，眞是萬分理想。司機就跟她說，你沒去過大城市，一天到晚在這麼個破鎮子待著有啥意思？那大城市才好玩！你要出去看看世界，「外面的世界很精采」！不如跟我跑車去，有吃有喝有住，還四處旅遊。伍小巷根本不需要司機反覆動員，馬上說：

「好！」

第二天正是個星期天，伍小巷回學校宿舍，收拾了一點零碎東西就跟司機跑了。

司機剛把她拉到C市，就接到他嫂子的電話，說是他家發生了礦難，兩個哥哥都埋在礦井下不知死活。這司機的一家人都在礦上，他就是給礦上拉運煤炭的。煤礦一出事故，就會停產整頓好長時間，卡車也跑不成了。司機急著回家，就把伍小巷交給前面出場過的那個年紀大些的流氓，說是暫寄在老流氓那裏，等他處理好家裏的事才來接她，跟他一起跑車。老流氓原來就是在煤礦上給「土雞」拉皮條的皮條客，所以他們早就認得。

老流氓說好嘛，要寄在我這裏你要交錢，每天她都要吃喝，誰管她飯？司機說這女娃兒能自食其力，她會「幹事」給你掙錢，交給了你，你還要付給我錢才對！

老流氓側過臉用看貨物的眼光打量打量了伍小巷：雪白滾圓，身材有線條，該凸出的地方凸出，該凹進去的地方凹進去。老流氓咂著嘴說：「嗯！還不錯！能做生意。不過你要給她說清楚，江湖有江湖的規矩，你要先跟她說好，免得出了事她說是我強迫她的，或是你回來接她的時候找我後賬。」司機就跟伍小巷說，我走了你就聽這個老頭的，他叫你跟哪個「幹事」，你就跟哪個「幹事」，等我把家裏的事辦完就回來接你。

司機臨走時，還跟老流氓爭吵不休，差點打起來，主要是爲了老流氓應該付給司機多少錢。兩人爭來吵去，拉拉扯扯。老流氓不是年輕力壯的司機對手，只好把身上的錢都掏出來，總共只有二百五十元。司機看看老流氓的出租房裏再沒有什麼值錢的東西可拿，氣鼓鼓地一把抄起桌上的二百五十元錢，急匆匆地走了。

老流氓好像很委屈的樣子，攤開空空的兩手，對伍小巷說：

「你看你看，狗日的！還講理不講理！龜兒子拿起我的錢就跑了！這二百五十塊，你得給我掙回來！我今天眞倒霉！遇到你這個二百五，賠了我的二百五！」

在屋裏坐著的那兩個也在前面出場過的小流氓大笑起來。因爲他們看見司機和老流氓爭吵撕扯時，伍小巷靜靜地在旁邊觀看，一言不發，好像他們之間吵架跟自己一點關係也沒有，非常生動地表現了那句形容傻瓜的俗話：「別人把你賣了，你還在幫著別人數錢。」

兩個小流氓連聲笑道：

「二百五！眞是個二百五！這話硬是對頭！她就是個二百五！」

「二百五」的大名就是這樣來的。

伍小巷還沒有看見大城市是什麼樣子，沒有領略到「外面的世界很精采」，就落到流氓團夥手上。

75

伍小巷也願意自稱「二百伍」，是因爲到城裏後，老流氓帶來人跟她「幹事」時，偶爾也有「幹事」的人問她叫什麼名字。她告訴人家她叫伍小巷，「幹事」的人常常分不清她的「巷」是什麼「巷」，她用手指在人手掌上寫出來。本地人和眾人相同，念作似銀行的「行」音，可是外地人念作似方向的「向」音，常常糾纏不清。所以，她乾脆隨著那三個流氓對她的稱呼，自我介紹就叫「二百伍」。而她自稱「二百伍」時卻會使人發笑，有人還會笑得前仰後合，比如，一億六就會笑得噴出口中的可口可樂，這又何樂而不爲呢？人家一聽「二百伍」就笑，總比聽到「伍小巷」要皺起眉頭思索半天，還要她費事地解釋好吧！

三個流氓管她吃住，還給她買了身廉價的時尚衣服把校服換下來。他們並不騷擾她，不和她「幹事」，他們的興趣焦點只在白粉上，有點錢就找些白粉吸，沒白粉就喝酒。但限制她的自由，白天不讓她出門，晚上，流氓找到了生意，就把男人領來出租房和她「幹事」，或者把她送到某個地方去，一人在門口等。她「幹事」完了，流氓就向和她「幹事」的男人要錢，然後帶她去吃消夜，流氓們喝酒。這三個流氓除了她之外，還掌控著四個女娃兒，分散住在這一片出租房區。所以，二百伍並非天天要和男人「幹事」，經常無「事」可「幹」。出租房裏又沒有電視機，一個人待在出租房裏很悶，然而流氓們又不許她去玩，要她「堅守崗位，隨時待命」。所以她到C市兩個多月了，司機既沒來接她，她也沒看到這大城市是怎樣壯觀宏偉、繁華精采。

一天晚上，一個流氓跑來很高興地說，有人要包她過夜，過夜的錢多些。流氓告訴她，要先跟她「幹事」的那個男人說好，明天一大早，他們有人在賓館門口等這個男人收錢，然後把她送到一家小賓館。

她進了房間，只看見幾個人在打麻將，地上橫七豎八地攤了一堆酒瓶子。其中一人擺了擺腦袋，意思是叫她到裏面房間等。她第一次到一個有套間的客房，裏面房間還有個電視機。她一面等客人，一面打開電視看。換了好幾個台，不是在播廣告就是播反映當代現實生活的電視劇。她對反映當代現實生活的電視劇絲毫沒興趣。她覺得電視劇裏的「現實生活」都離她非常非常遙遠，對她來說，一點不「現實」。她喜歡看古裝的電視劇，演皇帝妃子大俠仙女等等。與其看不反映現實的所謂「反映現實生活的電視劇」，還不如看與現實毫無關係的古裝片。脫離現實的古裝片令人產生遐想和夢想，反映現實生活的電視劇不但不能使人產生夢想，還讓人看出它與眞實的現實有很大差距，漏洞百出。反映現實的電視劇不反映現實，古裝電視劇卻貼近觀眾，這大概是古裝的電視連續劇風行的一個原因吧。

外面的人打麻將打得熱火朝天，有時還吵得不可開交。二百伍估計要跟她「幹事」的男人一時進不來，就拿著遙控器不斷換台。捏了好多下，終於找到了一個古裝片。有豬八戒和牛魔王，但是沒有孫悟空，卻有個穿著華麗的帥小夥子和一個非常漂亮的姑娘。牛魔王要和漂亮姑娘結婚，一大群妖怪在四周起鬨。一會兒，那個帥小夥子怎麼又和漂亮姑娘在一個叫「後花園」的地方偷偷見面。漂亮姑娘拔出劍來，挺生氣的樣子把劍鋒對著帥小夥子的喉嚨，要小夥子發誓。小夥子說了一番話，漂亮姑娘聽了，「啊」的一聲，手上的劍掉在地上，馬上暈了過去。別的話她沒在意，但這番話令她十分感動，差不多和漂亮姑娘一樣要暈過去。這幾句她記住了，就是：

曾經有一份真摯的愛情擺在我面前，我沒有珍惜，等到失去的時候，我才後悔莫及。人世間最痛苦的事莫過於此！如果上天能給我再來一次的機會，我會對那個女孩子說三個字——我愛你。如果非要在這份愛上加一個期限，我希望是——一萬年！

一段周星馳演的「無厘頭」的荒誕戲，一段很誇張的台詞，卻讓二百伍觸景生情，悵然若失。在這古裝片節目間隙要插播廣告，她知道了這部片子叫《大話西遊》。

播廣告時，她向後一仰，躺倒在床，閉起眼睛，想想那麼多跟她「幹事」的男人，從來沒有一個男人跟她說過「我愛你」三個字，哪怕是「我喜歡你」四個字，她也沒聽人向她說過。她自小到大在紙人紙馬中生活，紙人紙馬是紙人紙馬，活人也跟紙人紙馬差不多，沒有人給過她溫暖和親情。跟她「幹事」的男人在她身上拼命，要麼悶聲不響，要麼喊「我幹你」、「我操你」、「我日你」、「我拷你」等等，有的還在「幹」、「操」、「日」、「拷」等動詞後面加個「死」字，好像和她有深仇大恨似的，弄得她下面不舒服，心裏更不舒服。今天聽到「我愛你」三個字，儘管不是對她說的，她也感到又溫馨又甜蜜。一個「愛」字，相當一座煤山，它的熱量能夠熔化鐵石，而她的心又並非鐵石心腸，既自卑又柔軟，這時更被融化了，化得全身無力地癱在床上。

她幻想著有個男人對她說「我愛你」，哪怕是「我喜歡你」，想著想著，在她眼眶溢出淚水的同時，她感到下面忽然有點濕潤。這是她身上從來沒有出現過的現象。跟她「幹事」的男人「幹事」完了都責怪她下面乾乾的，說她下面就像一根橡皮管子，「沒一點意思」！有的男人「幹事」完了還向她吐唾沫，說白花了錢，還不如自己用手弄出來。而今天晚上非常奇特，下面竟然有種液體涓涓地向外分泌。

她想，今天晚上這個男人進來，如果對她說了「我愛你」三個字，不要說「一萬年」，哪怕是僅僅說這三個字的一瞬間也好，她願一輩子跟定他。不但不要一個錢，還要掙錢來養活他。這個男人不論叫她做什麼事，她都會蹈湯赴火在所不惜。正想得甜美的時候，那個叫她進屋裏來等的男人忽然風風火火闖了進來。男人見她躺在床上好似有點驚訝。原來這人已把她忘得乾乾淨淨的了。

「媽賣屄！我說我今天啷個輸了錢！原來屋裏頭有個婊子！趕快給我滾滾滾！」男人滿嘴酒氣，大發雷霆，一把把她拉下床，「滾蛋！害得老子輸了錢！你還想做啥子？」

二百伍驚醒春夢，被那個男人從床上拉倒在地，就像從雲端一下子掉進冰窟窿，猛地感到世界是如此寒冷。這個世界不允許她浪漫，她沒有資格浪漫。她打了個寒戰，顫抖了一下，回到現實，才想起門口還有個向她討錢的流氓，不得不說：

「我走就是。不過是你叫的吵！你多少要給幾個嘛，不然我不好交賬！」

幸虧這個男人還沒完全喝醉，從口袋裏找出一張十元錢舊票子扔給她：

「滾！」

77

三個吸毒的皮條客拉不到多少生意，別人一看他們鬼鬼祟祟又黃皮寡瘦，就認爲他們拿不出什麼好貨色，不願跟他們走。窮則思變，他們就另闢蹊徑：讓女娃兒自己上街拉客，跟在街上溜達的好色之徒直接見面。在客人面前演「眞人秀」，比皮條客跟人一路說破了嘴有效得多。但是，他們的出租房在郊區，附近沒有什麼閒逛的遊人，要拉客人必須到城裏。可是女娃兒進城去拉客人，搭上公共汽車票錢和在城裏的吃喝，一晚上就得那麼一點錢也不合算，於是，才想出上一章描述過的那種非常低級的騙術。

三人一商量，專案說上馬就上馬，他們還投資了二十元錢，從小偷那裏買了個只閃光沒鏡頭的壞照相機。刀是現成切西瓜用的刀，節約了成本。

這三人覺得，被他們掌控的五個女娃兒中，只有二百伍可靠，不會放出去就跑掉，因爲她還要等那個司機來接她哩。他們就叫二百伍先實驗，等摸索出經驗，有了效益後才全面推廣。那四個女娃兒看見收入高，提成也高，就不會跑了。

二百伍第一次放出去很高興。老流氓教她下午先在街上轉，到七點多鐘電影快放映的時候，就在電影院門口看哪個是獨自一人來看電影的，看準了就靠上去說陪他看電影。如果那人沒拒絕，給她買了票，看電影時那人就會在她身上動手動腳。

「你就讓他摸你。狗日的！這就上了圈套了。散了電影你就想法子叫他跟你『回家』，跟你『幹事』。等我們闖進來治他龜兒子！得了手，我多給你點錢叫你在城裏耍哈。要是他不跟你『回家』，散了電影你還要問這龜兒子要錢。要摸你的錢哈，至少把飯錢撈回來吵！」

二百伍下午在電影院附近轉。這一帶正是大城市的熱鬧市區，濃縮了大城市的精華：人多、車多、店鋪多、東西多、馬路寬、房子又高又擠，霓虹燈光怪陸離。而她覺得，這一切都不過是小鎮上那個小市場的無限放大。不同的是，所有的東西都明碼標價。商品下面有塊小牌牌，小牌牌上都用「¥」字打頭，後面注明這個東西的價錢。看來看去，到處是「¥」、「¥」、「¥」、「¥」……手上沒有「¥」，不管你多喜歡這個東西都與你無關。二百伍只揣著老流氓給的十元錢，這點「¥」，在這個大市場中根本不值一提。二百伍完全不自覺地體會到馬克思說的：「市場經濟就是一個商品的大堆積。」大城市不過是個大商品堆。腰包裏沒有「¥」，再大的城市也不會精采。大城市的精采，只在腰包裏有「¥」的人面前像孔雀開屏似的絢麗。

不知怎麼，大城市給二百伍最深刻的印象僅僅是這個「¥」。

擔擔麵分大、中、小碗三類「¥」。二百伍花了「¥5元」在小吃攤上吃了碗大碗的擔擔麵，到七點多鐘就守在電影院門口。她甚至沒有張口，就有人主動上來問她等誰，不等人的話，就叫她陪他看電影。二百伍當然樂於成行，跟著進了電影院。燈熄後放電影，那人眞的就渾身上下亂摸她，一張臭烘烘的嘴在她臉上像雞啄食似的東一下西一下亂啄，啄得二百伍滿臉口水。電影散場後，她不知道怎樣把這人哄到出租房去，只是不停地說「大哥跟我走」、「大哥跟我走」。那人老於此道，給她穿的低胸T恤裏塞了十元錢：

「小婊子，各人走各人的啵！」

把她全身摸遍，臉上親夠，只給了十元錢。她的全身和面孔就是「¥10元」。

第二天仍是如此，剛站在電影院門口就有人過來搭訕。但是和前一天一樣，摸完了親完了，出了電影院給了她十元錢，還沒等她開口說話，那人就揚長而去。

這個「¥10」，好像成了她的固定價格。而「¥10」剛好夠來回公共汽車票錢和一瓶礦泉水與一大碗擔擔麵錢。

以往，跟她「幹事」的人一般都不直接付錢給她，有個別直接付給她的，她也只轉手而已。她不知道自己跟人「幹事」後，男人付多少錢給皮猴或老流氓小流氓。現在男人直接給了她，而這個「¥10」，從不合算這個角度上，開始啓發她有了低賤的感覺。然而她又不知道怎樣去追求「崇高」，什麼是「崇高」，她究竟在「¥」上應該怎樣定位？

只有一次，一個四十多歲的外地人主動跟她到了出租房。那人雖然年紀很大卻沒經驗，好不容易抓到了個出差機會就想乘機在外浪蕩浪蕩。二百伍靠上去剛說想跟他看電影，那人的表情彷彿就喜出望外。在電影院摸她的時候就欲火中燒，恨不得在座位上就跟她「幹事」。還是二百伍止住了他，說不急不急，電影完了跟我「回家」。那人根本不需要哄騙，散了電影就跟她打輛出租車跑，也不管有多遠。進了出租房就脫衣服，還叫她快快快。兩人剛上床，三個流氓就闖了進來。閃光燈強烈地一閃光，那人就嚇得渾身發抖，光著身子抱著胳膊蹲在地上。老流氓說什麼是什麼，刀子也不用亮出來。那人只顧牙齒打戰地說：

「同志，同志，我錯了！我錯了……」

老流氓翻遍了那人的衣服口袋，搜光了他全身，得了一千七百多元錢現鈔、一個手機、一隻手表。老流氓看看他的名片，笑話他說：「呵！還是個啥子科長嘞！」把空空的錢包扔給他時，油腔滑調地揶揄道：

「我沒拿你的身分證哈，銀行卡也留給你哈，讓你好生回去當你的科長哈！拜拜！拜拜！」

老流氓給了二百伍一百元錢作爲獎勵。這是二百伍一生中得到的第一筆報酬。老流氓鼓勵她再接再厲，第二天繼續去電影院，按既定方針辦。

第二天就碰到了一億六。二百伍往電影院門口一站，就有人向她湊過來叫她陪著看電影。二百伍拒絕了好幾個人的盛情邀請，目不轉睛地盯著一億六。這個小夥子比什麼《大話西遊》裏面的帥小夥還帥得多，高大俊朗，英氣逼人，但也哈氣逼人，排在買票的長隊中如鶴立雞群，向二百伍發射出強勁的吸引力。二百伍觀察了一億六好長時間，確定他只有一個人來。她想，流氓們昨天連現鈔帶東西差不多得手了兩千多元錢，自己身上也有了一百元錢，今天哪怕就是跟這小夥子真正看一場電影也好。於是就發生了上一章敘述過的事。

在電影放映時，在一片黑暗中，一億六卻不像別的人那樣摸她親她。二百伍絕不是一個下賤的女娃兒，她只是怕這小夥子跟她規規矩矩地看完電影後各自東西，就此分手。她又想不出別的辦法，只好學那些下流坯子的動作，主動伸出手去摸一億六。一億六笑著不讓她動手，她便暗中欣賞一億六。從來沒有一個男人愛過、急切地渴望有男人愛她的二百伍，卻先有點愛上一個男人的意思。上天安排得就是這樣奇怪。

電影散了後，二百伍也絕沒有一點哄一億六去上當受騙的動機，只是不想與他離別，所以才把一億六帶到出租房。而和一億六在一起，她感到從未享受過的自在逍遙：想說什麼就說什麼，想拿雞腿在一億六頭上敲就敲，想做怪相就做怪相，想喊就喊，想叫就叫。二百伍自小到大，從沒有眞正從心底裏升騰出如此純潔的喜悅。和一億六玩耍得如此開心，大大超過上次和皮猴打遊戲機的時候。皮猴與一億六一比，簡直不值一提，哪能望其項背！她開始體驗到快樂是「¥」無法定價的，與「¥」完全是兩回事，毫無關聯，多少「¥」也換不來快樂。

眞可謂「歡娛嫌夜短」，沒料到三個流氓突然闖了進來。二百伍這時早把自己的任務和三個流氓忘得光光的了，一時還以爲眞來了強盜，所以冷不防嗆咳個不停。然而形勢急轉直下，風雲突變，一億六來了個英雄救美，更使二百伍傾心相許。後來怎麼又來了個女人責怪一億六，二百伍此時不挺身而出更待何時？她不知道一億六和這個女人是什麼關係，於是對陸姐反唇相稽：「啥子『擦屁股』，難聽死了！」還故意把「死」字從牙縫裏吱出來，做出十分鄙薄這個女人的表情。

拾捌

給一億六做精子化驗的還有肚皮和不孕不育試驗室的全體醫生護士，發現來試驗室做化驗的一兩百個男人中竟有一個擁有一億六千萬個精子的頂尖人物，物以稀爲貴，無不歡喜雀躍。幾天後，肚皮來劉主任辦公室道喜說，老兄，你老是擔心中華民族要絕滅，這不，證明了你的擔心是杞人憂天嘛，人類的命運哪像你想像得那麼嚴重。我們大概是坐井觀天，以偏概全。世界之大，全人類人口數量之多，全中國人口數量之多，像一億六這樣的人恐怕大有人在，根本不需要你操心，我們只要把自己的業務抓好就行了。隨後，肚皮興奮地說：

「啥子叫『業務』？業務就是商機嘛！我看這個小夥子就給我們提供了一個大好商機！老劉，我們要把他動員起來，給我們提供優良的『人種』。我們要把一億六千萬個精子，變成一億六千萬元人民幣！這是輕而易舉的事情。他是我們發現的，我們還擁有壟斷權，獨家經營，不說是在全國，至少是在全四川，全C市，只此一家，別無分號！想在這個市場經濟社會當中發財，我看是指日可待的事情！」

這裏面有什麼商機劉主任絲毫沒想到。他和中國很多科技人員一樣，不會把科技發明、發現轉化爲市場產品、商品，瞪著眼睛看著肚皮，一時還弄不明白肚皮說的「商機」在哪裏。

「他有啥子『商機』嘞?他只是我們的一個求助者，或者是一個研究對象，來我們這裏化驗精子的數量質量。我們化驗出來了，把化驗報告交給他們，讓他們姐弟倆安心這就對了吵！至於他們沒繳化驗費，那我來出就行了嘛，除了化驗費，還有啥子『商機』嘞？」

肚皮早就聽說這個高班的老同學是個「迂夫子」，沒想到這麼「迂」。

「嗨！老劉，問題很簡單，我們只要他再來一次，給我們捐獻一瓶精子冷凍保存下來就行了吵！這是你內行的，一瓶五毫升優良的精子，能做多少次人工授精和試管嬰兒，你最清楚不過了。哪對夫婦男的徹底不行了，要給妻子做人工授精或是試管嬰兒，還有像前幾天來的那個單身女子要娃兒的，她的問題不是好解決得很嘛！要精子，我們有現成的，而且特別優良，中國哪個精子庫都沒得我們這樣好的品質！我們有精子的化驗報告爲證吵！要做，每成功一次當然要付費，除了手術費，還要付精子提供費，主要是精子提供費！付多少費，我們可以商量個標準，物價局也管不到。」說到這裏肚皮笑了起來，「狗日的物價局還沒得這個商品品種嘞！」

劉主任還以爲肚皮開玩笑，笑道：「你想得好！如果眞正實施了，你還有發明權呢！你還擁有知識產權呢！那麼提供精子的小夥子應該得多少呢？人家可有……按你的說法叫啥子『精子提供費』吧！」

肚皮見劉主任笑了，以爲他同意了。

「啥子『發明權』、『知識產權』，這不都是國外早就實施的嘛！又不是我發明的，我不敢掠人之美。人家還有精子銀行呢！我們國家眞落後得很！再說，我們國家成立精子庫，最終目的不也是給不孕不育的夫婦提供生娃兒的可能嘛！你了解的，我們中國每八對夫婦裏頭就有一對不孕不育。我看，現在早就不止一對了，恐怕是十對裏頭達到兩對了；不是八分之一，是五分之一了！你沒看見，我們科室成立以後，每天來多少求助者？比哪個科室都多！生意啷個會這麼好吵，不就是因爲生不出娃兒的夫婦多嘛！要不，國家批准成立精子庫做啥子？」

劉主任不滿地看著肚皮。「你不是當眞的吧？你想到沒得，這可是違規的喲！不但違規，如果沒有嚴格控制和管理，還會引起倫理道德上的大麻煩，所以需要國家干預吵！你不是眞想這麼幹吧？」

肚皮認眞地說：「我絕不是跟你開玩笑，但是也不是我這就決定了，這不是來跟你商量嘛！我的建議，其實也是我們不孕不育試驗室全體醫生護士的意見。他們化驗了這小夥子的精子以後，都高興得不得了。爲啥？就因爲從中看到了商機吵！現在不止是我們一家，整個C市醫院有和我們類似的科室，都曉得了我們發現了個寶貝，眼睛都瞪得圓圓地看著嘞！」

劉主任一下子皺眉蹙眼起來，問：「啊！全市醫院都曉得了啊？他們啷個曉得的吵？」

「唉！你老兄眞是兩耳不聞窗外事，一眼只看顯微鏡！我們醫院的醫務人員哪個人跟其他醫院的人沒得聯繫，互不來往？壞事傳千里，好事也傳千里吵！你以爲只有你一個人曉得我們發現了個一億六啊！老兄，現在是資訊時代！你老兄還活在啥子時候嘛！所以說，我們不挖掘這個商機，別人就會搶占這個商機。宜早不宜遲！我今天就是來跟你商量這個問題吵！只要你老兄一點頭，我們下面就去實施了。」

劉主任更是吃驚。「啊！是你們都商量好的啊？你們啷個想得那麼天眞、那麼容易吵？首先，違規不違規先不說它，我也曉得現在醫務人員違規的事情多得很。最重要的是，那個小夥子願意不願意提供他的精子出來，還是個大問題哩！」

「啷個不願意？」肚皮問道，「現在，沒得啥子事是錢辦不到的！跟小夥子談好，哪怕多給他些錢就是了嘛！」

劉主任笑了笑，才把陸姐事先給他提出的嚴格要求告訴肚皮：

「你不要以爲錢是萬能的。他姐姐我一看就不是一般人物。錢是買不到的。他姐姐說了，她自己的年收入就有近百萬，他姐姐又把他看作是掌上珍寶。你想，他姐姐會允許她弟弟出賣精子呀！況且，她在她弟弟做精子化驗之前，就先跟我說好了的，絕對不允許利用她弟弟的精子做人工授精和試管嬰兒。要不，那天她爲啥子一直要守著看我們把精液都處理得乾乾淨淨才走嘞？她很懂得，人工授精生下的娃兒，算是她家的骨血，還是別人家的子女呢？所以，我看你還是不要在這個一億六身上打主意好。」

「那他姐姐也是個封建腦袋瓜子！」肚皮不快地說，「這是做好事嘛。我們四處採集精子不也是爲了做好事？他姐姐啷個會那麼想嘞！」

「做好事就不收錢！」劉主任斷然說，「又要用錢收購精子，然後再把它高價賣出去，這啷個是在做好事！這不是做買賣是啥子？說是『做好事』我都想不通，別說提供者的姐姐了！如果需要的一方實在想娃兒想得不行，有精子的一方自覺自願地提供；想娃兒的一方不付錢，提供精子的一方不收錢，那麼我們給他們做了人工授精或者試管嬰兒，只收個手術費，這還算個好事差不多。可是這裏面有多少你說的『商機』嘞？頂多你把手術費、醫藥費提高一點而已嘛！但是，你又不是不曉得，現在全國各地都有和我們不孕不育試驗室搞相同業務的醫療單位，手術費、醫藥費大致有個標準，你能擡高到哪裏去？我實在看不出這裏頭有多少商機。」

肚皮想，原來劉主任壓根沒有搞清楚眾生醫院成立不孕不育試驗室的目的。

「那麼，老劉，我們成立這個試驗室又是搞啥子的嘛？我們採集精子的目的又是爲啥嘛？成立了三個多月，在精子採集的支出上，我們都一直處於虧損狀態，你曉得不曉得？」

「你不要跟我說啥子『處於虧損狀態』。」劉主任有點生氣地說，「我們不是做成功十幾例手術嘛。做一個手術，手術費雖然沒收多少，但是又是啥子全身檢查，又是化驗這個化驗那個，我們的試驗室帶動了多少體檢收入？你曉得不曉得？這個你不要跟我說，我清楚得很！」

劉主任指的，就是王草根每進一次醫院都要抱怨的：「媽賣屄！幸虧我成了大款，不然家裏有人生病我就要上吊！」有點輕微的發熱都要做各種檢查化驗，何況做人工授精與試管嬰兒了，並且一做就是一對男女兩人。開出去的藥品，在公立醫院售價一元錢的在私營醫院能賣到五元甚至十元，所以全國的民營醫院才會像雨後春筍般破土而出、茁壯成長。肚皮還不如那個和尚有遠見。

79

實際上，肚皮才壓根兒不了解王草根成立不孕不育試驗室的眞正目的，反倒是劉主任清楚得很。這個試驗室是上次董事會上臨時增加的專案，之所以能得到董事長王草根的同意，追加了投資，完全是爲醫院老板一人所設。王草根爲了有個男娃兒，一兩百萬元投資根本不在話下，更不用說什麼虧損不虧損了。不孕不育試驗室對王草根老板來說，就像世界各大國的航太事業一樣，是不惜代價，不計經濟效益的頭等大事。王草根把它看作是「造人工程」，確切說是「造兒子工程」。這個工程在王草根眼裏遠遠超過國家的航太事業。因爲那關乎王家能否流芳百世，王家的血脈能不能一代代地流傳下去，如同秦始皇、秦二世、秦三世……似的一直傳到秦萬世。王草根在劉主任來的第一天就沒有給劉主任布置什麼商機，沒有把創收列爲不孕不育試驗室的任務。王草根和劉主任說心腹話時，已把肚皮打發走了。肚皮哪知道其中秘密，所以和劉主任話不投機，兩人之間產生分歧。

可是，成立了不孕不育試驗室，第一大試驗成果，卻是發現醫院的主人完全喪失了生育能力！王草根即使再成立十個試驗室，也無藥可醫了。這是劉主任面臨的一大難題。

不孕不育試驗室發現了特優精子，並且，肚皮說這消息又傳遍了全市醫院的有關科室，那麼珊珊很快也會知道。怎樣向珊珊交代呢？這又是劉主任面臨的第二大難題。

在肚皮來和劉主任談話之前，劉主任已經在考慮這個問題。可是劉主任這個科學腦袋搞不清複雜的人際關係，也就陷於苦惱之中。他想把一億六的化驗報告通知珊珊，說不孕不育試驗室經過多方努力，終於發現了一個非常適合她需求的精子提供者，但醫生的職業道德又不允許他向無關的人透露患者或被體檢人的病情和檢查結果。因爲，一億六和其他來不孕不育試驗室自願提供精子的人完全不同，他沒有與試驗室簽訂自願提供精子的合同，是作爲一名體檢人的身分來的，還可以說是被劉主任盛情邀請來的。這點，他和陸姐已經有言在先。

如果珊珊叫他聯繫那個理想的「人種」，但小夥子的姐姐已明確表態，不准她弟弟的精子做別的用場，陸姐已表明堅決反對借種生子這件事。由他出面找陸姐商量，陸姐就會責怪劉主任：啊！你說是什麼做科學研究，原來是披著羊皮的狼，你給我們講解了好多科學知識，什麼人類即將絕滅了呀等等話，把我們嚇得魂飛魄散，弄來弄去你們還是爲了找「人種」，才哄著我給弟弟做精子化驗的啊！通過和陸姐姐弟倆的接觸，劉主任既很敬重陸姐，又很喜歡一億六，他不願意在他們姐弟面前留下如此惡劣的印象。如果讓珊珊直接去找那個小夥子，珊珊找到了的話，小夥子一定會告訴他姐姐。結果仍然是這樣，陸姐就會問珊珊，你怎麼知道我弟弟精子優良的？繞來繞去又繞到劉主任他這裏來。陸姐仍然會責怪他缺乏職業道德。

然而，不告訴珊珊也不對，不孕不育試驗室花了好幾萬元錢，勞心費力地採集精子，不就是爲了滿足珊珊的要求嗎？不就是在爲醫院老板能延續香火、傳宗接代而努力的嗎？而珊珊的要求只有劉主任一人知道，其他人都不知道他們兩人幕後有這樣的「君子協定」，而且這個「協定」又必須完全保密，所以不孕不育試驗室的同仁一直以爲不惜工本地四處採集精子，就是爲了做精子買賣。肚皮所代表的同仁們發現了一億六大喜過望，把一億六看成個財神爺，也是順理成章的，不能責怪他們利欲薰心。

所以，劉主任兩頭爲難，左也不是，右也不是。

劉主任這個迂夫子在沒有辦法兩全其美地解決人際問題時，只好暫時放下不管。王草根的精子情況雖然全不孕不育試驗室的同仁們都知道，但也都以爲劉主任已經向王草根說了，王老板已經知道了自己的精子危機。而王草根的化驗報告和一億六的化驗報告，都在劉主任抽屜裏鎖著，至少目前還不會出現什麼問題。

劉主任在無可奈何的情況下，只能要求全體同仁繼續加強採集精子的工作。肚皮也許說得對，「中國之大，人口數量之多，像一億六這樣的人恐怕大有人在」。

然而，此後，劉主任發覺全體不孕不育試驗室的醫生和護士都對他翻白眼，他說話再沒有過去那樣管用了，他的指揮棒失靈了。

一方是從市場經濟層面上考慮的，同時又對劉主任與珊珊之間的「君子協定」毫無所知。另一方是從道德層面考慮的，又完全了解他們採集精子的目的，並且既不能公開與珊珊的協定，還必須遵守他對陸姐的承諾。上級跟下級想到兩岔去了，各想其事，各行其是。肚皮代表的下級認爲自己一方很正確，覺得醫院用人不當，根本就不能讓劉主任來領導他們科室，肚皮非常後悔推薦了個創富道路上的絆腳石來；而劉主任一方又要堅守道德底線，認爲可以違規，但不可以違背醫生的職業道德的底線。

不孕不育試驗室就處於這樣的僵局。

80

肚皮雖然跟劉主任沒有談通，但還是不虛此行，獲得了一些資訊。一是肯定了劉主任是個談不通的死腦筋，他腦袋裏根本沒有什麼經濟效益的概念，跟劉主任一點商量的餘地都沒有；二是知道了一億六的姐姐堅決反對讓一億六提供精子出來做好事，那是個封建腦袋瓜子；三是一億六的姐姐也相當有錢，不是一個見錢眼開的小市民，封建腦袋瓜子是多少錢都攻不破的。要用錢來引誘她，小數目無濟於事，人家根本看不上眼。即使好不容易把封建腦袋瓜子攻堅下來，索取的報酬很可能要獅子大開口，數額會大到不孕不育試驗室承受不起或是沒有什麼賺頭的程度，反而倒給一億六的姐姐開了條財路。

肚皮把和劉主任商量的情況向眾人傳達後，眾人百思不得其解，奇怪爲什麼放著一億六這座金礦不挖，還要四處找捐獻精子的自願者，花費那麼多無效勞動、投入那麼多資金幹什麼。幾個護士聽到又要繼續採集精子，都皺起眉頭，跟自願提供精子的人打交道實在惡心，有時還被那些人嘲笑調戲。大家想把劉主任排擠掉，但又沒有合適的藉口，劉主任不僅沒做錯事，還正如劉主任說的，他們科室確實成功地爲十幾對夫婦實施了試管嬰兒或人工授精的手術，並且大大帶動了體檢各部門的收入。

更難辦的是，劉主任不但是肚皮推薦的，還是王草根董事長親自聘任的，眾生醫院的院長也無權免去劉主任職務，把劉主任趕跑。所以，大家一致決定乾脆不聽劉主任的，消極怠工。既不再像過去那樣積極地搜尋精子提供者，也不顛覆劉主任的領導權，就這麼待著，有求助者來就接待一下，沒求助者的話大家坐著閒聊天。

18

過了些日子，不孕不育試驗室一夥人坐著閒聊時，一個醫生偶然說起他在附近工地經常看見一億六，眾人才想起一億六就在他們醫院旁邊的工地上幹活。一億六和不孕不育試驗室全體同仁吃過一次飯。在吃飯時，大家都覺得他既可愛又單純並且很哈，好像還處於天真幼稚的狀態。有人就說，那還不如直接找一億六。放著身邊的金礦不挖，乾瞪眼看著別人來挖，「何其哈也」！

大家都笑起來。有人說，自化驗了一億六的精子後，我們就像接觸了「非典」（按：即SARS。）病人似的，每個醫生護士都被一億六的精子傳染了，傳染上一億六的哈病了！

肚皮首先贊成，什麼辦法都不如乾脆直接找一億六。但要得到一億六的寶貴精子，又不能在眾生醫院的不孕不育試驗室裏取。因爲劉主任天天來上班，如果被劉主任看見了，他至少會問一下又要取一億六的精子幹什麼。怎麼向劉主任解釋也是個問題，弄不好，劉主任又會把一億六的姐姐叫來。這樣，要麼遭到一億六姐姐的堅決反對；要麼出現肚皮想像的那樣，對方獅子大開口，最後弄得不歡而散。於是他們共同商定先找個和他們有同樣設備的醫院，聯繫好了後，到那家醫院去取精。當然，這又不能讓那家醫院的高層領導知道，必須和那家醫院同類科室的醫生護士個別達成內幕交易，私底下暗箱操作。

這個取精過程，弄得和唐僧取經一樣曲折。

87

不孕不育試驗室裏的醫生護士和其他醫院有聯繫的大有人在。幾天後，就和另一家與他們有相同設備、也是治療不孕不育的科室人員聯繫好了。與那家科室的人怎樣分成、怎樣秘密進行的步驟等等，都談妥了。

這邊，不孕不育試驗室的人也把旁邊建築工地工人的上下班時間、吃飯時間、一億六的排休時間、住的是哪座工棚、在哪裏能找到一億六等等情況打聽好了。

關鍵還在於把一億六說通，而又不能讓一億六告訴他姐姐。這個艱巨任務當然只有肚皮承擔最合適，因爲接待精子自願提供者、向精子自願提供者解釋種種注意事項、說明採集精子在科學上的必要性、簽訂「自願提供精子合同」等等，本來就在他的職責範圍之內。

一切都安排好後，肚皮選在一億六排休那天，一清早就在眾生醫院旁邊的工地附近轉悠。工人們早已上工了，都在各自崗位上幹活，那幾座商品住宅樓的地基都打好了。肚皮裝著晨練後無事隨便溜達的樣子，在一億六住的工棚周圍擴胸蹬腿甩胳膊。裝模作樣等了十幾分鐘，就看見一億六換了一身乾淨衣服，手拿著一根笛子從工棚出來，向公共汽車站方向走去。肚皮趕忙急走幾步，跟在一億六後面，向一億六打招呼：

「嗨！眞巧，碰見你了！你到啥子地方去？」

一億六回頭一看，是爲他化驗過精液的大夫，還一起吃過飯，知道不孕不育試驗室裏，除了劉主任就是他的官大。笑著答應：

「啊，是皮主任啊！我回我姐姐那裏去。今天我排休，姐姐叫回去。不過，皮主任有啥事沒得？要不要我幫忙？」

肚皮原來想要說通一億六一定很困難，都不知道如何跟這個哈兒張口，沒想到一億六主動問他需不需要幫忙，就一面跟一億六向汽車站方向慢慢散步，一面表現得很爲難似的說：

「嘖！也沒得啥子了不起的事。就是最近我們碰到點困難。你曉得的吵，我們科室就是專門治療不孕不育的夫婦，讓他們能生出娃兒來的。可是，有好幾對夫婦根本沒有治好的希望。男的不行了吵！嘖！」

「男的啷個不行了？」一億六不解地問，「男的哪裏不行了嘛？」

「男的哪有你那麼好的精子喲！都有你這樣好的精子，還會發愁生不出娃兒呀！我們科室都會關門。爲啥？因爲再也沒得生不出娃兒來的夫婦了吵！」肚皮像是十分惋惜地說，「你想想，結婚五、六年了，就是沒得娃兒，兩口子痛苦不痛苦？弄不好，都有打離婚的可能。」

「那啷個辦呢？」一億六有點爲生不出娃兒而要離婚的夫婦擔憂了。

「嗨！」肚皮好像剛想起來的樣子說，「要是你能捐獻一點點你的精子給他們，他們啥子煩惱都沒得了！但是，我們都曉得你姐姐不同意你捐獻精子，困難就在這裏吵！我們都不曉得啷個跟你張口。其實這是做好事，『捐獻一滴精子，挽救一對夫婦』，這是我們治療不孕不育的醫務人員的宗旨。我覺得這個口號硬是對頭！就像獻血一樣，『獻出一滴血，救人一條命』，那是多光榮的事吵！」

「那沒得關係！」一億六慷慨地答應。他聽了劉主任給他講生殖常識後，知道了娃兒的胚胎是怎樣形成的：要一個男性精子突破進女性的卵子裏面去，所以，男性的精子是否強壯，是非常關鍵、非常重要的。既然他擁有強壯優良的精子，何不貢獻出來「挽救一對夫婦」？他認爲這是他天經地義的責任。

「我在深圳獻過兩次血，在這裏也獻過一次，不過，我都沒告訴我姐姐，我曉得一告訴她她就要叫。再說，捐獻精子比獻血還要容易。本來我以爲把精液弄出來很困難，可是我姐姐教了我以後，我感到並不困難，比獻血的時間還短，就一會兒的事。『捐獻一滴精子，挽救一對夫婦』，這話硬是對頭！捐獻精子跟獻血一樣重要！要不，我們現在就去，捐獻了後，我才到姐姐那裏去也不晚嘛。」

肚皮沒想到這麼容易就攻克了本以爲最不容易攻克的難關。

「那好吧！你眞是個熱血青年！眞是青年人的楷模！」肚皮由衷地讚揚一億六。可是讚揚歸讚揚，請君入甕的計劃還必須照樣實施。

「我的車在那邊，如果你同意的話，那現在就坐車到那裏去。」

「同意，同意！不過，要坐啥子車吵？」一億六問，「幾步路就到了嘛。」

「啊，我忘了跟你說了，最近我們科室的儀器有點毛病，正在檢修。我們現在暫時借用另一家醫院的設備。」肚皮說，「你要是願意，我們就一起坐車到那家醫院去取精。不遠，開車有十來分鐘就到。取了後，我再用車把你送到你姐姐那裏去。你說好不好？」

「好好好！」一億六爽快得很，就跟肚皮折返不孕不育試驗室。

肚皮又說：「你姐姐不同意你捐獻精子，我怕你正在捐獻的時候，你姐來電話。你就不要給她說捐獻精子啊！不然，她又會像上次那樣跑來阻擋你做好事。」

「那容易得很。」一億六笑著說，「我把手機關了就行了嘛。我獻血的時候就沒有告訴她。我姐見我流了點血就大驚小怪！叫得我心裏發麻！」

兩人高高興興回到肚皮的車旁邊。肚皮給一億六拉開車門。一億六連說：「不客氣不客氣！」坐了進去。

83

肚皮沒想到，他在工棚附近甩胳膊蹬腿的時候，劉主任已來上班。肚皮和一億六談話的時間，就是一億六磕碰了劉主任車的第三天，劉主任開著修好的車來上班，碰到一億六排休無事時在工地四處找幫忙機會的時間。這兩個時間剛好吻合。而且，肚皮的車今天正停在陸姐來時她的VOLVO停的地方。所以，劉主任透過他辦公室的大玻璃窗，看見肚皮和一億六兩人邊說邊笑地從車道向停車場走來。劉主任先還不覺得有什麼可疑，但看見一億六拿著笛子坐進肚皮的車，就感到有什麼不對頭的地方了。結合最近整個不孕不育試驗室的同仁們對他那陰陽怪氣的表情：大家說得熱熱鬧鬧的，只要他一出現，人們就啥話不說了，一致用冷眼瞪他。劉主任直覺得這裏面有什麼不可告人的名堂。

劉主任覺得有必要讓陸姐了解一下一億六跟肚皮到什麼地方去，去幹什麼。儘管劉主任迂，但猜也能猜到肚皮可能會把一億六帶到別的醫院尋找商機。劉主任急忙從抽屜裏翻出陸姐填寫的精子化驗登記表，從聯繫方式一欄裏找到陸姐的手機號。

「喂!是劉主任嗎?你好!你好!」陸姐接到劉主任的電話，用歡喜的語氣向劉主任問好。因為劉主任給了她很大寬慰。陸姐的手機裏也存有劉主任的手機號碼。

「啊，我是、我是。」劉主任說，「小陸，給你電話不為別的事，就是我剛看見我們醫院有個醫生，把你弟弟不曉得要帶到啥子地方去。我想你最好給你弟弟打個電話問一下。」

陸姐說：「他今天排休，說好是回到我這裏來的。是不是他搭了個便車?或許是跟醫生到啥子地方要去了嘛!他們可能是在給我弟弟做化驗時候認識的。謝謝劉主任的關心哈!你啥子時候有空，我想請你來我公司坐一坐，吃個便飯。你看，你啥時間有空，我們約個時間好不好?」

劉主任才想起來，陸姐一點都不知道肚皮和不孕不育試驗室同仁們的商機。不得不說：「是這樣一回事哈，你聽了也不要奇怪。也許是我多慮了哈。自發現了你弟弟的精子非常優良以後，我們科室有個別人就想動員你弟弟捐獻一點精子，給一些男方有問題的夫婦做人工授精或者是試管嬰兒。其實他們的想法也很自然哈，這也是很多醫院採取的辦法。不過我知道你的態度，所以告訴你一聲哈，如果不是這樣當然更好……」

劉主任的話還沒說完，陸姐就急忙說：「喂、喂、喂!劉主任，對不起!對不起!請讓我先把電話掛了，我給我弟弟現在就打個電話好不好?」

劉主任這邊的手機立即斷了，只聽見「嘟嘟嘟」的聲音。

一會兒，劉主任的手機響了，劉主任一按通話鍵，那邊傳來了個男人的聲音。

「喂，你是劉主任吧？我姓陶，是一名警官。剛剛接到小陸的電話，說是現在她跟她弟弟聯繫不上，她弟弟的手機關機了。一般不會出現這種情況，她弟弟的手機總是開起子的。我請問你，她弟弟是跟你們科室的哪位醫生走的？他的車是啥子牌子，車號是多少？謝謝你哈！」

劉主任在時尚知識方面還不如廟裏的那位和尚，根本不認識小轎車的牌子，只知道王草根給他買的車是別克牌的，肚皮的車號是多少更沒有注意過。只好回答道：

「車是啥牌子我說不清，也不知道他的車牌號。我只知道那位醫生的車是灰顏色的。」

「那麼，那位醫生，就是車主的姓名你知道吧？有車主姓名也好查到。謝謝你了啊！」

「啊，那個醫生姓皮……」於是劉主任把肚皮的姓名告訴了陶警官。

「好好好！謝謝你了哈！有車主姓名就行了。再見，再見！」

陶警官馬上通過交警部門，查到了肚皮的小轎車牌子和車牌號。在肚皮開車經過兩個紅綠燈路口時，從路口紅綠燈的監視器上，肚皮的車已被交警部門的監控室發現了。交警向陶警官回話。陶警官從行車路線及其走向上，就斷定他們是向一家著名的民營醫院開去。這家民營醫院成立得比眾生醫院早得多，規模也大，老板是福建莆田人，早先也想收購九道彎區第二人民醫院的。那醫院內部設有生殖科學研究中心，同樣治療不孕不育症，據說年接待患者上萬人，可見中國的不孕不育患者眾多。這家醫院天天在C市電視台生活頻道做廣告，連公交車站上都有他們的燈箱廣告，全市盡人皆知。

陶警官立即向在醫院附近巡邏的警車布置了一番。

肚皮在那家醫院的停車場把車停好，和一億六兩人笑嘻嘻地剛進醫院的大廳，就迎面碰見兩個警察。

警察不管肚皮，只問一億六的姓名。得知找對了人，就跟一億六說：

「你是不是幾個月前被一夥流氓敲詐過？現在請你跟我們走一趟，需要你配合一下，做個筆錄證明。」

一億六茫然地問：「那事情不是過都過去了嗎？其實也說不上是啥子敲詐嘛！不過，這樣吧，等我和皮主任辦完了事，我才跟你們去也來得及嘛。」

兩個警官不由分說，架起一億六的胳膊就往醫院外走。

肚皮懊惱欲絕，眼看著煮熟的鴨子飛上了天。

拾玖

警察並沒有把一億六帶到公安局，卻用巡邏的警車送到了獨秀居。

上午十點前，獨秀居還沒有開始營業，男女員工都在打掃衛生，抹桌子擦椅子，一片忙碌。二百伍一眼就看見一億六被警察帶進來，連忙迎了上去。

「你啷個這麼早跑來了嗎？」二百伍愕然地問，「又出了啥子事情？警察還把你押起子，你又去耍流氓了呀？」

警察見有人來接應一億六，看樣子他們還是熟人，就對二百伍說：

「那就交給你了哈。不要再讓他出去了，就在你們這裏待著哈。」

二百伍連說：「謝謝謝謝，不用你們管了，交給我就行了。」

一億六自陸姐啓發他一面用手弄「小雞雞」一面想二百伍之後，好像二百伍和他下面的「小雞雞」就有什麼關係，他見了二百伍既有個奇妙的感覺，又有點內疚。一億六紅著臉說：

「你胡說！我啷個會去耍流氓嘛？不過，我也奇怪，我去做好事，就碰到警察，糊裏糊塗地，他們就把我帶到這裏來了。」

二百伍當了獨秀居的員工後，他們一起去看過幾次電影。在電影院裏規規矩矩地坐著，二百伍早就忘了在電影院裏要動手動腳。一面看電影，一面吃爆米花喝飲料，和心愛的人坐在一起，好快活！她坐在椅子上晃著兩腿，東張西望，嘴裏不停地吃喝。她對銀幕上正放映的電影興趣不大，她認爲再沒有比那《愛你一萬年》好看的電影了。一億六愛看動畫片和科幻片，她完全是順從一億六的愛好。她和一億六看電影，只是在享受「外面的世界眞精采」。看完了電影再到夜市去吃消夜，大大方方的，心中毫無掛礙，無憂無慮。和一億六在一起，什麼「¥」都拋到九霄雲外去了，全世界所有的「¥」堆起來，都換不來這種快活。

看見別人快活，覺得自己比別人更快活，比別人快活好多倍！別人的快活增加了自我感覺的快活，這不是天堂是什麼？

吃完了消夜各回各的住處。

「拜拜！拜拜！」

有時，她眞想在公交車站像有的情侶那樣抱著一億六親一下，但她發覺一億六壓根兒不知道怎樣親女娃兒，對旁邊摟著抱著「啃」的青年男女視而不見，無動於衷。一次，他們在公交車站等車，旁邊一男一女親嘴親得達到忘我的境界，男的伸手從女的文化衫下面掏上去摸女的奶子，摸得女的哼個不停。二百伍就撞撞一億六叫他看，意思要一億六觀摩學習，付諸實踐。誰知一億六卻說：「莫看莫看，看得人家不好意思。」二百伍對一億六直翻白眼，人家當眾摸奶子都好意思，你看看就不好意思了？眞是個哈兒加哈兒！

雙料的哈兒！

一億六不主動，二百伍就有點不好意思親他。二百伍懂得了不好意思，就是一個飛躍式的成熟，一個莫大的進步。她像一塊白色的塑膠布，染上什麼顏色就是什麼顏色，然而由於塑膠的特性，褪色也褪得很快。到獨秀居來工作，陸姐只叫她上白天班，接待正經體面的生意，環境一變，二百伍就把原來的顏色全部褪掉了。不僅如此，二百伍學習茶藝學得還很快，已經成爲獨秀居的一名熟練的茶藝師了。好多客人點名要她煎茶，說她煎茶的步驟嚴格，時間溫度掌握得恰到好處，動作嫻熟，姿勢還非常優美，人又長得好看，有眼色還不多話，正適合客人們談商業機密。她來伺候喝茶，客人們談判的氣氛都融洽一些。

85

二百伍把一億六領到一間雅座包間。疑惑地望著他問：

「你去做啥子好事嘛？警察爲啥子不讓你做好事嘛？」又笑著奚落一億六，「莫非你又損害了哪個女娃兒的名譽了吧？」

一億六笑著捶了她一下，居然把要給他姐姐隱瞞的話，全部告訴了二百伍。

「你說這不是做好事是做啥子？『捐獻一滴精子，挽救一對夫婦』。皮主任說，中國有好多不生娃兒的夫婦要打離婚哩！捐獻了一點精子就能挽救好多人家不離婚。你說是不是好事嘛！捐獻精子就和獻血一樣。不過，你沒有獻過血啊？你身體這樣好，應該去獻血才是。」

二百伍不解地問：「啷個非要你去捐獻精子嘞？獻血的我見過，我們獨秀居門口一到節假日經常停的有獻血車，好多大學生都到車上去獻血。躺在椅子上，一根皮管在手臂上插起子，血就流到一個小袋袋裏頭去了。可是，我啷個沒聽說過啥子捐獻精子的嘞？」

一億六有點賣弄地說：「這只能說明你懂得少吵！眾生醫院的劉主任和皮主任都給我和我姐姐講過生殖科學。有的夫妻男人一方不行了，不過，可以找個別的男人精子好的，借他的精子給女方做人工授精或者是試管嬰兒。他們都說我的精子好，能讓不孕不育的夫婦生下娃兒。他們有了娃兒就不打離婚了吵。不過，現在科學發達了嘛！這方面你眞無知得很！」

二百伍雖然沒有聽過劉主任、皮主任的「科學講座」，但實踐經驗豐富。有個跟她「幹事」的人曾說「一滴精十滴血」，男人的精液寶貴得很！確實，男人在她身上射了精後就顯得十分疲乏，有的還會癱在床上半天起不來，好像身體被掏空了似的。

二百伍聽明白了，一把搶來一億六手上的笛子，猛敲一億六的腦袋。

「你眞不曉得害臊！丟臉死了！丟臉死了！你的精子啷個就好嘞？還說自己的精子好！你把那麼寶貴的東西捐獻了，把你弄得人不像人鬼不像鬼！把你掏空了，你曉得不曉得？還說是做好事！丟人不丟人！丟人不丟人！」罵到這裏，二百伍的積怨也爆發出來，「你去做好事，爲啥子不給我做做好事嘞？爲啥子不把你的啥子好精子射到我裏頭嘞？你去死去吧！你去死去吧！『不過』、『不過』、『不過』……」

兩人嘻笑著前跑後追地圍茶桌轉圈，陸姐在外面敲了敲門推門進來。二百伍見陸姐來了，向陸姐喊道：

「陸姐，你說他哈不哈嘛！他要去捐獻啥子精子，還說只有他的精子好，他要去做好事，要幫人生娃兒！還說啥子『捐獻一滴精子，挽救一對夫婦』。他要做好事，去挽救人家夫婦不叫打離婚哩！你說可笑不可笑？眞是可笑死了！可笑死了！」

陸姐已從劉主任和陶警官那裏大致了解了肚皮他們的商業計謀，知道了肚皮要把一億六領到什麼地方去取精。但看到一億六那種天眞無邪的神情，知道現在跟一億六說他跑去捐獻精子是上了人家當，非但無濟於事，反而會使他對姐姐產生不滿，認爲姐姐不讓他去「做好事」。不讓弟弟去「做好事」的姐姐就不是好姐姐，陸姐非常了解她的弟弟。中國人炮製各種口號的本領已臻於化境，超過世界一流水平。肚皮杜撰的「捐獻一滴精子，挽救一對夫婦」的口號，對有精子而又熱心的年輕人確實很有感召力，更不用說對一億六這樣的哈兒了。陸姐就是有一百張嘴，也破解不了這個口號的欺騙性，讓一億六明白別人是在哄他。

陸姐瞪了一億六一眼，見一億六毫無羞愧的神色，笑嘻嘻的，對捐獻精子做好事仍然有躍躍欲試的樣子，哭笑不得。現在又不能把弟弟關在家裏，今天他休息，不讓他到外面玩也不對。只好展開笑臉說，給二百伍今天安排的工作就是跟一億六一塊兒出去耍。這一天二百伍算作上班，有工資。兩人出去看電影、逛公園、划划船、泡茶館、吃些小吃什麼的。但告訴二百伍，絕對不能讓一億六離開她的視線，不要被其他人哄到什麼地方去了。

這個任務，二百伍完全勝任，她過去就在騙局當中，掌握那一套，沒人能騙得了她。

他們倆拿著笛子高高興興地跑出去耍了。

86

肚皮懊喪地回到眾生醫院不孕不育試驗室，又是歎氣，又是跺腳，把前後經過向眾人報告，眞可說是「功敗垂成」。大家聽了也只能歎氣，但認爲仍存在一線希望，因爲一億六還是願意捐獻精子的，這次不行還有下次。只要一億六不反悔，總有一天會達到目的。優良精子在握，就等於有了個ATM取款機。有人說，古人說得對：「好事多磨。」哪有輕而易舉就把最寶貴的精子取來的？唐僧取經不是還要經過九九八十一難嗎？向一億六取精，至少要有九難吧！說這些話，也是爲了給肚皮寬心打氣，如果肚皮精神一垮，氣餒退縮，試驗室裏還眞沒別人可以取代他和一億六打交道的了。

可是，沒料到，第二天就有人來找肚皮的麻煩。

五年前，還是在原名爲「九道彎區第二人民醫院」的時候，肚皮把一個患者的良性子宮肌瘤診斷爲惡性腫瘤，切除了患者的子宮。患者家屬和九道彎區第二人民醫院打開官司，因患者已有兩個小孩，也不想再生育了，經法院調解，醫院賠償了三萬元算是庭外和解，結了案子。可是這天患者突然又告到法院，要追加索賠精神損失費，說是兩個娃兒體質都不太好，還想生養，被肚皮誤診切了子宮，失去再生育的能力，這個精神損失太大太大了！三萬元遠遠不夠，一定要追加到三十萬元方才罷休。

院長接到法院人員電話，明知是無理取鬧，有意找茬，又來了一個胡攪蠻纏的患者。但法院人員在電話中告訴院長，一定要妥善處理好這事。這個患者家屬在他家住的那條街上是有名的「釘子戶」，爲了搬遷一事，跟房地產開發商正打得不可開交。如果他們糾集些人跑到醫院，扯起橫幅，在醫院門前或是靜坐或是吵鬧，醫院就別想安生，哪個患者還敢進來看病？

九道彎區第二人民醫院已經改制，成了眾生醫院，國營變成民營，性質已經不同，而且今天的院長已不是當年的院長。當年的院長已經退休回了老家，誰再來管五年前的閒事？院長就把肚皮叫來，告知他碰到了麻煩，而這個麻煩只能由他個人承擔，院方不負責任。

肚皮懊惱之外又加懊喪，心煩意亂地回到不孕不育試驗室。同仁們一聽，議論紛紛，都感到這事來得既突然又湊巧。明明是五年前早已解決的事，那個患者今年都四十多歲了，有了兩個娃兒已經算作超生，還想生什麼娃兒？爲什麼昨天碰到警察，今天又摻和進法院？現在的中國人絕頂聰明，正如小老頭說的，一瓶子開心果倒了出來，人人都在蹦躂，都見了世面；人解放了，思想也解放了，聯想力豐富而又廣泛。陶警官背後的動作，哪能禁得住不孕不育試驗室全體同仁集體智慧的分析？但是，他們也只能猜測到劉主任那裏爲止，進一步的深層原因還不得其詳。議論的結果，得出了一致決定：把怎樣發現了一億六的、劉主任是怎樣阻擋他們的、他們不得已、怎樣想辦法把一億六帶到另一家醫院取精的前前後後，乾脆統統告訴院長。讓院長了解全部情況，既洗刷了肚皮的不白之冤，又告了劉主任一狀：劉主任不但漠視經濟效益，還報了警有意陷害肚皮，人格品性極壞！一隻老鼠壞一鍋湯，不辭退掉劉主任，對整個醫院的創收有害無益！

院長室忽然擁進一群醫生護士，好像是群體上訪的架式。你一言我一語地亂哄哄說了半天，院長總算聽清楚了前因後果。院長微微一笑，對眾人說，你們的想法太簡單了，啥子是劉主任的事，我看這事比你們想像得要複雜得多。你們先回去好好工作，那個患者要來找後賬就讓她找，不是還有法院嗎？還是等法院怎麼判好了。

這個院長是行政人員，二十多年來在政府各部門間調來調去，最後從市政府秘書處落腳到九道彎區政府衛生局當副局長。九道彎區政府批准九道彎區第二人民醫院改制爲眾生醫院，有個附加條件，就是讓這位即將退休的行政幹部來當院長。當然，他本來就是力主改制並參與改制的主謀之一。民營醫院院長的工資比區政府副局長工資高好幾倍，還配有專車，所以一些官員願意傍大款。

但很多人只知道官員傍大款有官員個人的經濟效益，卻不了解其中還有隱形的社會效益，那就是以行政經驗配合技術經驗，相輔相成，相得益彰。

什麼壞事都有它好的一面不是？

院長聽明白後，憑他的行政經驗就知道那幫醫務人員亂哄哄地錯怪了人。什麼劉主任！他哪有這麼大的本事，又叫警察又動法院！屁！當今，只要是有點蹊蹺的事發生，肯定是背後有人搗鬼！和講「階級鬥爭爲綱」那時候一樣，不管什麼事情出了意外的差錯，先找「階級敵人」！要找，就要「穩、準、狠」。那幫醫生護士就沒抓穩，更沒抓準。院長心裏明白，肚皮這幫傻瓜醫生把那擁有優良精子的小夥子背地裏弄去取精，不知觸犯了何方神聖。這位尊神牌位很高，不但能調動本市公檢法，還把五年前的患者也鼓動起來。動作快如閃電，不到二十四小時，事情就辦得妥妥帖帖，滴水不漏，自己不露一點廬山眞面目，讓那幫傻瓜醫生摸不著頭腦。看來這位尊神手頭還有其他資源沒用出來哩，眾生醫院絕對招架不住這位尊神。

這就充分體現出行政人員與技術人員互補的優勢，既釐清了劉主任的干係，又挖掘出肚皮招禍的根源。

院長決定要把這事彙報給董事長，也就是王草根。

下午，王草根剛好巡視到眾生醫院。院長就到董事長室把不孕不育試驗室發現了特優精子以及科室人員如何偷偷地把這小夥子弄到另一家醫院去取精，又如何被人發現，既招來警察又得罪了法院，一五一十向董事長做了彙報。

王草根聽了只當作笑話，指示院長，那就不取那個精就算了啵！有啥子稀奇？不要弄得幾方面都下不了台。警察、法院千萬不能得罪，那是得罪不起的。不取那個精，警察、法院也不會來找麻煩了，大事化小，小事化無，息事寧人拉球倒啵！

王草根正在遵照珊珊的安排吃中藥，以爲吃了些日子中藥，他就能和珊珊生出個男娃兒，所以對取精一事不以爲意，認爲和自己毫無關係。他還有別的企業要巡視，給院長下了指示後，站起來就走。在走廊上碰見一些醫生護士，都向他問好。他也一一向醫生護士們點頭。醫生護士們向他點頭哈腰，是他最大的享受，這也是他當初收購醫院的目的之一。現在見到醫生護士，哪像過去那樣矮三截！和尚說得眞對，手裏有了家醫院，可說是萬事不求人了；和尚說的那個「救」字旁邊的反「文」，對王草根來說就正過來了。如今人人都要求他，「救」應該寫成一邊是「求」一邊是個正「文」了，「救」字邊「文」這個偏旁，在王草根面前永遠消失了。

王老板來了，不孕不育試驗室的醫生護士自然很關心他們告狀的結果，早就有兩個人在董事長室外探頭探腦地打聽。聽見王老板對劉主任毫不在意，沒有一點責怪，都大失所望。

不孕不育試驗室的醫生們甚感詫異：王老板明明白白被檢查出精子全部是死的，並且死精子的數量也極少，再不可能恢復健康；他的精子不只是處於危機狀態，可說是全面崩潰，徹底滅絕了，而他的神態竟如此安詳。要麼，他被蒙在鼓裏，要麼，這老板眞不愧是個胸懷寬廣、了不起的大人物。

也怪王草根在醫生面前腰板挺得太直，知識分子也有仇富心理。心想，你他媽的原來不過是個拾破爛的而已！今天到醫院來卻像市領導下來視察似的人模狗樣，沐猴而冠；你屁都不懂！大字不識一個，有何能何德來管一所知識分子成堆的醫院？不刺這傢伙幾句，眞如骨鯁在喉，不吐不快。有個年輕醫生就走上前去，臉上掛著關懷的笑容問候王草根：

「王董事長，你好！你老人家的病治得咋樣啦？找沒找到好的藥？要不，我們大家替你想想法子。」

王草根愛答不理地說：「我有啥子病啊！瞎扯！要你跑來想法子！」但這個精明人稍一動腦子，就覺得其中有文章，馬上停住腳步問，「你說，我有啥子病嘛？」

這個年輕醫生鑒貌辨色，就看出王草根並不知道他的精子檢查結果。

「咦？王董事長不曉得你老人家上次檢查的結果啊？」

「上次檢查的結果啷個了嘛？」王草根臉上立即露出笑容，變得十分和藹可親。王草根是何許人也，他有意要套這年輕人的話。

但是，現在的年輕人滑頭起來，中老年人只能望洋興歎，根本沒法跟年輕人過招。過去說「薑是老的辣」，如今應該說「辣椒是嫩的香」。年輕人的花招會把老年人玩得暈頭轉向，叫你出門都不知道天在上面地在下面。

這年輕醫生就一捂嘴，故意裝作失言的表情。

「啊啊……董事長老人家還不曉得哈……那沒啥沒啥，那是劉主任管的哈。對不起，對不起……我說錯了哈。」

年輕醫生一溜煙地跑了。

王草根並不表現出著急的樣子。他知道，不能聽了這年輕醫生的話，就火燒火燎地跑到不孕不育試驗室找劉主任問個明白，那樣有失身分。他仍然不失常態地坐進他的大奔，走了一段路，他才拿出手機給劉主任撥電話。

王草根的手機裏卻傳來「對方不在服務區內」的電子音答覆。

「狗日的！跑到啥子地方去囉！」

王草根即使有十二萬分的精明，也絕不會想到劉主任正跟他的珊珊在一起。

貳拾

88

不孕不育試驗室裏還是有一兩個傾向劉主任、覺得劉主任爲人正派的醫生護士。現在，沒有一個單位機關團體是鐵桶一個，不漏縫隙的。在眾人擁到院長那裏告狀時，就有個護士偷偷來告訴劉主任她所了解的全部事態，讓劉主任提防著點。

劉主任聽了大吃一驚。他即使再迂，也能料到是與他通過電話的陶警官派去的警察。原來他就認爲陸姐不是一般人物，沒想到她眞能手眼通天。但警察擋住一億六去捐獻精子就算了嘛，何必又搬出什麼法院，翻開陳年舊賬整肚皮呢？這個動作搞得有點過分了。那邊過分不要緊，劉主任這邊就招架不住，很難保密了。試驗室的同仁們到院長那裏一告狀，肯定兜個底朝天。王草根的精子全軍覆滅、徹底消亡的結果會泄漏，珊珊借種生子的密謀也有曝光的危險。劉主任感到自己陷入危機四伏的狀態。

劉主任並不擔心自己的處境，大不了把別克車退還給王老板，再回原來的醫院上班。況且，現在外面有好幾家醫院治療不孕不育的科室要用高薪聘請他去哩。但是，怎樣向珊珊交代呢？王草根精子全軍覆滅的化驗結果沒有及時報告，又怎樣向患者本人解釋呢？隱瞞化驗結果也好，四處採集精子也好，發現了一億六也好，肚皮把一億六帶到別的醫院取精，從而被法院找舊賬也好，不都是因珊珊的要求而引起的嗎？因為他和珊珊有借種生子的密謀，無形中就把他和珊珊捆綁在一起了。一根線上拴了兩個螞蚱，他只好給另一個螞蚱珊珊打電話，請她找個她認為是安靜的、不受干擾的地方，他去有話與她商量。

68

珊珊聽出劉主任驚慌不安的語氣，就料到出了問題。要安靜保密的地方，莫過於珊珊夜總會的特密包房，就是原來被緝毒警察搜查出毒品的那類包間。現在，包間已重新裝修，為了保證音響效果，牆壁安裝了隔音板材，並且沒有電波覆蓋，手機在裏面都不能通話。房間既通風舒適，又豪華富麗。這種包間還有專用電梯和專用通道，供C市本地或到C市來的大腕明星和公眾人物避開狗仔隊的視線，夜間到此聚會聊天，豪飲高歌。珊珊就請劉主任下午到此密談。

劉主任到珊珊夜總會包間的時間，正是院長向王草根彙報的時候。

珊珊聽了劉主任向她介紹了全部情況，也深感棘手。但珊珊還是個敢於擔當的女子，沉吟了一會兒，說：

「劉主任，這事一點都不能怪你！你不用這樣愁眉苦臉、唉聲歎氣的。都是我的事！是我引起的。其實，這也是為了王老板好。哪個跟王老板解釋，還得我來。我就是怕王老板聽了會受不了，那眞是對他的一個重大打擊哩！」

劉主任聽珊珊這樣說，心放寬了許多，自己總算可以從一團亂麻中抽身出來。珊珊的膽識令他讚賞，她不是社會上常見的那種一聽到壞消息就手腳慌亂、把責任推給別人的小家子氣女人。於是，劉主任反過來爲珊珊和王草根考慮了。他和珊珊一樣擔心王草根聽到這個重大打擊後，精神上一落千丈，甚至會一病不起。劉主任不是早就發覺王草根是個生命力很差而意志力極強的人嗎？王草根就是靠這點意志力在社會上活躍的。如果王草根的意志力一蹶不振，他的生命力就會很快衰退，也就是通常人們說的「老得很快」。不管怎麼說，王草根還是本市的「十大企業家」之一，手頭大大小小掌管著幾十家企業，如果他有個三長兩短，上萬名工人就會面臨失業下崗，對社會也是個巨大的損失。

劉主任喝了幾口咖啡，從心理學的角度給珊珊出主意說：

「你的想法當然是爲王先生好。在這種情況下，你要說服王先生，不讓他承受不住，還有個說法，就是一個老年人，如果在五十多歲以後，又得了個兒子，是會增加免疫力、延長壽命的。這是有心理學的科學根據的。我通過十幾個老年求助者的例子，就發現這種現象不但有心理學的科學道理，還有現實根據哩！前些日子，有個六十多歲的求助者到我這裏來表示感謝，那是經我的手給他找的二房人工授精生下了個娃兒。我一看，他現在紅光滿面，比當初他來求助的時候好像年輕了十歲！人有一大悲，也有一大喜。人的大悲是老年喪子，人的大喜是老年得子。你跟王先生說，實際上，在我們中國，五十歲以上像王先生這樣的男人，有百分之五十失去生育能力，他精子不管用是很正常的，根本不需要看得多麼嚴重！可是，我就是看他太想要男娃兒，才沒有告訴他。然而，他的精子沒有了沒關係，你的借種生子的計劃照樣實行。不管是不是他的精子，他在老年得了個兒子，對他保持生命力的旺盛和生命的延長，絕對有好處！你還可以跟他說，我作爲一名醫生，發現他的意志力非常強，我就怕他聽到他的精子再沒有恢復的可能以後，他的意志力會衰退。他的意志力衰退了倒沒得啥子關係，可是他掌管的企業就一個一個地垮下去了，企業裏頭那麼多工人生活又啷個辦嘞？所以我沒有及時把檢查結果告訴他，才找你來商量的。我們商量的最終目的，就是要想法保持他堅強的意志力和加強他的生命力。借種生子，是保持他堅強的意志力和加強他的生命力的一個方案，沒得其他啥子意思！總之，你把事情的來龍去脈都告訴他算了！」

珊珊聽了精神爲之一振。「那就是說，乾脆把借種生子這事給他攤開？」

「不攤開也不行了嘛！他曉得了他的精子已經沒得再生的可能，聯繫到我們科室不惜成本地四處採集精子，發現了一個特優精子後又勞師動眾，又是啥子警察，又是啥子法院，你想他是多精明的人，他要不懷疑才怪！而且，你又向他扯謊，扯謊又不能自圓其說，搞得他不是更傷心了嗎？」

「對對對！」珊珊一聽就明白了。「我回去就跟他老實說，我要借種生子完全是爲了他能保持堅強的意志力，保持他旺盛的生命力，延長他的壽命！劉主任，你這個想法太好了！」

珊珊心裏的疙瘩解開了，才想起咖啡涼了，又按電鈴叫服務員換熱的上來。

兩人情緒穩定後，進入閒聊天的狀態。珊珊好奇地問：

「是個啥子樣的精子啊？這個小夥子是個啥子樣的人嘛？我聽起來，這裏頭像是一邊在打一場『精子爭奪戰』，另一邊像是在打一場『精子保衛戰』，把警察、法院都動員了出來。眞熱鬧！笑死人了！」

劉主任也笑了起來，說到小夥子讚不絕口：

「這個小夥子確實非常天眞可愛！我活到這麼大歲數，眞還少見這麼個樸實憨厚又漂亮聰明的年輕人。你知道哈，我們試驗室曾經來過上百個年輕人捐獻精子的。那是些啥子樣子的人囉！有的雖然精子合格，但是你一看人就叫你討厭！我想，你和王先生要男娃兒總要個聰明好看的吵，所以我都懶得跟你說！可是，我一看這個小夥子就喜歡得不得了！我們化驗了他的精子以後，人人都高興得很！他有這麼多健康的精子，可說是個國寶級人物嘞！我還跟他姐姐開過這樣的玩笑。你想嘛，我聽說肚皮跟他瞎編了個口號，啥子『捐獻一滴精子，挽救一對夫婦』，他就熱心得不得了，主動跟著肚皮去捐獻精子『挽救夫婦』去了，還把手機也關了，不讓他姐姐曉得。眞的！眞的！現在這樣的小夥子眞的少見了！」

珊珊認識肚皮，她有時有點婦科的小毛病找過肚皮，聽肚皮編的「捐獻一滴精子，挽救一對夫婦」，她不禁笑得花枝亂顫。

劉主任喝了口熱咖啡，又感歎道：

「唉！他姐姐為啥要化驗他的精子嘞，就因為懷疑他有病。我聽他姐姐說了他的行為舉止，加上我的觀察哈，我就跟他姐姐說，不是他有病，倒是我們才有病！眞的，是我們有病！病得還不輕！」

珊珊興趣盎然地說：「那……如果王老板同意了，我們就用他的精子不好嗎？這個小夥子還眞要抓住不放嘞！原來是個國寶，跟大熊貓一樣！怪不得兩邊搞得這樣緊緊張張的！」

「那恐怕不可能！」劉主任說，「我發現了之後，所以沒有告訴你，就因為他不是來我們這裏捐獻精子的。他是他姐姐帶來專門做精子化驗的。他姐姐當場就明明白白說了，絕對不同意把他的精子捐獻出來用作人工授精啥子的。」

珊珊說：「那多花點錢不行嗎？我們給的報酬豐厚些嘛！你這麼一說，我還眞有了興趣嘞！算命的就給我算過我有個男娃兒。王老板這邊精子不行了，我要是說通了王老板，就用這小夥子的精子，那就太好了！我的男娃兒就落在這個小夥子的精子上！」

劉主任笑道：「哪有這麼簡單啊！他姐姐也相當有錢，而且正派。她說不賣他弟弟的精子，多少錢都不會賣的！絕不會！要不，她又動用警察又動用法院幹啥子？」

珊珊迷惑地問：「那是哪個喲？我們市裏的富婆我差不多都認得，不認得起碼也聽說過的吵！他姐姐叫啥子名字嘛？」

劉主任以爲是聊閒天，就把陸姐的姓名說了出來。

「哎呀！」珊珊一拍巴掌，驚呼道，「陸姐嘛！鼎鼎大名！哪個不知哪個不曉！我還跟她一起吃過飯嘞！」

GO

王草根給劉主任打了兩次電話，都「不在服務區內」。下班後回到珊珊家，一進門，珊珊一邊給他脫外衣拿拖鞋，一邊十分氣憤地嘮叨：

「你說這個肚皮是不是個人！狗日的眞不是個好東西！我和劉主任好不容易爲你找到個優良的種子，結果讓他給搶跑了！我們爲你好的計劃，都讓這狗日的給攪了！」

王草根本來就滿腹狐疑，現在更加不解。

「啷個了嘛？啷個了嘛？我還一肚子不明白嘞！」

「你不明白，你當然不明白！」珊珊滿臉怒容地說，「是這麼回事，檢查了你的精子以後，發現你的精子不管用了。劉主任就把我找去說，本來像你這麼大歲數的人，中國有一大半都是精子沒用的，但是他看你想要個兒子的心理又非常迫切，就給我介紹說可以借種生子。找一個優良的精子讓我給你生個男娃兒。找來找去找到了，倒給肚皮這個龜兒子搶跑了！你說氣人不氣人嘛！」

「我的精子啷個不管用了嘞？」王草根也生氣了。

「我不是跟你說了嘛，你都是五十多快奔六十的人了，中國人像你這麼大歲數的人，多半精子都不管用了，那沒得啥子稀奇！很正常！你不想想，你現在這個歲數，正是你老爹死的那時候的歲數，你老爹那時候還能不能給你生個弟弟出來嘛？可是，劉主任說，如果你老來得子，在心理科學和現實證據上，都能夠加強你的生命力，延續你的壽命。所以，我和劉主任就計劃爲你借種生子，主要還是爲你好！你可不要以爲我是打你啥子財產的主意哈！老實跟你說，我有個夜總會就滿足得很了，我才懶得跟你那兩個老婆和一幫女娃兒鬧心事！你不想想，二、三十年以後，中國又成了啥子樣子，哪個能說清楚？說不定又收歸國有了哩！難道我連這點頭腦都沒得呀！目前，最、最、最重要的，就是今天能讓你活好！活得心裏頭痛快！人有一大悲，也有一大喜。大悲就是老來喪子，大喜就是老來得子。我們想的就是讓你大喜一下子吵！哪曉得半路裏殺出個程咬金，讓狗日的肚皮給攪了！」

珊珊提到財產繼承問題，很能使王草根信服，因爲現在的民營企業家確實都有這樣的顧慮：二、三十年後，自己的企業還屬不屬於自己眞是個問號。但他仍既生氣又懷疑地說：

「我覺得不像你說的這麼簡單！我一下午都沒找到狗日的劉主任，給他打電話都不在服務區，哪個曉得他龜兒子跑到啥子地方去躲了起來！」

「他躲啥子躲？他有啥子必要躲的？你是讓那幫龜兒子醫生弄昏了頭！」珊珊用手指捅了捅王草根腦袋，「他下午就跟我在夜總會的包間裏商量啷個爲你這狗日的好，你手機當然打不通了。你還不領情！還罵人家，我看你連我都要罵了！是不是？你敢！你敢！」

王草根眞如他自己說的「不喜歡女人」，他除了跟大老婆與拾破爛的姑娘兩個女人，就是珊珊，再沒有接觸過其他女人。他並不懂得女人，更不知道如何應付女人。珊珊一開始給他來了個下馬威，接著一連串指責，結合下午那個年輕醫生神頭鬼腦的模樣，他也覺得是那幫醫生在給他搗鬼，而不是劉主任，更不是珊珊。

「我老來得子就啷個是爲我好嗎？」王草根依然有疑問，「啥子能加強我的生命力，延續我的壽命？這話我聽都聽不懂！」

「你不懂！你不懂！你不懂的東西還多得很！」珊珊朝他吼道，「劉主任說，你爲啥子會這麼成功嘞？你想想，社會上有多少比你學問大的人，還是啥子『海龜派』！有的比你出身高貴，有的比你有能耐，都一個個地倒下了，或是混口飯吃而已。你一個從農村爬到城市拾破爛的，啷個這麼『偉大』嘞？啷個這麼『英明』嘞？劉主任說得對，你就靠你有驚人的意志力！你的意志力眞了不起！那些哪方面都比你強的人爲啥子不成功？就因爲他們的意志力比你差十萬八千里！你一個一個地收購國有企業，國有企業到你手上馬上起死回生，難道是那些原來的廠長書記不如你呀？見鬼去吧！照你的知識，你給人家提鞋都不配！可是你的意志力堅強無比！你就憑了這點打下了江山，跟毛主席他老人家一樣！可是如果你的意志力一垮，啥子都垮了！你企業裏頭上萬人到哪裏找飯吃嘞？這要給社會增加多少負擔嘞？老實跟你說，我和劉主任不但是爲你，也是在爲上萬人著想的！你的意志力千萬不能垮！所以，我們想，讓我給你生個男娃兒，就能保持你的意志力，讓你繼續奮鬥，繼續努力，你的壽命還能延長好久好久哩！」

珊珊倏地把他貶得一錢不值，倏地又把他捧到與偉大領袖毛主席並駕齊驅，把借種生子的計劃提高到維護社會生產力，出於社會責任感的高度，雖然弄得王草根有點暈頭轉向，但這個精明的人仔細想想，珊珊說得還是有一定道理：老來得子的確是一大喜，能讓人精神振奮。但是他仍然疑惑道：

「好。就照你這麼說，我有了個男娃兒，老來得子，會加強我的啥子意志力。可是，媽賣屄的！那龜兒子又不是我的骨血！不是我的種！不是我親生的！啷個會讓我心裏頭痛快嘛？啷個會延續我的生命嘞？我只會心裏懊糟，啷個會高興得起來吵？我看只有讓我死得快些！」

王草根坐在沙發上，珊珊彎下腰，臉對著王草根的臉，板起面孔，義正詞嚴地質問他：

「王草根同志，今天我問你，你手下的哪家企業，是你王草根同志親手創辦的？嗯？哪個是你親生下的？嗯？原先不都是國家創辦的？原先不都是國家生的？你親手創辦的只有一個，就是那個啥子廢品收購站，前八百年你就盤給人家了！那倒是你的親骨血，親生的，你啷個捨得嘞？可是，國有企業到了你手上，哪個你不是當親兒子看的，爲它操心，爲它吃苦！我看，你對待那些後來轉到你手上的國有企業，比你對親生兒子還心疼！你不想想，一點頭腦都不動！就曉得啥子親骨血！你現在是現代企業家了！你懂不懂？還跟個老地主一樣封建！眞笑死人了！」

珊珊這番話眞正說到點子上，打中了王草根的要害。精明的王草根一想，眞的！國家生的，國家養的，原來姓「國」，現在姓了「王」，他的確和親手創辦的一樣疼它，當作親生兒子一樣愛它。而且，每收購了一個國營企業，就像得了一個親兒子那樣喜歡。

王草根笑了，又像前三年在包間裏那樣，兩掌疊在一起直搓手。

「你龜兒子眞是個龜兒子！過來過來！生那麼大氣幹啥子嘛！來來來！聽你的！啥子都聽你的！讓我親個小嘴嘴！精子不管用了，你說的那個『愛』還是能『做』的嘛！」

貳拾壹

第二天，王草根一早上班後，珊珊就給劉主任打電話，報告取得了進展，說服了王草根要借種生子。可是，劉主任說，他在不孕不育試驗室很難開展工作，要辭職了。把別克車退給王先生，要到另外一家醫院去當類似科室的主任去。

珊珊請劉主任現在千萬忍一忍，下午她就和王草根到眾生醫院去。

王草根昨晚和珊珊又成功地做了一次愛，讓他覺得精子雖然不行了，但並不妨礙他老來得子，還是很合算的買賣。而且，珊珊昨晚又給他變換了花樣，使他更加高興地認爲應該跟珊珊有個男娃兒。在他的五個女娃兒裏面，包括「罎罎鑵鑵」在內，只有珊珊生的女娃兒漂亮可愛；這五個女娃兒比較起來，王草根眞正喜歡的還是珊珊生的這個。王草根感到不跟珊珊再有個男娃兒，眞是個終生遺憾。管他是不是自己的親骨血，就像收購國營企業一樣，收購到自己名下就不姓「國」而姓「王」了；兒子也同樣，是我收購的精子，這個精子生下的娃兒當然是我姓「王」的，精子都被我姓「王」的「一次性買斷」了！哪個敢說不姓「王」？娃兒就在於管教，從小由他王草根管教，娃兒不把他認作親爸爸認誰？

珊珊把王草根慫恿得借種生子的積極性高漲，不亞於珊珊本人。

王草根在另一家企業裏聽珊珊來電話說，劉主任要辭職不幹了，當即和珊珊約定，下午三點同時到眾生醫院不孕不育試驗室裏和劉主任談話。

下午，一黑一白兩輛梅賽德斯——奔馳開到不孕不育試驗室平房前面停下。王草根和珊珊進到劉主任辦公室。還沒等劉主任說話，王草根就高喉嚨大嗓門地喊：

「劉主任，你太不夠意思了嘛！你爲啥子要辭職嘛？我把這裏都交給你管，哪個不聽你的就叫哪個滾蛋！去，」他向跟在後面的司機命令，「把狗日的肚皮喊來！」

肚皮早就在劉主任的辦公室外聽消息，一轉身就進到屋裏。

「我跟你說哈，肚皮，」王草根對肚皮說，「劉主任是你推薦來的，你要好好配合劉主任才對！你以後要對他百依百順，我才會救你這一次，不讓法院來找你麻煩。劉主任要是幹不下去了，我首先找你龜兒子！你要是再跟劉主任搗蛋，讓劉主任辭了職，法院就會給你發傳票，把你叫到法院去跟那個剖了肚子的病人對證。狗日的！不叫你賠三十萬也要二十萬！看你啷個辦？聽到沒得？」

肚皮並不知道眾生醫院院長向王草根詳細報告和分析了法院來找他碴子的前因後果，王草根已經知道，只要不再取一億六的精子，什麼事都煙消雲散，所以，肚皮還吃不準他究竟得罪了誰，是那個一億六的姐姐，還是這個王草根。聽王草根這麼一說，好像得罪的就是王草根老板了。叫不叫法院來找他麻煩，似乎就在王草根擡手之間。

肚皮連忙表態：

「王董事長，誤會，誤會！我一直是維護劉主任的威信的嘛！劉主任爲人正派，醫療技術在全國都沒得比！我哪敢跟劉主任爲難嘛？劉主任，你千萬不要辭啥子職哈！你聽見沒得，你一辭職，我的麻煩就來了。看在老同學的分上，你就委屈也要在眾生醫院委屈一下。王董事長不是小氣人，你提啥子要求他老人家都會答應的。」

「委屈？爲啥子要劉主任委屈？」王草根吼道，「你要是讓劉主任委屈了，我就不饒你狗日的！至於劉主任有啥子要求，那是你說的呀？你還沒得那個資格！只有劉主任跟我提。你去吧！反正劉主任要是辭了職，你的日子就好過不了！我今天跟你說！」

劉主任在一旁站著，幾次想說話都插不上嘴。肚皮灰溜溜地退出辦公室，劉主任攤著兩手，不知如何說好。他如果再提出辭職，他的同學就要遭殃。這不能不說王草根真有一手，假發一頓脾氣，吼幾句就把事情解決了。

肚皮走後，王草根笑嘻嘻地對劉主任說：

「好了！沒得哪個敢跟你搗蛋了！打蛇要打七寸，這個肚皮就是七寸。劉主任你放寬心，我又不要求你們科室的經濟效益，你說這裏的研究條件好，你就研究你的去！你還有啥子要求儘管跟我說。你到其他醫院，哪個不要求你的經濟效益啊？那你就研究不成了吵！你說是不是？」

劉主任哭笑不得，什麼話也說不出來了。只好請醫院的兩個主人入座，給他們倒茶。

「不忙不忙！」王草根對劉主任很客氣，「你也請坐。昨天珊珊把你們的計劃都跟我說了，我眞心感謝劉主任的好意。龜兒子！我還錯怪了你嘞！眞正對不起！啥子精子死了我也不在乎了。媽賣屄的！珊珊說得對，我已經到了我老爹死的那個年齡了哈，聽劉主任說這在中國人裏頭還是正常的。今天來，就是想聽劉主任再說詳細點。另外嘛，也想問問那個種子究竟應該啷個辦才好。」

別小看這個大字不識一個拾破爛出身的王草根，說話倒是句句在理。劉主任到其他任何醫院去，經濟效益總是放在第一位的，不如王草根的眾生醫院研究條件好，還不問他要經濟效益。

劉主任只好把辭職的話放到一邊，他也並沒有什麼其他要求。於是就給王草根解釋爲什麼老來得子會激發起老人的生命力。他一一舉出他經手的病例來證明。最後說：

「因爲醫生不能暴露患者的姓名，所以我也不跟王先生說他們是誰了。總之，這不但有科學的統計，還有現實的實例。王先生，我跟你說個最基本的常識。王先生你想，你到五十多歲快六十歲的時候，有了個小小的嬰兒，他的一切都要你來照顧，沒有了你，他就慘了！你是不是會感到有一份責任，要爲這個小小的嬰兒負責？即使爲了他的成長，他以後不受人欺負，你也要努力地活下去，還要活好，活得健康。這既是你的心理負擔，又是你的心理壓力，同時更是一個激發你生命力的動力，強化了你一定要堅強地活著的意志！」

「對對對！」王草根說，「這我就明白了，對頭！硬是這樣的！眼看一個哇哇哭的小娃兒抱在懷裏頭，你不活下去照顧他啷個辦嘞？這我就明白了，明白了！」

「至於說到是不是你的種子，老實說，那並不重要。」劉主任接著往下說，「不要說當代社會，古人就有『螟蛉義子』的說法。現在借種生子的，不都是借別人優秀的精子生下自己的娃兒的嗎？多的很！特別在西方國家，幾乎成了風氣。有的人自己的精子還可以生娃兒，仍然想找個特別優秀的精子生下的娃兒作爲自己的娃兒哩！那就看你王先生啷個想了。但是，要借種生子，那就必須是個優秀的精子才行。」

「是呀！是呀！」王草根說，「就是嘛！就是我的精子行，我想我這麼大歲數生下的娃兒也不啷個健康哈。可是，這個優秀的精子從哪裏找嘛？要找個好樣的，我看得上的，是不是嘛？總不能找個比我差的。龜兒子！那我勞心費力地要這個娃兒幹啥子嘛！」

這時，珊珊插話了：「那，劉主任，你不是說那個小夥子就在醫院旁邊工地上打工嘛，你找來讓老王看看，行不行？哪怕就在窗戶外頭看一眼也行嘛！」

王草根問：「是不是肚皮搶的那個？又動警察又動法院的那個？」

珊珊說：「就是的！說是『國寶』，跟大熊貓一樣的！」

王草根笑了起來。「那就讓我們開開眼嘛！我還想看看嘞！院長跟我彙報的時候我就想，是啥子樣的人啊？值得那麼大驚小怪的！」

劉主任有點爲難地說：「那恐怕辦不到。即使你們二位看上了，人家也不會把種子借給你們的，看了也白看。我們還得另外去找。」

「哎呀！」王草根不滿地說，「就當我們看看大熊貓不行嗎？媽賣屄！我就不信還有人跟熊貓一樣是個國寶！」

劉主任也是一時衝動，像收藏家有展示自己收藏品的衝動一樣，笑著說：

「那就這樣子，我打個電話，看他今天在不在工地上。要在，我把他叫來就說幫我洗車。你們看，我的車正好就停在這扇窗子外頭。你們在裏面可以看得清清楚楚。」

劉主任就掏出手機找到一億六的號撥打電話。「嘟嘟」響了幾聲，那邊就接了。劉主任還沒說話，那邊傳來的聲音特別響亮，屋裏三個人都能聽見：

「是劉主任哈，你說你說，有啥子要我幫忙的？」

劉主任就說也沒啥事，如果你現在有空的話，幫我把車洗一下，行不行？

「行行行！劉主任你稍等等哈。我跟班長說一下，馬上過來！」

劉主任就對王草根他們兩人說，你們就在這裏看吧，我這就出去等他。

王草根和珊珊在辦公室裏找個最佳角度向外看。一會兒，就有個小夥子急急忙忙跑來了。上身只穿件背心，露出堅實的雙頭肌和光滑豐潤的肩膀，下面是一條藍色的牛仔褲。正如劉主任說的，是個標準的男人的人體模型。

王草根一看，心裏就突如其來地聯想到他永不忘懷的那片黃澄澄、毛茸茸的土地。王草根見過數不清的年輕人，在他手下就有幾千，但沒有一個像他今天看見的這個既讓他看到一股陽剛之氣，又給他一種土地般貼近自然的厚實感和穩重感。王草根絕非一生下來就這樣老奸巨猾的。他小時候，如果有電影隊來農村放電影，他也會跑十幾里山路到鄉政府所在地去看。電影裏有許多年輕小夥子，特別是南斯拉夫和阿爾巴尼亞電影，什麼《橋》、《瓦爾特保衛薩拉熱窩》、《第八個是銅像》

等等裏的英勇戰士。他和所有的年輕人一樣，也曾羨慕過、想像過他要是長得像電影中某個小夥子多好！四川人個頭偏矮，他們最理想的男人形象，就是電影裏那種洋人高大魁偉的身軀上頭按個中國腦袋，有副中國面孔。

王草根也有過年輕的夢想，有過年輕的嚮往，和其他青年人一樣有過對自身形象的想像。這個小夥子就是他年輕時的夢想：高大魁偉的洋人身軀上頭按了個中國腦袋，有副中國面孔！

王草根當即說：「狗日的！不用再看了！就是他了！我跟你說哈，珊珊，要不是他，我就不做啥子借種生子！我要的，就是這龜兒子！他姐姐要多少錢我給多少錢！我有了這個龜兒子的種子，才能活得起勁，活得有啥子意志力，有啥子生命力，才能延長我的壽命！其他的我都不要！」

可是那小夥子洗起車來非常認眞，手裏一塊抹布翻來覆去地把劉主任的車使勁地擦個遍。王草根想打電話叫劉主任進來，告訴劉主任他看一眼就決定了，可是劉主任的手機偏偏放在辦公桌上。他們倆只好在辦公室裏一直等著。他們看見劉主任向小夥子連連擺手，意思是說不用擦了不用擦了，小夥子卻不聽，一定要全部擦乾淨方才罷休。這個人體模型一活動，更顯出人體的活力。小夥子的皮膚讓王草根想到稻穀皮的顏色，並且也是毛茸茸的。皮膚下，仿佛是深不見底的能讓萬物生長的厚土層。在活動時，肌肉的板塊與肌理的交錯變化，如同田野上的風吹拂過成熟的稻田，金黃的稻穗搖曳起伏，顯現出自然的波浪似的律動。這時，對男人頗有研究、頗有經驗的珊珊也突發異想，她一輩子沒有和這樣的男人做愛過，如果不是借種生子，而是直接和他做愛，那可說是她一生中最美好的豔遇。看著看著，她下面竟然有點濕潤了。

在劉主任的一再堅持下，小夥子終於停下來，還不無遺憾地離開，好像覺得車還沒有完全擦乾淨。

劉主任進到辦公室，像是鬆了口氣，不必要的洗車，把他折騰得滿頭大汗。

「劉主任，我跟你說哈。」劉主任一進門，王草根就說，「我就要這個小夥子的精子！不管哪個，老實說，只有這個小夥子的精子給我生下的娃兒，不管是男是女，我都喜歡！這樣才能延長我的啥子意志力生命力！你們不要再到外頭去找了。找到哪個我都不喜歡，就要他！我跟他有緣！有他這樣的娃兒抱在懷裏，我拼了老命也要活下去！」

「拼了老命也要活下去！」這話可說是經典。

劉主任一進門就挨了王草根的當頭棒，不知如何是好。珊珊馬上替劉主任解圍說：

「劉主任，你不用爲難。你管也管不來。我去跟他姐姐說！」

貳拾貳

化驗了一億六的精子後，陸姐只開心了不久，又有一件讓她發愁的事擺在她面前。

一億六已經過了二十歲，還不會自慰，在陸姐看來很不正常。

陸姐當小姐的時候，和客人事情做完了後，客人身心舒暢鬆弛了，就會和她躺在床上聊天。如大老板說他爲什麼要「開處」那樣，很多客人喜歡回憶他個人的性經歷和愛情經歷：他是在多大歲數開始有性意識的；他多大歲數開始用手玩「小雞雞」的；他多大歲數第一次和女人性交的；他在性生活中曾有過什麼樣的恐懼及如何克服恐懼的；他的初戀對象是什麼樣的女孩；他的夢中情人是誰；他的性經歷中曾發生過什麼可笑的或者可悲的事情；他的感情生活曾有過什麼樣的波瀾曲折，甚至他個人的性幻想與意淫，等等。客人們全都向她說的是不可告人的、連對他妻子也不會告訴的私密話，並且絕對眞實，因爲任何人都有傾吐個人秘密的心理需求。有則寓言說，有個人實在找不到傾訴的對象，只好把頭伸進一棵大樹的樹洞裏，將他的秘密傾盆吐完才感到輕鬆。這則寓言的主題思想表現的就是人的這種心理需求。

客人們沒有必要對一個小姐撒謊。小姐又不是他追求的對象或戀愛的對象，沒有必要編個故事來騙取小姐的感情，這種話也沒有什麼騙取感情可言。客人們認爲跟小姐傾吐個人秘密絕對保險，小姐的耳朵如同那棵大樹的樹洞，因爲小姐不知道他姓甚名誰。小姐編的是假姓名，客人告訴小姐的也是假姓名。不論兩人今晚如何「恩恩愛愛」，第二天一早就「拜拜」了，各走各的路，到其他場合碰見，只當不認識的路人。所以，陸姐在這方面積累的知識，不比美國的著名女學者莎麗・海特（Shere Hite）差多少，也足夠寫出一本會非常暢銷的有關男性性生活與性心理的專著。

陸姐知道一個正常男性的青春期是在什麼年齡，難道弟弟長到了二十歲還沒到青春期嗎？陸姐長期以來覺得她弟弟不正常似乎已經成了習慣：這個正常了，那個又不正常了，總有解決不完的問題，就像哲學書上說的：「舊的矛盾解決了，又產生新的矛盾。」

到二十歲還對性毫無知覺或感覺的男人，肯定有什麼問題！她怕她弟弟有什麼心理毛病。生理毛病的顧慮打消了，現在又弄了個心理毛病出來擔憂。

在不孕不育試驗室一億六說「二百伍還可以」以後，一次，陸姐趁二百伍只有一人在雅間裏收拾茶具時，旁敲側擊地問二百伍關於一億六的性意識狀態。二百伍根本不需要什麼旁敲側擊，稍一碰她便十分響亮地直白告訴陸姐：

「嗨！陸哥呀！」二百伍跟一億六出去玩的時候，就叫一億六爲「陸哥」。「陸哥對女娃兒啥子感覺都沒得！我在他旁邊，就跟個男娃兒在他旁邊一樣！他動也不動我。我長得啷個樣嘛？啊？陸姐，你說我長得啷個樣嘛？你說！陸姐！」

二百伍追問陸姐她長得好看不好看，陸姐當然要說二百伍長得很好看。

「對頭囉！我長得也不賴嘛！陸哥玩是喜歡跟我玩，可是都是正兒八經地玩，就跟兩個男娃兒一起玩一樣！看電影，吃消夜，逛大街，到公園划船啥子的。我有時候拉起他的手，他都要甩開！更不用說啥子親嘴『幹事』了！在我們旁邊有人親嘴親得個起勁，我叫他看，他都不看！陸姐，今天我跟你老實、又老實、再老實地說哈，我怕陸哥連『幹事』都不會！他還不曉得啥子『幹事』嘞！我們玩到今天，出去的時候也多了哈，我連他雞巴長得啥子樣子都沒見過！你別說我跟他『幹事』了！恨死人！他不動手，我一個女娃兒能下賤地跟他動手呀！可是，話又說回來，陸哥又不是哈兒，他還聰明得很！啥子電影裏的精采對白，他看一遍就能背得出來；《泰坦尼克號》（按：台譯《鐵達尼號》。）的那首歌，他聽一遍，就能用笛子吹出個差不多的調子來！好聽得很！你說他啷個了嘛？他啷個了嘛？你說他怪不怪？」

96

確實很怪！陸姐把她的擔心告訴陶警官。陶警官聽了發笑，說：

「你眞是沒得事找事！他到了一定時候自然就會懂的。難道要你去教他不成？」

陸姐把二百伍說的話轉述給陶警官。陶警官聽了默然不語。他回憶，他在十四、五歲的時候已經開始有自慰行爲了。那時，他膽戰心驚，不懂得自己的「小雞雞」怎麼會出現勃起現象，用手去玩弄它又有一種快感。他怕爹媽或者老師同學發現，可是又忍不住，雖然不是經常性的，但三、五天總有一次。到十八歲上警校的時候，他也曾犯過文學愛好者最愛犯的毛病，就是和女生談情說愛。他曾和一個女同學愛得死去活來，兩人多次在警校外面發生過性關係。那時，他二十歲過一點，就是一億六現在這個年齡，在性生活上已經很嫺熟了。和女同學的關係一直維持到警校畢業，還準備結婚。但雙方家長都激烈反對，說，男人當警察還不夠，女的也當警察，井淺河深，絕對不合適！警察是一種高危性職業，夫妻兩個都從事高危性職業，那不是自找倒霉是啥子？如果兩人中的一個有個三長兩短，娃兒怎麼辦？這話也有道理，終於棒打鴛鴦兩分離。兩人愛得死去活來，也哭得死去活來。後來，這個女同學和一個個體工商戶結了婚，離開了警界。陶警官向陸姐說他和他老婆沒感情基礎，其緣由就在這裏。他的妻子就是父母爲了安慰他，在家鄉給他這個警察「配備」的一個女人，如此而已。

陶警官把自己和一億六對比，也感覺一億六有點不太正常，至少和一般年輕人很不一樣。他知道，如今青少年犯罪率越來越高，很大部分與性有關，城市裏有些十歲的碎娃子的性知識，已達到了成年人水平。一億六在外面打工，整天與工人廝混，怎麼會對性生活毫無所知？

陸姐見陶警官默不作聲，推了他一把。

「哎！你拿幾盤黃碟給他看，教教他嘛。」她總忘不了髮廊那些女娃兒看這樣的錄影帶說是「學技術」。

陶警官嗤之以鼻道：「哧！你眞想得起來的！你叫我拿這樣的碟片給他看，你想他會對我啥子看法？我在他面前馬上威信掃地！就是他懂了，他以後都對我有看法！」

陶警官雖然不願去教一億六，但一億六到這個歲數還不懂，這還眞是個問題！陶警官忽然想到他看過的一部美國電影，笑著對陸姐說：

「我跟你說哈，有一次我出差，晚上在賓館房間裏看了一部美國片。有個老頭子，在他兒子十八歲生日那天，你猜他送兒子個啥子禮物？他給兒子送了個妓女！我們同房住的警察都笑起來。可是想想，還是送個妓女對頭！爲啥子？妓女是教男娃兒性生活的最好的老師吵！我看，你我都不能出面，你就讓二百伍去教他，保險一教就會！」

97

一天上午十點前，獨秀居還沒有開始營業，陸姐正在獨秀居對員工講話：有受表揚的，有被批評的，總結近日來工作上的失誤和教訓。二百伍當然要著重表揚的。這時，進來一個穿著酒店的藏青色西服制服、長得很精神的小夥子，捧上一束鮮花的同時，向陸姐雙手恭恭敬敬地送上一封信。然後又一鞠躬，後退了兩步，才轉身離去。

陸姐雖然感到奇怪，但還是等講完話才拿著信到她辦公室。拆開一看，是一張用鋼筆書寫的信箋，而不是一般用電腦打出來的，可見寫信人對她十分尊重。信是這樣寫的：

尊敬的陸姐：

您好！自去年在宴請胡教授的宴會上有幸認識您後，一直非常想念。您的風度神采令人歎服。在那次宴會上，只有您一人光彩照人，我們這些小女子在您面前甘拜下風。我真的非常想向您學習。全市的女企業家都知道您對員工寬厚仁愛，經營有方，您的獨秀居能在休閒娛樂業中一枝獨秀，是與您的能力和愛心分不開的。本想給您電話相約，訂個您空閒的時間我登門請教，但覺得這樣不禮貌，也怕您不願接見我這個小學生，故用手書呈上我的心意。如您願意接見我的話，請給我電話。我的手機號為××××××××888。

敬祝

大安！

陸姐一看下面的署名，是C市著名的珊珊夜總會總經理，人人皆知的珊珊。一手字寫得很秀麗。

「宴請胡教授的宴會」，指的是去年C市工商聯和社會科學院聯合舉辦的一次邀請中國著名的經濟學家來C市講演後所設的宴會。陸姐是新成立的C市女企業家協會的理事，珊珊也是理事之一。陸姐記得胡教授那天講演的題目是「中國民營企業的現狀及前景」。

陸姐看完信很高興，雖然有些奉承話，但看出來寫信人想見她還是誠心誠意的。陸姐周圍有身分的女朋友不多，女企業家協會是個形式，一年只開一次會，姐妹們難得一見。珊珊夜總會的名氣在C市和獨秀居旗鼓相當。兩人既是休閒娛樂業的同行，又同為女企業家協會的理事，陸姐覺得和珊珊交朋友很有必要，當即用手機打了過去。

對方接了電話，用商業接待的語氣說：「喂！你好！珊珊夜總會。」

陸姐說：「珊珊，眞不好意思！我是獨秀居的小陸，你的信我接到了。我同樣想來拜訪你，想我們進一步認識哩。你倒先來信了，眞不好意思！我們姐妹之間，你這樣客氣做啥子嘛！你想啥時候來我都歡迎，怕請還請不到你哩！」

「啊！陸姐！陸姐！」那邊珊珊似乎在歡呼雀躍，可是馬上撒嬌起來，「我是怕你架子大吵！你在我眼裏高貴得不得了！我都要仰起頭看你。你收不收我這個學生嘛？反正你不收，我也要賴在你門口不走！你啥時候放我進去，我才敢進去！」

陸姐笑著說：「歡迎！歡迎！你大駕啥子時候光臨嘛？我只怕招待不周，把你委屈了。你說是我到你那裏去，還是你到我這裏來嘛？」

「哪敢勞你的大駕嘛！你啥子時候有空？當然是我來登門拜師學藝吵！」

她們兩人約定，就在明天下午三點鐘，珊珊到獨秀居來。

「我要來想望風采。」

陸姐回了珊珊一句：「那就蓬蓽增輝了哦！」

貳拾參

98

好！C市兩位著名的大姐大要見面了。這件事要載入將來出版的《C市地方誌》。

珊珊給陸姐送來一尊純金打造的觀世音菩薩，玲瓏精巧，做工細緻，紫檀木底座，用玻璃罩罩著，光彩奪目。純金的重量足有一百克，價值不菲。

陸姐驚笑道：「珊珊，你啷個這樣客氣嘛！這麼貴重的禮，你叫我啷個能承受嘛！我拿啥子來回敬你呢？眞不好意思！恭敬不如從命，我這次就收下，友情後補囉！」

珊珊笑著說：「到你這裏來拜見你，想來想去，送個啥子好嘞？只有觀世音菩薩唦！又保佑你，又保佑我。觀世音菩薩就是保佑我們婦女的唦！啥子友情後補啊！你能見我我就高興得不得了！我想想，那也是觀世音菩薩送給我的福氣吧！」

兩人寒暄了一陣，才開始互相打量。兩個女人見面，必然要互相觀察、相互比較的，即使美俄兩大國的第一夫人見面也不例外。兩人今天都是淡妝，衣著樸素。手上的戒指、脖子上的項鏈、耳朵上的耳環、衣服上的佩飾全部卸去。兩個大姐大知道，她們之間無須互相爭奇鬥豔，淡妝素衣，才表現出對對方的敬意。相互打量了一番，兩人都會心地一笑。

二百伍送來香茶點心。陸姐說，你不用再進來了，就讓我們姐妹倆說話。陸姐給珊珊將茶倒上，兩人坐定。珊珊這才注意到這間雅間的裝潢布置，由衷地讚歎：

「你這裏好好啊！陸姐，《紅樓夢》大觀園裏頭的這個『園』那個『齋』的，跟你這裏都沒得比！陸姐，你好有福氣，你成天就等於在皇宮裏頭生活嘛！」

說到這間雅間，陸姐有點黯然。「唉！」陸姐告訴珊珊，這是那位著名的國學家小老頭親自設計的，她要一直原樣保留下去，一瓶、一花、一杯、一盤都不挪動位置。

珊珊見說起那位著名的國學家小老頭，陸姐臉上有哀傷的表情，也陪著歎了口氣：

「唉！就是的，我們現在啥子都有了，缺的是啥？缺的就是一份眞感情。不瞞陸姐說，看起來，我們成天熱熱鬧鬧，那是啥子嘛？陪人裝起個笑臉而已嘛！所以說，我一定要見你，我覺得只有我們兩個人才談得來眞心話。其他人，哪個能理解我們囉！」

陸姐深有同感地說：「就是吵！啥樣的人我們都見過了。我們可以說把人都看透了，有時候想想，把人看透了也沒啥意思，還是心裏頭保留一些眞情實意的好！人嘛，要是心裏頭連個眞情都沒得，這一輩子活得還有啥子意思嘞？」

兩人都彼此了解對方的出身。怎樣打拼到今天這個地步雖然不太清楚，但互相都知道兩人原來是小姐。兩個小姐一躍成爲兩個大姐大，成爲C市的公眾人物，C市女企業家協會理事，是C市小市民茶餘飯後的江湖傳奇。尤其是珊珊，因爲她毫不隱諱她過去的事情，當然，想隱諱也隱諱不了。陸姐還隱蔽點，因爲陸姐過去只在高級商圈的小範圍做生意，知道她背後有小老頭、大老板、陶警官的人不多。

陸姐說：「過去窮的時候，只盼富起來。現在富是富了點，可是想起來，還是自己奮鬥的那個過程最值得留戀，特別是那些在自己奮鬥過程裏給自己有幫助的人。現在，再想結交那樣的人，就結交不到了！只有巴結的人，沒得眞心幫助的人。雖然說現在不需要啥子人幫助了，可是還是渴望友情的吵！所以說，我一想到過去那些幫助過自己的朋友，心裏就特別特別感動。我一進這間雅間，我心裏頭就特別溫馨，所以才請你到這間雅間來聊天。」

「陸姐，你眞算是幸運的。」珊珊說，「我呢，就沒得啥子幫助過自己的人，我活得可憐！陸姐，你要不嫌我囉嗦的話，我跟你擺擺我是啷個掙扎過來的，你聽不聽？」

陸姐說：「啷個不聽嘛！珊珊，我們姐妹都是同樣出身，這點，你我兩個都瞞不住。我們的區別，好像就是你是城市的，我是農村來的，不過就是這樣嘛！」

「唉！」珊珊未語先歎，「我雖然是城市的，其實，年輕的時候也純潔得很，跟個農村丫頭差不多。我愛看港臺的言情小說，看得著了迷，卿卿我我的，想著愛情多美好，就是那話『値得生死相許』！想著有個白馬王子來追求我，我就跟他美滿地過一生。高中畢業那年，我就跟個小夥子戀愛了不長時間結了婚。他家很有錢，他一天到晚不務正業。他家叫他早點結婚，就是想有個家拴住他。開頭，我們關係很好，家裏頭要啥子有啥子，也不缺錢花。我就沉醉了，以爲這就是人們追求的幸福吧！哪個曉得，我肚子裏懷上了娃兒，他就跟別的女人好上了，幾天幾夜不回家，還染上吸毒的毛病。我的夢一下子就破滅了，好像天塌了下來一樣。就是因爲過去追求得太高了吵！想得太美了吵！年輕時候不懂事，爲了鬧氣，我把娃兒也打掉了，是個女娃兒。好了！他們家不依不饒，說我不好，沒得到他們的允許做了流產，逼得、逼得跟我鬧離婚。離了婚啷個辦嘞？因爲都說我私下打了胎不對吵！我啥子都沒分上，只帶了幾件衣裳，等於掃地出門！回娘家住，父母整天嘮叨，日子也過得緊巴巴的，也嫌煩！因爲原先跟那個老公在一起的時候，用慣了，花慣了，好像沒得錢過不了日子了。有天，在街上碰到一個我們原先常去玩的酒吧的調酒師，他曉得我的處境以後，就跟我說，當陪酒的賺錢。沒法子，我就去當陪酒的。」

珊珊說到此處，淚水奪目而出。「陸姐，你不要笑話我哈，我一提起這件事就懊悔……」

陸姐見珊珊流淚，就拉起珊珊的手握在她手中撫摩。陸姐還沒聽出當陪酒有什麼不對，但也陪珊珊流下眼淚。

「我剛當了不到一個月，就有個老教授看上了我，要包我，出的錢還很高。那個老教授有十幾個發明專利，很有錢，給我租了大房子。這樣，住得好，吃得好，花錢也痛快。老教授一個月來不了兩三次。老教授一來，總是叫我學習，叫我讀書，復習好了去考大學，還給我買了電腦。你曉得那時候家裏有電腦還算稀奇的吵！可是，陸姐，我在熱鬧的娛樂場所待慣了，耐不住寂寞了。我千不該萬不該，跟那個調酒師發生了關係！有一次，我喝醉了酒，說了一句最最不應該說的話。我跟調酒師笑話老教授說：『這個老傢伙老叫我學習學習，他日的是我的屄，又不是我的腦殼，我學習啥子嘛。』你說，我還是人不是人嘛！」

珊珊一下子趴在陸姐肩頭放聲哭起來。陸姐也哭了起來，兩人摟抱著哭了一場。

99

兩人哭罷，無形中感情加深了許多。平靜了後，兩人補了妝，理了衣裳，相互對視的目光很是親切，和親姐妹差不多了。

珊珊繼續說：「後來，這個調酒師又跟別的女娃兒好了，大明大白的，一點都不避我。我就跟他疏遠了。可是，陸姐，你說現在的男人可怕不可怕嘛！現在有好多男人，我們女人做不出來的卑鄙事情，他們都能做出來！這個調酒師就給老教授打匿名電話，說我這個人要不得，跟他有關係。老教授起先還不信。這個傢伙就把我跟他說老教授在做愛時的小動作，喜歡說的話告訴老教授。你說這人多下流！這樣一來，不由得老教授不信了吵！老教授跟我分手的時候說，我這麼大歲數了，確實眞心喜歡你，不是玩玩你就算了的，還準備培養你將來做個科研工作者，可是你把我心傷了，我看你也不是一個好的培養對象，希望你今後好好吸取教訓。陸姐，這是我一輩子最最傷心的事！比跟那個吸毒的老公離婚還傷心。雖然我現在富了，不求人了，可是一想起這老教授總是愧疚得要命！我一萬個對不起他！我這個人決斷得很，過去我一頓喝兩瓶『人頭馬』不在話下，從此以後，滴酒不沾！離開了老教授，又啷個辦嘞？只好又下海當小姐。陸姐，我跟你說哈，當今這個社會的風氣害死人，把人弄得想平平淡淡過普通日子都過不下去了！而且，我把男人也看透了，也不想再嫁人了。眞是老百姓說的那話對頭：『男人靠得住，公豬能上樹。』我有個夜總會，還有個女娃兒，這就夠了！」

「眞的！珊珊。」陸姐握著珊珊的手說，「我也是單身一個。老實跟你說哈，我有個男朋友，他還有一個家庭，我們有十年關係了，好得很！我從不要求他跟我結婚。爲啥子？我有時候想起來，要是我和他老婆調換一個位置，他老婆是我，我是他老婆，那麼究竟是哪方面活得好呢？是他老婆，還是我？一比較，還是我好！我有獨立生活空間，有自己的事業，還有感情寄託。給人當老婆呢？就既要伺候丈夫孩子，操持家務，不能獨立生活，丈夫的心還不在自己身上，在別的女人身上。你說，這樣當人家的老婆有啥子意思？所以，我也就準備單身一輩子了。」

珊珊聽了陸姐的話，好像想起了什麼，笑道：「對頭！我告訴你哈，我們女企業家協會的好些富婆的男人，好多都是我夜總會的常客。我就曉得他們包我夜總會的小姐在外頭，有的還包了不止一個。老婆在社會上打拼，你我都曉得的哈，打理個企業辛苦得很！可是她男人倒在外頭花天酒地。我想，我要是嫁個人，有個所謂正式家庭，弄不好，不也是跟她們差不多嘛！我也老實跟你說哈，陸姐，我也有個男人，算下來，我還是人家的老三，可是這個男人愛我，這就夠了吵！管它老二老三老四，一份眞情最重要，陸姐你說是不是？」

「就是嘛！」陸姐與珊珊惺惺相惜，「你管它啥子老三老四！像我，我就不管它啥子老二！哪個女人有了男人的眞感情，哪個女人就是老大！可是，珊珊，我跟你說哈，我們女的也要有獨立性！我們不是男人的啥子老二老三老四，應該說是我們女的占有了個男人才對！上次胡教授講演，有個新名詞，我聽了很受啓發，就是『不確定性』。他指的是企業的權屬問題和經濟形勢的發展。這個『不確定性』，硬是對頭！我們把它推而廣之，想一想，在這個世界上，有啥子是確定的啊！你看那些你說的富婆和她的先生，哪一對夫妻手裏頭沒得正式的結婚證？結婚證就能把他們兩個確定了呀？還不是你搞你的我搞我的！同床異夢。法律都把他們確定不下來！兩口子總是在不確定性狀態，還不如跟男的十天八天見一次面，做一次愛確定哩！就說我們的企業吧，今天這個獨秀居是我的，能保證永遠確定是我的嗎？你要那麼想，心裏就好過多了。啥子吸毒的老公，啥子卑鄙的調酒師，啥子老教授，你想都不要再想！過去你都給過他們感情，但是這個世界上所有的東西都是不確定的吵！都在不確定當中嘛！由不得你嘛！你眞正愛的那個人，你就能確定一輩子愛他？或者說，確定他能一輩子愛你？你傷心啥子嘛？你說對不對？」

「對頭！硬是對頭！」陸姐的話對珊珊如振聾發聵一般。「要不，爲啥子我非要來拜見你陸姐嘞！你的見識就是比我高得多！今天說到這裏，陸姐，我就要跟你老老實實地說哈，今天我來，也是別有所圖。」

陸姐對珊珊的勸慰，打動了珊珊。她感到在這樣一個好姐姐面前不把眞話說出來，對不起陸姐，有種在陸姐面前演戲來進行欺騙的心虛的感覺。王草根能否保持意志力，延長生命力，那是王草根命中注定的；天定的壽命是多少就是多少，再有十個可愛的娃兒抱在懷裏頭也延長不了天定的壽命，沒有可愛的娃兒，也縮短不了他天定的壽命；孤寡老人還有活到九十多歲的哩。同時，珊珊向王草根說並不想繼承他的億萬家產，至少有七、八分眞實性。因爲胡教授上次演講裏就曾提過，民營企業的權屬在未來的不確定性：民營企業在當代社會具有私有性與社會性兩重性質，到生產力發達到一定高度，私有性就會逐漸削弱，社會性就會逐漸強化，到最後，私有企業便自然而然轉化爲全社會的財富了。「共產主義始終是我們奮鬥的目標！」

於是，珊珊把劉主任、王草根和她所有的計劃和盤托出，只留下一點點，那就是她曾經親眼見過一億六，要見，也只有王草根見過。

「陸姐，眞正對不起！你不要以爲我們打的啥子壞主意哈！開始，我們確實不曉得他是你弟弟。特別是劉主任，表示過要你弟弟來借種生子是萬萬不可能的。你千萬不能怪劉主任哈！我那個老傢伙呢？他見過你弟弟。他跟我說，他喜歡得不得了！要借種生子，非要你弟弟的不可，要不，就不做！我呢，也覺得老王實在對我好。我從一個讓人摸讓人弄的小姐成了企業家，就是他拉了我一把。只有他一個人幫助過我，給了我今天這個社會地位。接受老教授的教訓，我也想報答他，讓他心裏頭痛快。爲了報答，我才認爲值得試一試。可是，我並不是爲了啥子繼承家產，我早就跟老王說過胡教授上次講演裏的話，就是私有經濟的不確定性。二、三十年以後，哪個曉得中國是個啥子樣子嘛！還有沒有私有企業嘛！我現在去圖未來那個不確定性的東西做啥子嘛？我今天聽陸姐你一說，我也明白了，我和老王難道就那麼確定嗎？我何必夥同他來欺騙你！他有多大的壽命，由天去定吧！好姐姐，我跟你說了實話，你可不要看我不起啊！要不，我這輩子都會難過死了！」

珊珊說出了實情，陸姐才恍然大悟。

陸姐長歎一口氣說：「唉！珊珊，你來之前我就想，你啷個會這麼客氣地來看我嘞？又送我這麼貴重的禮。現在的人，無利不起早，我就猜想到你有啥子地方用得著我。你我既然談到這裏，我覺得你珊珊眞是個可交的朋友，是我的好妹妹，我也把我們的家事跟你擺一擺，你就曉得我爲啥子這麼心疼我弟弟了，爲啥子不讓他去捐獻精子了。」

陸姐就把她自小到大的遭遇，像講故事一樣從頭到尾、聲情並茂地告訴珊珊。

「我回想起來，我還是幸運的。我做了這一行以後，總是遇見好人。多少男人在我身上爬上爬下，總算還是有眞心愛我的人，我也有眞心愛的男人，這就應該滿足得很了！我今年也過三十了，你還有個女娃兒，我跟我這個男人又不能要娃兒，人家有人家的老婆娃兒吵！而且他當的官不小，跟我生了個娃兒馬上滿城風雨，害得他非身敗名裂不行！我就等我弟弟給我生個娃兒出來由我撫養。我一定要把這娃兒撫養好。這娃兒就是我的精神寄託，一直到老！」

這就說到一億六了，陸姐說：「至於我弟弟嘞，你曉得我是把他當心頭肉看的。可是，我今天坦白跟你說哈，他關於這方面的事，啥子都不懂！你想嘛，這麼大了，他不碰女的，跟女的在一起一點感覺都沒得。說句難聽的話，那天爲了給他檢查精子，連自慰都要我教他。可是，他絕對不是哈兒，也不是同性戀，他還聰明得很！啥子事情他一看就會，教都不用教他，就是不會做愛！要不，我的那位國學家老朋友啷個會說他有啥子『異稟』嘞？他確實跟我們見過的所有成年男人都不一樣。國學家老朋友還說他不是啥子『籠中物』，叫我『由他去』。話是這樣說，你說我啷個能由他去嘛？我眞的不曉得他哪裏有毛病！他要連做愛都不會，啥時候能給我生個娃兒出來嘛？你說我急不急？我三十過頭了，正是帶娃兒的好時候，我還要等到四十歲、五十歲啊？那時候，帶娃兒精力也跟不上了吵！我要個他的娃兒都要不上，你想，我能把他借給別人，讓別人先生下個娃兒出來呀？人嘛！這點自私總是有的吵！他要會跟女人生娃兒，第一個就要生給我！所以說，珊珊，我要請你理解我這點自私。特別是，借種生子是要我弟弟用手把精液弄出來，我還心疼哩！你我都曉得，那不正常，更不自然嘛！將心比心，要是你的弟弟，你願不願意叫你弟弟用手弄出精液來給人家？」

陸姐說的時候，珊珊不停地用面巾紙擦眼淚。陸姐經歷的難處，她從未經歷過。她沒有陸姐當年那麼沉重的家庭負擔，沒有過十歲時就要一口水一口米湯、一把屎一把尿地撫養嬰兒，把一個嗷嗷待哺、哇哇哭鬧的嬰兒一直撫養到能四處亂跑的少年，這是珊珊連想像都不敢想像的事；珊珊更沒有在街頭彷徨過，沒有七、八個人擠在一間骯髒的小房間裏睡過，沒有被保安抓進過公安局……總之，她下海當小姐，與陸姐殊途同歸，完全是兩種途。她僅僅是不能過清貧的日子，習慣了熱鬧的娛樂場所；不是爲生活所迫，而是爲了物質享受。

100

兩人肝膽相照，吐露了肺腑之言，就成了眞正朋友。兩人都是在C市「相識滿天下，知心能幾人」的高處不勝寒的人物，平時雖然也有些女友，但一起聊的不是美容、化妝品就是時裝，從沒有這樣深入到經歷和情感範圍。兩個大姐大這時可說是相見恨晚。

珊珊完全理解了陸姐反對用她弟弟借種生子的緣由，非但沒有掃興，反而很同情陸姐，兩人就開始說起閒話。主題自然是這個奇怪的一億六。

陸姐把那天在不孕不育試驗室教弟弟怎樣自慰的經過告訴珊珊，兩人都大笑不止。笑罷，珊珊說，有一個廣東做進出口生意的大老板告訴她，他在四歲的時候就喜歡玩「小雞雞」，到八歲時就和小女生兩個摟抱著互相摩擦著玩了。

「啷個他到二十歲還沒得感覺吵？眞是急死人！陸姐，你的擔憂我完全體會得到。就說是同性戀吧，到這歲數也應該有同性戀的表現了吵！現在社會上一般的小青年，不要說跟女朋友做愛，連眞正的做愛都懶得做了，還要到網上去搞啥子虛擬做愛，瘋得不得了！我跟男人打交道多了，確實從來沒見過你弟弟這樣的男人！要是放在我身上，我也會著急的。啷個辦嘛？」

陸姐又把叫陶警官拿黃碟給一億六看的事情說給珊珊聽，珊珊也認同陶警官的說法。

「老實說哈，要是我不懂做愛的話，我家裏不管哪個拿這樣的碟片給我看，就是我懂了，曉得啷個跟人做愛了，對拿碟片給我的這個人，哪怕是自己的父母親，也會有看法。那裏面的做愛都是表演的嘛，有的鏡頭看起來確實惡心！我就會想，這樣惡心的動作你都不覺得啥子，還拿這樣的東西教我，讓我照裏面的人學那種動作，可見得你也是個下流坯子！」

「是嘛！所以說他不願教，我也不好再叫他教。他又說，他看過一部美國電影，一個老頭子在他兒子十八歲生日那天，送個妓女給兒子，讓妓女來教他兒子性生活。他說，妓女是男娃兒做愛的最好的老師。這話也有道理。找這樣的女娃兒倒是容易。不過，啷個跟女娃兒說嘞？」

珊珊說：「你不是說教他自慰的時候有個啥子二百伍嗎？就叫這個二百伍來教他嘛。」

「唉！」陸姐歎道，「這個二百伍就是給我們送茶那個女娃兒。人長得好看，也很善良，心直口快。可是，她原來是被一幫流氓團夥騙出來，做那種跟『站街女』差不多的下等生意的。你想嘛，做那種下等生意，她就朝床上一躺就行了，有時候，大概連床都沒得一張。她就任憑男人來搞她，她啷個會教人搞她嘛？她曉得啥子叫做愛嘛？那套動作，你我都明白，女的完全是被動的嘛。」

「啊！是這樣。這我明白。」珊珊說，「我的那個老傢伙就說過他的老大、老二就是這樣的：仰面朝天往床上一躺，管你男的啷個動，下面的女人一點不配合。我們聊起來還笑哩！」

兩人都笑起來。陸姐說：

「是嘛！你說啷個讓她來教嘛？她又年輕，和我弟弟一樣天眞得很。他們兩個出去玩都玩了好多次了，就是不懂得啷個讓我弟弟對她感興趣，能和她做愛。這你曉得的哈，這裏面有好些小動作、小表情，教都教不來的！難道還要我先來教二百伍，就像武俠小說裏講的那種再傳弟子一樣，教會了二百伍才叫她教我弟弟不成？」

姐妹兩人又「咯咯」大笑，在笑的中間，陸姐突然冒出一句話：

「珊珊，我看你來教我弟弟最合適了！」

珊珊忽然覺得身上全部的血往臉上湧，心砰砰地跳個不止。從來不知害羞的珊珊竟然馬上害羞得忸怩起來。

陸姐見了，連忙道歉說：「對不起！對不起！不存在！不存在！我是開玩笑的，你不要在意哈！我們姐妹倆啥子玩笑開不得嘛！」

珊珊低著頭說：「不是的！陸姐，你理會錯了。我也確實覺得我來教他合適，只是說不出口。你現在既然說開了，只要你同意，我『包教包會』，就像啥子電腦學習班的廣告上說的那樣。我還眞好奇得很！我覺得他肯定有啥子心理障礙。就是沒有教會他做愛，至少，我要查明原因，爲啥子他會對女人沒得興趣，好給你一個交代，讓你根據他的心理障礙請心理醫生給他做心理輔導。但是，我在他面前還得有臉面吵！這啷個跟他說嘛？總不能說我是個妓女吧！」

陸姐見珊珊不僅沒有生氣，還同意幫助她，心裏放寬了許多。而且，珊珊也提醒了她，給一億六找個小姐教他如何做愛，成功了當然很好，如果不成功，陸姐仍然不知道爲什麼不成功，不知道一億六的心理障礙究竟在哪裏，所以，珊珊是最合適的人選。即使珊珊仍沒有教會一億六做愛，畢竟知道了是什麼原因，好對症下藥。這是別的女人不可替代的，只有珊珊有這種學問。可是，珊珊的話有道理，珊珊願意教一億六，怎麼向她弟弟說呢？還眞是個問題。

「哎！」陸姐思忖道，「要是你來教，我一百二十個放心，還感謝不盡！眞的！他就是還不會，根據你的經驗，我也曉得他究竟是啥子原因了。不管啷個，我都要謝謝你一輩子！對了……就是跟他不好說得。」

「你陸姐啷個說那麼客氣話！陸姐，你是過來人，要你感謝啥子？我還要感謝你跟你弟弟哩！」珊珊說得很眞誠，「你又不是不曉得，這等於我『開』了個『處』，這是我一輩子的福氣！現在，你我兩個，哪個都不要客氣了，就把這事當個正經事來做。讓陸姐你很快有個娃兒帶在身邊，你有個心愛的男人，又有一個可愛的娃兒，還是你陸家的血脈，跟你自己生的一個樣一個樣！你這輩子就幸福得很了！我們現在商量啷個做妥善就對了，其他啥子話都不說。你感謝我、我感謝你的，那都是不必要的話！」

「那只有說借種生子的話。」陸姐最懂得弟弟，「他最喜歡幫助人，就說這種借種生子不需要用人工授精的法子，要他親自和你做愛，他肯定會高高興興地去，還以爲是幫助你哩！同時，你也可以跟他聊天，了解了解他。」

「這當然是最好的。」這正中珊珊下懷，「可是，他是第一次。你我都曉得的哈，有的男人不習慣戴套子，一戴套子就軟了。第一次就叫他戴套子，我不曉得行不行，沒得十分把握。要是非叫他戴不可，他第一次就不行，以後就更難辦了。要是不戴呢，如果成功了，說不定眞會弄個娃兒出來。所以說，這必須跟老王說清楚，不然，我啷個跟老王交代嘛？」

「是呀。」陸姐說，「不管咋樣，即使是別的女人，不是你，我也不願意讓我弟弟第一次就跟人偷情。要教他也好，要眞正借種生子也好，都要做得光明正大的！」

「但是，陸姐，要眞有個娃兒啷個辦嘞？是你抱回來，還是算老王的呢？要跟老王說了，如果他同意了，是個女娃兒你還可能抱回來，要是個男娃兒，他肯定不會給你！要是不跟他說吧，做愛那麼一會兒功夫，我能瞞得住他，在外頭找個酒店就行，可是十月懷胎是瞞不住人的吵！我說實話，我也不願再做流產了，身體受傷害不說，心裏頭眞難受得要命！等於死了半條命，要好長好長時間才能恢復得過來！」

陸姐連忙說：「要是有了娃兒，啷個能再讓你做流產！我都心疼得不得了！生下的哪怕是殘疾、是弱智、是畸形兒，我都要養起子！」

珊珊笑著拍了下陸姐，「陸姐，我還沒有生啦！你就說這種不吉利的話！你啷個曉得我會生個啥子畸形兒出來嘛？嚇死人！」

陸姐也笑道：「我這不是給你安心嘛！你要眞跟我弟弟生個娃兒出來，不管男女，保險是個萬人迷！啥子劉德華、梁朝偉、鞏俐、章子怡，跟我們的娃兒都沒得比！」

「啥子大明星囉！」珊珊笑道，「好些來我們城市的大明星、大歌星、有名的模特兒，都是全國響噹噹的！哪個沒到過我夜總會的特密包間去耍過？我都見過眞人！在台下看，那些萬人迷的女明星，我看比我們兩個都差得遠！和銀幕上、照片上完全是兩個人！他們給我們的娃兒提鞋都不配！」

兩人又大笑起來。想像一億六和珊珊兩人將來生下的娃兒會多麼靚麗、多麼帥氣，眞令人心馳神往。

笑罷，珊珊又說：「這啷個跟老王說嘞？這邊啷個說，那邊啷個說。我們這眞跟辦外交的差不多，弄得好複雜！」

雖然複雜，但陸姐也好，珊珊也好，和其他女人聊天時，從來沒有這麼開心過。男人與男人之間，女人與女人之間，能談到這種地步，完全達到親密無間的程度了。尤其是珊珊，她想，無論她生下的孩子是屬於陸姐或是王草根，她和陸姐都有了血緣關係，因而在心理上就更傾向於陸姐了。

說到對王草根怎樣說，還是陸姐年紀大些，有主意。陸姐說：

「這話，你當然不能跟你的老王說。說了，老王還以爲你有外心，讓老王對你有看法。我跟你老王說也不方便，因爲我估計，你們老王這樣農村出身的，對一個女的說的話不會重視。在我們農村人眼裏，女人總是頭髮長見識短的，這個我曉得。要跟你老王談，一定要很正式的：要讓他明白一方面對他有利，一方面對教育我弟弟也有利。這要兩個男人去談。我認爲，讓我的男朋友和你老王去談最合適。你認爲啷個樣？」

珊珊說：「這樣最好！兩個男人談。要是老王不同意，老王也會放心，我不會背著他和你弟弟發生關係，因爲男人總是要講信用的吵！要是同意了，老王肯定會有啥子條件。我把他掌握得很準！他是個精明人，他要同意他的女人跟別人發生關係，一定會有這個條件那個條件！兩個男人談，老王才能認眞。這樣，我回去就跟他說，陸姐你同意向你弟弟借種生子，可是你有條件。啥子條件我不曉得，你要他當面和你的男人談。老王願意就做，他不願意就拉倒！你說行不行？」

陸姐說：「行！就這麼辦。我就去跟我的男人說。」

貳拾肆

101

陸姐把和珊珊商量的前前後後和最終決定全部告訴陶警官。陶警官首先贊成辦這種事要光明正大，開誠布公，這樣才不留後患。

上次，陶警官跟法院的朋友商量怎樣整一下偷取精子的醫生，法院的朋友給他提供了材料，陶警官本想借肚皮多年前的一名患者來個敲山震虎，嚇唬一下企圖以精子謀利的醫院和醫生，想讓這些人知道，只要動一下一億六，就會招來禍患，叫這些人知難而退。誰知反而弄巧成拙，醫生們不是傻瓜，更不是好欺負的，並且唯利是圖的大有人在。現在又是資訊時代，拇指一摁，傳遍全城，有名有姓。結果搞得風聲越鬧越大，C市所有醫院治療不孕不育的科室，都知道了本市有這麼個人擁有精子市場上奇缺的優良精子。這個有優良精子的人還非常年輕，「開採期」很長，是座「富礦」，取之不竭，用之不盡，一個卵蛋就等於一所精子庫。馬克思在《資本論》中說：「一旦有適當的利潤，資本就膽大起來。如果有百分之十的利潤，它就活躍起來，有百分之五十的利潤，它就會鋌而走險，爲了百分之百的利潤，它就敢踐踏人間一切法律，有百分之三百的利潤，它就敢犯任何罪行，甚至冒絞首的危險。」精子不是以毫升計量的，一個個精子眼睛都看不見，要在顯微鏡下數其個數，而一毫升精液中竟有一億六千萬個優良精子！肚皮說「把一億六千萬個精子變成一億六千萬元人民幣」，還是極其保守的估計，應該說精子買賣中的利潤大得無法計量。所以，一些人非但不知難而退，而是知難而進，打一億六主意的人越來越多。「鋌而走險」、「踐踏人間一切法律」、「敢犯任何罪行」都可能發生。陶警官現在最害怕有人在互聯網上啓動「人肉搜索」引擎，一搜索，一億六就徹底曝光，無法遁逃，在C市就隨時隨地有被哄騙甚至被綁架的危險，讓陶警官防不勝防。陶警官還不敢跟陸姐說，說了生怕陸姐更加擔心，只好盡量小心，還趁一億六不在家的時候，翻遍一億六房間裏的所有抽屜，把一億六的全部照片收集起來，藏在一個只有他知道的地方。

陶警官吃一塹長一智，再不敢在背後用他的人脈資源搞小動作了。

陶警官也非常同意陸姐和珊珊說的，只有珊珊去教一億六做愛最合適。因爲，即使沒有教會一億六做愛，也會查明一億六在做愛上的心理障礙，這是任何一個心理醫生和熟練的妓女都做不到的。連陸姐都研究不出來，他陶警官更研究不出來了。

有陸姐的命令，陶警官當然願意出面替陸姐去與王草根談判。

陶警官一時想不起來，他好像在個什麼場合見過王草根。爲了談判順利，對談判對象事先有大致的了解，陶警官還跑到書店裏買了本《中國農民企業家傳奇》。他看到，在這本書裏收集的二十幾篇報告文學中，有一部分「農民企業家」已經倒下了，有的還被判刑，進了監獄；有一部分失敗了，親手創辦的企業不順應現代市場的要求，不會實施現代化管理，最後垮了台或是被兼併了；有一部分已沒沒無聞，在市場上銷聲匿跡了。而王草根卻是極少數不但一直到今天還很活躍，並且仍在不斷地擴大企業規模的「農民企業家」之一。一個目不識丁的農民，能在複雜的市場經濟社會打拼，而且在波瀾詭譎的市場上總立於不敗之地，絕對不能小覷他！

陶警官與陸姐先商量怎樣談判：目的是明確的，要王草根同意珊珊與一億六做愛，兩人意見沒有分歧。第二步，制訂自己方面談判的底線時，兩人有不同意見。如果珊珊第一次教一億六做愛沒有成功，是否可以再試？陶警官的意思是可以再試一試，但陸姐不同意。陸姐深知女人的需求，如果珊珊感覺美好，即使成功了她也說沒成功，想不斷地「試」下去。那還行？要「試」到什麼時候為止？用文言文的說法是「伊于胡底」？搞不好珊珊抓住一億六不放，占為己有，讓一億六娶個比他大八、九歲的妻子，一方面使陸姐難以收養一億六的孩子（珊珊和一億六成了夫妻，孩子有親生母親照顧，陸姐沒有任何理由收養弟弟的孩子），另一方面也對不起王草根。這點，陸姐說服了陶警官。陶警官想，如果真搞到這步田地，王草根也非等閒之輩，王草根的反擊，陶警官也是招架不住的。陶警官也曾風聞，三年以前，突擊搜查後來成為珊珊夜總會的那家夜總會聚眾吸毒的違法犯罪行為，王草根好像在裏面起過什麼作用，可見王草根手頭的人脈資源不比陶警官少。於是，陶警官就同意按陸姐的方針辦：一定要畢其功於一役！第三，如果珊珊教成功了，一億六從此會做愛了，珊珊要是生了個孩子，是給王草根，還是歸陸姐？這方面陶警官說服了陸姐，陶警官說「捨不得孩子打不了狼」，你連個孩子都不給王草根，人家憑什麼把自己的女人讓你作為教學材料使用？

兩人一邊商量一邊笑。陸姐說，要是生個龍鳳胎就好了，一方一個，男孩給王草根，女孩歸陸姐。

讀者看到這裏，請別以為作者在胡編亂造。鄭重其事地異想天開，這種現象就是我們時代的特徵之一。順便提一下，這本《前傳》中的每個情節都源於生活。我們這個如小老頭說的「處於五千年巨變」的風雲際會的時代，我們這個處於巨變中的光怪陸離的社會，沒有不可能發生的事！還有更多「前無古人，史無先例」的現象，但那不在作者敘述範圍之內，且不去管它。

下一步，陶警官就考慮是穿警服與王草根談判，還是穿便服？最後決定穿警服。因爲：一、王草根肯定要提出條件的，穿上警服比較正規，能使對方信服，保證陸姐會遵守他提出的條件；二、王草根一定會以爲所謂的談判是錢多少的問題，穿了警服，讓王草根第一印象就知道這不是錢的問題。

在什麼地方和王草根見面呢？陶警官說，這不是我們求他，而是王草根求我們，還是在獨秀居爲好。他來就來，他不來便罷。

還有個重要問題：陸姐及珊珊和他們兩個男人一起說話好呢，還是兩位女士迴避好呢？最後，決定採取個折中的方法，獨秀居的雅間裏有個呈拱門狀的非常珍貴的明代金絲楠木雕花隔梁，兩旁垂有帷簾，放了下來，就把一間雅間分成了裏外兩個空間了。四人先見面，客套一番後，女士們進裏面去，由兩位男士在外間談話。這樣，女士們也能聽見他們說些什麼，陸姐如果有不同意的意見，也可隨時插話，提出她的看法，相當於慈禧太后的垂簾聽政。

好了！這邊一切商量就緒，陸姐就給珊珊那邊打電話，約定個時間請王總來獨秀居「喝茶」。

王草根這天應該到珊珊這裏來「值班」，珊珊邊給王草根脫外衣拿拖鞋，邊說報告你一個好消息。

「陸姐那邊，好不容易說通了，她願意讓她弟弟提供精子，可是她說她有啥子條件，要她男人親自跟你談。我不曉得是啥子條件，大概也就是錢的問題吧！」

王草根聽了很高興。「龜兒子！我就曉得要錢！現在這個社會，拉泡屎都要錢，莫說要人家的精子了！我不在乎錢，他龜兒子要多少我給多少！她男人是幹啥子的嘛？」

珊珊說：「好像是個警官……」

「那就對囉！那就對囉！警察要錢，天經地義！媽賣戻！比起有審批權部門的一些官員，警察還算好的！那些有審批權的官，盯錢就跟蒼蠅叮屎屁屁一樣！趕掉一群，又來一群！」不知王草根今天碰到哪個有審批權部門的人來找他麻煩，有感而發，沒等珊珊說完，就打斷她的話，「那在啥子地方談嘛？啥子時候談嘛？這事情越快越好，免得龜兒子變卦，又出啥子花樣。」

珊珊說：「你要同意跟她男人見面，我就跟陸姐打電話，約個地方和時間。我跟你說哈，你也不要給錢給得太多，頂多十萬八萬的就了不起得很了！老實說，我還不著急呢！生個娃兒遭罪得很！我十個月都挺個大肚子，走路都不方便。」

王草根笑著安慰道：「你不是要我啥子延長生命力嘛，加強意志力嘛！這主意是你出的，你龜兒子受點罪又啷個了嘛？我會酬勞你的！」

珊珊說：「還不是爲了你這龜兒子！我要啥子酬勞啊！只盼你多活幾年，這就是最好的酬勞了吵！」

王草根聽了滿心歡喜。「還是珊珊你對我好！今天晚上你要的『愛』，是不是要『做』那麼一下？」

「哪個龜兒子才想『做』那個啥子『愛』！」珊珊捶了王草根一下，「你一聽有借種生子的，這些天你魂都沒得了！連『愛』都懶得『做』了，這就暴露出你哪有個啥子『愛』啊！你龜兒子完全是爲了生娃兒嘛！」

眞的！王草根自打算借種生子後，有好多天逃避做愛了。可見他向劉主任說的是眞話，他的「日屄」也好「做愛」也罷，純粹是爲了生娃兒，特別是爲了生出個男娃兒。這種生產活動既然有借來的精子代勞，他何必非辛苦自己不可呢？

兩人正說話的時候，陸姐那邊給珊珊打來電話，問王總什麼時候有時間，約來獨秀居喝茶。王草根向珊珊用手勢表示：星期六下午三點。

「這事情你不要叫他們以爲我很急，吊他們兩天！」

到約定時間，珊珊和王草根就來到獨秀居。一切都按陸姐和陶警官布置的那樣，先客套了一番，互相介紹認識了，然後陸姐拉著珊珊進到裏面隔間。

「我們女的聊我們的私房話，我們有好多話說不完哩！懶得聽他們的！讓他們男的說他們的。」

陶警官和王草根分主賓坐下後，王草根笑著說：

「陶警官，我認得你。你還到我們市政協做過報告。」

「啊！我想起來了！」陶警官說，「你王總是赫赫有名的！我就記得我好像有幸在啥子地方見過你，一時沒想起來。」

「你在台上講嘛，我在台下聽嘛！你啷個會記得我吵！」

「王總，那不敢當！啥子台上台下的，我到市政協禮堂是給你們政協委員彙報工作嘛！」陶警官說，「你們政協委員不是聽眾，是審查我們警務工作做得啷個樣，你們是審查人。那天我還很緊張，戰戰兢兢的，生怕你們政協委員有啥子不滿意的地方。」

「你們警察工作辛苦，我們城市的治安搞得好，眞要感謝你們警察哦！」王草根說，「其實，我們政協委員都曉得，你們警察很辛苦，工資又低，應該給你們警察漲工資才對！我就在給警察漲工資的政協提案上簽過名。」

實際上，在市政協開會時，不管哪個政協委員，只要把他的提案拿給王草根徵求意見，王草根都大筆一揮簽上名，作爲提案人之一。常常見到兩種針鋒相對的提案上都有他的簽名。好在「政協提案」提了也白提，不會有人來認眞問他哪份提案才是他眞正的想法。他主要是爲滿足他簽名的嗜好，而不是表達他的建議。他更不會「反映社情民意，獻計獻策」了，民營企業發展中的障礙，比如什麼有審批權的部門來找麻煩，花些錢就解決了，比正兒八經的「政協提案」既有效又便捷。「農民企業家」王草根早就得出經驗：不管是什麼公文在公權力各部門流轉，都需要人民幣這個潤滑劑，沒有人民幣公文就動不了。貪腐瀆職既制約民營企業的發展，又是民營企業發展的條件。這個奇怪的社會現象在王草根眼裏已見怪不怪了。

王草根一開始就替警察鳴不平，說警察工資低。陶警官聽出來，王草根以爲約他來談借種生子的問題就是要錢。王草根事先做個鋪墊，好讓陶警官覺得，在王草根看來，因爲警察的工資低，要些錢是理所應當的。種種細微之處都表現了王草根的精明。

「其實，我們警察是爲人民服務的，並不在乎啥子工資低，只要市民滿意，我們再辛苦也是值得的！」陶警官說，「世界上，有好多東西是錢買不來的。王總說是不是這樣？」

「那倒是！」王草根說，「不過，値得不値得，最後還是要用錢多錢少來算計哆！有的事情，得的錢多了就値得，得的錢少了就不値得！陶警官說是不是這樣？」

王草根不含糊，會說話。陶警官一開始就領教了王草根的厲害，果然不好對付。兩人在對話中較量，陶警官恐怕還不是王草根的對手，倒讓陶警官一時束手無策，只好乾脆把話挑開來講：

「王總的企業集團爲我們C市創造了近萬名就業崗位，給社會做出了很大貢獻。今天跟王總坦率說，我聽說王總想要個娃兒，要用我們弟弟借種生子。我就跟我愛人說，爲了滿足王總的心願，我們一個錢都不能要！就叫我弟弟把精子捐獻給王總，就像獻血那樣。我們認爲，這樣於公、於私兩方面來說，都是値得的！」

王草根哈哈一笑說：「啥子借種生子啊！那都是我女人珊珊的主意！我已經有了五個娃兒，還要個啥子娃兒嘛？你們要捐獻，這好意我領了。我王草根在社會上打拼了這麼多年，從不佔人便宜，不花錢的事我是不做的！既然你不說錢，今天我也老實跟你說哈，我謝謝你和陸姐，我也不再借種生子了。要借，就找個要錢的。今天，能認識你陶警官和陸姐，就是我沒有白來一趟，也交了你們兩位朋友。」

王草根說罷，喝了口茶，就擺出再不提借種生子問題的姿態，站起身來。

「哎呀！你們的獨秀居我早就聽說過。今天來一看，果然名不虛傳！眞是安逸得很！當初珊珊裝修夜總會的時候，能有陸姐來參謀參謀就好了。」

裏面兩個女人急得要命，眼看事情要告吹，王草根對借種生子一點不感興趣，要「拜拜」了。陸姐趕緊從裏面出來。

「王總，那不能這樣說！夜總會裏是現代氣氛，放的是現代音樂、流行歌曲，表演的是現代舞，夜總會的風格跟我們獨秀居應該不一樣吵！珊珊的主意是對頭的！就是要豪華，要富麗堂皇，要現代化！王總要是有時間，請在我們這裏頭轉一轉，看一看，給我們提點寶貴意見嘛！」

「好、好、好！」王草根欣然從命道，「我還沒光臨過你們這裏嘞！今天沒事，我就參觀參觀，讓我開開眼界也好嘛！」

雖然王草根用錯了「光臨」，但瑕不掩瑜，此人的精明眞是名不虛傳。

陸姐和陶警官只好領著王草根與珊珊在獨秀居參觀。

今天是星期六，獨秀居有插花表演，王草根頗有興致，四人一同坐下，邊喝茶邊欣賞。

王草根讚賞道：「哎呀！眞沒想到這裏頭有這麼大的學問！就這麼幾根乾枝枝子，兩三朵花，就插得這麼好看！不簡單不簡單！」

看了插花表演，王草根又看茶藝表演。今天的茶藝表演者正好是二百伍。二百伍見陸姐領來一幫人，知道是陸姐的貴客，將剛煎好的臺灣凍頂斟了一小杯雙手捧給王草根，還兩手放在腰間，蹲了蹲身，向王草根道了個「萬福金安」。

王草根仰起脖子一口喝下。

「哎呀！眞香！我從來沒有喝過這麼香的茶！啷個熬的嘛？珊珊，你也學著點。」又注意地看了看二百伍，指著二百伍說，「這個女娃兒好！人又好看又乖巧，手藝也好！」

陶警官發現，王草根欣賞帶有農村氣息的女孩子，心想，這大概也是他喜歡一億六的原因之一吧。

陶警官就不失時機地低聲對王草根說：「她就是我弟弟的女朋友。」

「啥子時候辦喜事嘞？」王草根問，「他們辦喜事我要送份厚禮！」

陶警官笑著說：「他們辦喜事還說不上哩！你不要看我弟弟二十好幾了，比十二歲的娃兒還不如，他還不曉得啷個跟女人發生關係嘞！」

王草根只淡淡地「啊」了一下。

王草根和珊珊在獨秀居參觀喝茶，不知不覺過了一個多小時，王草根就要告辭了。

「多謝多謝！眞不好意思！」王草根和陸姐握了手，又和陶警官握手，「下次我做東，請你們二位到紅運樓來吃頓便飯。紅運樓有幾個菜還是做得不錯的，那個香港廚師還是有點小本事。」

陸姐和珊珊走在前面，兩人都大失所望，尤其是珊珊，掛著一臉失落感。陶警官陪王草根走在後面。到了門口，兩個男人又要客氣一番，再次握手。這時，王草根好像不經意地說：

「陶警官，眞感謝你們的好意。不過，我還是想問一下，你說要啥子『捐獻』，啷個捐獻法？我還不太明白。」

陶警官說：「那就算了嘛！不提了，不提了！我只能跟王總說，這絲毫不關錢的事。王總想嘛，你我都曉得，精子對一個男人來說是寶貴的。特別是我們的弟弟，我們啷個能把他的精子賣錢嘛？我們眞的是既爲王總好，也要爲我弟弟好，讓他覺得爲你王總捐獻是值得的。就是這樣，沒得別的啥子意思！」

王草根站著不走了。「那我還是想聽聽啷個爲我好又爲他好嘛。」

陶警官抱歉地一笑說：「這……要是王總想聽我們的想法，我們站在門口說不方便嘛。要麼，我們下次再說，要麼，我們再進去談。王總看咋樣？」

王草根看看手上的勞力士表，還不到五點，表現出既猶豫又好奇的神態。

「現在還有點時間。嗯……我這人，有點事總想弄個明白。要不，我們進去，聽聽你們的想法。我看，時間也不會長嘛，那不就是幾句話的事情。」

105

去而復返。雅間裏已經收拾了，陸姐叫人趕快再端茶點來。

陶警官說：「我看，最好你們女士到另外一間雅間去，就讓我和王總兩個男人說話。你們說咋樣？」

「好！」王草根贊同道，「有女人在旁邊，男人說話不方便。對不起了啊！陸姐。」

陸姐和珊珊趕快退出去。「你們說你們的，你們說你們的！」

兩人在紅木太師椅上並排而坐，中間隔著一張茶几。中國古典式的廳堂大概就是爲適合中國人的談話方式而布置的：兩人都目視前方，避免相互對視。並排坐既顯得親近，又有一種疏離感，如果談話不投機，兩人都正面向前，不看對方，雙方都不會尷尬；要是談話投機，側過臉來，兩張面孔又湊得很近，從親近上升爲親密也很方便。中國古人研究人際關係的歷史悠久，細微到家具的擺設都有一套講究，使對話雙方都能收放自如。

陶警官領教了王草根的狡黠。對付這樣的人，比對付一個犯罪嫌疑人難得多。他學的那套犯罪心理學一點用不上，而怎樣對付「農民企業家」王草根，他還沒有學過，更沒有經驗。不如坦誠地把話說明白。

等人把茶點端來後，陶警官給王草根倒上茶。陶警官就直視著前面，好像在自言自語地說：

「王總，今天就我們兩個男人，打開天窗說亮話。我們聽說王總喜歡我們弟弟，很是欣慰。陸姐弟弟確實是個好青年，不但身體好，道德也高尚，他主動獻血都獻了三次了。別人有啥子困難，他熱心得很！老是爲別人著想。這樣的小青年，在當今社會眞的不多見！可是，我們也有發愁的事，就是我剛才跟王總說的，他到二十多歲了還對女人沒得一點感覺。說他是同性戀吧，也不是！他跟王總剛剛看見的那個女娃兒就很好。好了很長時間了，連那女娃兒的手都不碰一下，規矩得很。我們呢，也跟王總一樣，想早點讓他有個娃兒。我就跟王總坦白說了吧！陸姐是我的情人，並不是我的老婆，她跟我好了十年，我們的感情比正式夫妻還深！可是我還有我的老婆娃兒，更難辦的是我是個公職人員，不像你們老板，可以在外頭再有個娃兒。她要跟我好，就不能跟我生娃兒。我眞的覺得萬分對不住她！其實，我心裏頭苦得很！我和她都想早點叫她弟弟生個娃兒出來，她帶在身邊，也有個精神寄託。我希望王總能理解我們的苦衷！王總要是想要陸姐弟弟那樣的娃兒，要借種生子，我們就不想採取人工授精的方法。我們有個不情之請，就是讓陸姐弟弟直接和王總的女人生娃兒。這個娃兒要是男的，王總領去，要是個女的，給我們。我們感謝不盡！要是一次沒有成功，再用陸姐弟弟的精子讓你們眾生醫院做人工授精，一直做到王總有個男娃兒爲止。我曉得這個要求不近情理，可是，我們想來想去，實在不願意讓弟弟用手弄出精子來給人家。王總，我們都是過來人，小時候都有過用手弄的時候，那僅僅是生理需求嘛，對自己的身體還是有害的嘛！如果我們弟弟經過了一次和女人眞正做愛的經歷，他就會和女人做愛了，就曉得做愛的快感了。這樣，王總這邊有了個男娃兒，我們這邊哩，也解了心憂。因爲不管是陸姐還是我，都不能教自己的弟弟啷個跟女人做愛是不是？只有他親身體驗了，他才會曉得。即使還不懂得，像珊珊女士這樣聰明的女子，也能告訴我們問題究竟出在啥子地方。」

陶警官一口氣把話說完，沒聽見王草根那邊有什麼動靜，只聽見王草根在「唏唏」地喝茶。陶警官這才用得上他的經驗：王草根沒有一聽就暴跳如雷，知道並非絕對不可能。

王草根喝了好幾口茶，仍然一聲不響。足足過了五分鐘，王草根才開腔：

「我想我年輕的時候，也不太懂得。快結婚了，是村裏一幫大人跟我開玩笑，才曉得一點。不過，那不是還有我剛才看見的那個做茶藝的女娃兒嗎？」

陶警官這時只好扯謊了：「唉！那個女娃兒跟陸姐弟弟一樣，天眞得很嘛！她還是個處女，她自己都不懂得，啷個教陸姐弟弟嘞？要不，他們兩個恐怕娃兒都早生下來了。」

王草根又喝了口茶，陡然把茶杯「咣」的一聲放下。

「格老子！你陶警官說了實話，這才叫我明白了！我還以爲你們要錢。錢，多少我都不在乎！可是，要我的珊珊直接和陸姐弟弟日，這還眞是要掂量！陶警官，你想，要是有個人要求跟你的姐日，你會啷個辦？」

「所以說嘛！」陶警官說，「我們的要求就是不合理嘛！這點，我完全體會到王總的心情。將心比心，哪個願意讓自己的女人跟別的男人發生性關係嘛！可是，這也看値得不値得了。你王總覺得非要我弟弟這樣的娃兒不行，這就値得！如果還是自己女人的貞操重要，那就不値得！王總要是不同意的話，王總能來我們這裏，是賞了我們面子，就算我們交個朋友。我說的話，王總也不要放在心上，以後再不提這件事了。」

「嗨嗨！」王草根乾笑了幾聲，「這還眞把我難住了！龜兒子！我一輩子還沒碰到過這種事！」

王草根現在開始說眞話了，什麼「格老子」、「龜兒子」都冒了出來，和剛才彬彬有禮的形象判若兩人。

陶警官見了，趕緊趁熱打鐵。

「我們知道我們的要求不近情理。所以，王總，我們這邊保證：第一，我剛才說了，如果陸姐弟弟和珊珊直接有關係以後，沒有生下娃兒，再用我們弟弟的精子人工授精，一直到你王總抱上個男娃兒爲止；第二，要有了娃兒，我們保證讓我們弟弟離開C市，不能和你的女人再見面，直到你王總認爲他啥子時候能回來才回來；第三，你也會相信我們，不管生下的娃兒有多好、多漂亮，我們絕不會像有的『代孕』的那樣來找麻煩，或者到處散布流言飛語。是你王總的就是你王總的，哪個都不敢說啥子閒話！」

在這個厲害的「農民企業家」面前，陶警官在他和陸姐商量的底線上又做了很大讓步。但其中的第二條保證，是陶警官塞進去的。陶警官想趁此機會把一億六弄到外地去避「精子爭奪戰」的風頭，等風頭過後才回來。

「好！」王草根忽然爽快道，「陶警官，你這麼坦白，我也坦白。我跟你說哈，珊珊呢，今年還不到三十歲。我呢，五十多快奔六十的人了，比她大了二十多歲。要是我同意珊珊有這麼一回，我要你和陸姐叫珊珊保證，只有這一回！以後再不許跟別的男人有啥子不乾不淨的事情。我倒不防你們弟弟，我防別的男人！你和陸姐都要當保證人！要是珊珊過幾年打別的啥子歪主意，你和陸姐都還年輕吵，一定要給我主持公道！到時候，我就要收拾這個龜兒子！你陶警官要利用你手上的權給我打個掩護。」

這時，兩人都不但側過臉，還轉過身來，隔著茶几面對面地交談了。

「那完全辦得到！」陶警官大喜，但又不能表現出來，「不過，等會兒珊珊女士進來，我請王總不要說得這麼不好聽。這話由我來說比較合適。你說咋樣？王總。」

王草根哈哈一笑說：「陶警官，我又不是哈兒。我曉得我不能這樣說，你和陸姐說當然最合適。狗日的！我那兩個女人我放心得很！就是珊珊！你陶警官也曉得，她就是在歌舞廳夜總會裏頭混慣的吵！有人早就跟我打過小報告，她以前也被一個老漢包過，包的時候她又跟個酒吧的小混混好上了，一腳就把包她的老漢踢了，搞得老漢傷心得要命！所以我不得不防！」

「行！包在我身上！」陶警官好像向上級表決心似的，「你啥子時候要人暗中盯她，我啥子時候派人。不過，我想不至於這樣。據我得知的資訊，夜總會自珊珊女士接手以後，確實經營得好，遵紀守法。她從跟了你王總以後，作風正派，沒得話講！」

「那當然囉！」王草根說，「剛兩年多，不到三年嘛！人嘛，不得不防以後吵！龜兒子！我一老，會是啥樣子就難說了。其實，陶警官，我還是真心喜歡珊珊的，才讓你們出來保證，給她施加點壓力。要不，我要她留在我身邊做啥子？狗日的！不喜歡的，我甩還甩不脫哩！她趁早走了好！你說是不是？」

「是的是的！」陶警官馬上迎合說，「珊珊確實是王總的貼心人！王總也考慮得周到，有個外在的壓力，能讓她在王總身邊更牢靠些。還是王總比我們年輕人想得長遠。」

「陶警官，你今天這身警服，就給了我保證。我相信你的話，你們弟弟要跟珊珊直接日了一次以後，我相信你們也不會再讓他們來往了。你好說話，我也好說話！你們弟弟也不必到啥子外地去了。到外地去，要是沒有成功，找他回來做人工授精也麻煩。」

「這……」陶警官說，「王總，本來，這話我應該先跟你交代清楚的，我怕我先說了，王總以爲我在炫耀我們弟弟的貴重。是這樣的哈……」

陶警官就把現在精子市場上的情況，精子買賣的利潤和有很多人在打一億六主意的現狀，一一告訴了王草根。

「我們弟弟跟珊珊女士直接接觸了以後，成功不成功，不到一個月也就曉得了吵！不成功，當然再用人工授精的方法。要成功了，我想把我們弟弟和他的女朋友一起送到外地去避險。要是個女娃兒，那也要到十個月生下來以後才曉得吵！到那時候才讓他們回來，危險性可能就有所緩和了。這還要王總幫忙，就說是王總的條件，不然，我怕陸姐不同意。你不要看我是警察，王總也曉得的哈，有些搞歪門邪道的壞人比我們警察厲害得多，啥子手段都用得出來！這個危險就在目前！」

王草根笑起來。他早聽劉主任說這個娃兒是個「國寶」，現在都有人敢扒大熊貓的皮，還不敢對一個看起來很平常的年輕人動手？他也聽說過目前精子市場上優良精子缺貨，要不，肚皮何必費盡心機把一億六騙到其他醫院去取精？陶警官這番安排也是煞費苦心。同時，他更覺得把珊珊讓這個國寶日一下，給他生個兒子出來是值得的。

「好！我懂得了。」王草根一點就透，「就說這個條件是我提出來的。這樣，他姐姐也不能有啥子反對意見了，讓你陶警官好給陸姐交代。」

「對頭！王總，你覺得咋樣？要是就這麼決定了，是今天跟她們兩個女士說，還是等幾天？」

王草根是個當機立斷的人，決定了的事就不願拖延。

「那就叫她們進來嘛！當面鑼對面鼓，一五一十說清楚！早一個月是一個月，我年紀也大了吵，還等到啥時候！」

陸姐和珊珊重回到雅間，看見兩人都很輕鬆，知道結果如願以償。珊珊馬上表現出一副木然的表情，不能讓王草根看出她的由衷高興。

陶警官先請兩位女士坐下，結果就由他來宣布了。

「珊珊女士，我跟你先生王總商量好了，就是有點爲難你。眞對你不起！」陶警官低聲下氣地對珊珊說，「我們兩個男人推誠布公一談，才曉得王總要個兒子的最終目的，還是爲你打算的。王總說，他要比你大好多歲，你有了個男娃兒，將來在王家就是你爲老大了。王總對你的一片眞情，我聽了確實很感動！可是，王總喜歡陸姐的弟弟，他爲了你好，要借種生子，非要陸姐弟弟不行！而陸姐這方面呢，她心疼她弟弟，她不願意讓她弟弟用手弄出來給你借種生子，她要求你直接和她弟弟發生關係。但是，陸姐和我都保證，只是一次。如果一次你就懷上了，生個男娃兒就萬事大吉！生下個女娃兒，第二次再用陸姐弟弟的精子給你做人工授精，直到你生下男娃兒爲止……」

這時，王草根插話：「是女娃兒我也要！要下了，再用人工授精的法子生男娃兒！」

「是嘛！是嘛！」陶警官趕緊接過話來說，「不管哪個說，都是你珊珊女士受累了，辛苦你一個人了！可是，王總心裏明白，王總心疼你。他表示，雖然你們沒得啥子名分，他決心跟你珊珊女士過一輩子！我跟王總說，不管生男生女，王總和你珊珊女士，都跟陸姐和我兩家有親戚關係了吵！我和陸姐就是你們的證婚人，要保證你們美美滿滿地白首偕老，過一輩子！你們哪邊另有打算都不行！王總不能再找個老四，你呢，我們當然都相信你也不會再跟別的啥子男人來往。總之，有了男娃兒，你們兩位就一輩子連在一起了，哪個都走不脫！」

珊珊就擠出了眼淚，低著頭抹著眼淚大發牢騷：

「我就曉得！我就曉得！爲了你老王心頭痛快，延長你的生命力，你龜兒子把我賣了！我們大家現在都在這裏哈，我老實說，我過去是有些做得不對的地方，可是自跟了老王以後，我決心要守身如玉！沒想到自己的老公倒同意我再跟個男人發生關係！我也表個態：老王，就這麼一回！以後你要再讓我跟個啥子臭男人發生關係，你想都不要想！」

珊珊說完，撲在陸姐懷裏埋頭哭起來，嗚嗚地邊哭邊說：

「要不是陸姐的弟弟，又爲了這龜兒子老王了卻他的心願，哪個男的我都不讓碰！一個女的，本來就有了個心愛的男人，再跟別的男人做愛，哪有那種心思嘛？我說實話，老王對我好，我也對他夠好的！我只要求，他龜兒子在我生下男娃兒以後，要再去弄個老四來，我就不饒他！陸姐，到時候你要給我做主！」

「不會的！不會的！王總不是那樣的人！你放一百個心！」陸姐摩挲著珊珊的背說，「不是還有我跟陶警官嘛！我們就不許他再找啥子女人。他要再動啥子歪心思，我們就不答應！」

珊珊擡起頭來，淚水滿面。「你們看，這不是給我找罪受嘛！要是生了個女娃兒，還要我人工授精再生一次！一直要生下個男娃兒爲止。這要生到啥子時候嘛？我不就成了個生產工具了嘛！你們說我可憐不可憐？對我公平不公平？說不定我要帶三、四個娃兒。你們說，現在有帶三、四個娃兒的婦女沒得？」

珊珊使出豬八戒倒打一耙的招數，成了不是王草根要防她變心，而是她要防王草根變心。這出乎王草根的意料，他哪有本事破解女人的伎倆。陶警官不是王草根的對手，王草根又不是珊珊的對手。王草根想想珊珊說得也對，一個個地生娃兒，珊珊不真像專門生豬寶寶的母豬一樣了？王草根想到這裏，突然說：

「珊珊，確實對你不住！這樣，不管這一次是男是女，我都要了！不要你再做人工授精生第二次了！你不是說你命中注定有個男娃兒嗎？我有種感覺，這次你生的就是個男娃兒！」

三個聽的人都放下了心上的石頭。王草根又向珊珊賠笑道：

「莫哭莫哭！格老子！都七點多鐘了，我們還是到紅運樓吃飯去。」

珊珊抹完了眼淚，補了妝，一副很疲倦的神情說：

「老王，你陪陸姐和陶警官去吃吧，我就不去了，我要回家躺一會兒。」

陸姐說：「那還是王總送珊珊回去，吃飯以後再說吧！」

貳拾伍

107

到珊珊的最佳受孕期還有五、六天時間，珊珊就在網上做功課。珊珊比陸姐時尚，陸姐至今不會上網。珊珊搜遍男性青年的性心理、性心理障礙、性教育等等資料，四天「惡補」，幾乎和劉主任一樣成了專家。

她和陸姐約定，不能在珊珊家裏對一億六「因材施教」，這樣對王草根多少有些不尊重，也防止以後王草根回來覺得家裏曾受過「污染」，從而聯想到珊珊這次生下的孩子是別人的骨血。事先，她們兩人找了家公寓式酒店，既設備齊全，乾淨舒適，又有居家氣氛，使一億六能夠放鬆自如。

陸姐對一億六說好，這是去幫助人家，這個女人叫「珊珊姐」，想要孩子，但通過人工授精的受孕成功概率很小，不如直接與借種人發生性關係的成功係數大，所以，珊珊姐要和一億六直接發生性關係。一億六毫不懷疑這是做好事，只是很謙虛地說自己還不會和女人「發生性關係」。陸姐安慰他說，沒關係沒關係，到時候珊珊姐會教你的，她叫你怎樣做你就怎樣做，這就行了，很簡單。

陸姐在晚飯後把一億六領到公寓式酒店，珊珊已經在房間裏等他們。陸姐把一億六和珊珊兩邊都介紹了，臨走時對一億六說：

「珊珊姐是我的好朋友，你要好好幫助她哦！珊珊姐叫你啷個做，你就啷個做。要聽話，完成你幫助人的任務哈！」

珊珊早就制訂好計劃和步驟。她知道絕不能以色相去勾引一億六，這會使從未進過風月場所的一億六一開始就非常緊張。他是來幫助她的，而不是來尋歡取樂的，必須要讓一億六認爲這是一件很正當的事，就像他幫助劉主任洗車似的。首先要拉近距離，增進感情，成爲朋友。以珊珊的魅力和本領，兩人在一起有一夜時間，珊珊有充分自信可以和一億六達到無話不談的地步。一億六放鬆了，活潑了，才能像陸姐說的那樣「她叫你啷個做，你就啷個做」。

珊珊在這方面比陸姐有心計，這就是當過陪酒的坐檯小姐和出檯小姐的區別。因爲坐檯小姐的目標不固定，要她自己在亂哄哄的一堆人中去尋找，要適應不同對象採用不同方式，工作對象和工作任務又各有不同；而出檯小姐雖然在打游擊狀態，但通過移動通訊容易找到目標，打輛出租車就去報到了，到了後，工作任務又單純。這種小姐不需要多少心計，因而腦筋就缺乏訓練。

珊珊和陸姐一樣，也穿著平時上班穿的衣裳，不露肩不露胸，更沒有濃妝豔抹。一億六今天穿著他平常穿的藍色工作服，只不過乾淨些。珊珊想，第一著棋就走對了，不能讓一億六看出他們兩人有很大差別，要讓一億六覺得兩個都是普普通通的男女。

一億六進屋，還不敢看珊珊，兩眼無目的地漫掃房間裏的家具擺設，好像他對這房間比對珊珊還感興趣。珊珊就說，這屋裏有點熱，要幫一億六脫下外衣。一億六忙說，自己來自己來。珊珊就不再堅持幫他脫，等在他後面，接過他的夾克衫，仔細抻展好，掛在衣架上。

然後，珊珊請一億六坐在雙人沙發上，她在一億六旁邊坐下。一邊給一億六削蘋果，一邊溫存地說：

「聽你姐姐說，你就喜歡幫助人，又愛勞動。你真是個好青年！」

一億六嘴裏嗚嗚的，不知說些什麼。珊珊試探了第一次，馬上發覺跟一億六說話不能太正式，像領導表揚員工、老師表揚學生的口氣。講話要活潑點、歡快點，特別是要幼稚些，要像陸姐給她說過的那個二百伍那樣講「傻話」。於是，珊珊立即變換了語氣，說：

「我啷個就不喜歡勞動吵？我一勞動不是這裏不舒服，就是那裏不舒服。你教教我吵！啷個讓人勞動起來舒服嘛？」

果然奏效。一億六笑了，吃著蘋果說：「其實，我也說不上是啥子好青年。我就是一勞動就覺得高興，不勞動，啥子都不做，閒待著就悶。我喜歡到處去耍！」

「哎呀！」珊珊故意拍了下一億六的手背，先做個親密接觸的準備。「這我們還有點像嘞！我也喜歡到處去耍！你喜歡到哪裏去耍嘛？以後我們一塊兒去耍！」

一億六又笑了，「大概我們兩個耍不到一起。我喜歡在人多的地方，比如工地就好耍！」

「工地有啥子好耍的嘞？工地上不就是勞動嘛！」珊珊裝著吃驚地問。

「對囉！勞動就好耍！」

「是呀！你還是沒有回答我的問題嘛！我就是不懂嘛！勞動有啥子好耍嘛？」珊珊用嬌滴滴的口氣問，表現得比二百伍還要幼稚。

「好！我跟你說。」珊珊不愧是從風月場打滾過來的人，一億六的興致很快被調動起來了。「比如說，有人愛打麻將，一打麻將他就高興，就是輸了錢也要打，也高興。爲啥？因爲他從打麻將裏找到樂趣了吵！比如，有人愛釣魚，他並不在乎魚釣得上釣不上，他就是在享受釣魚的過程；有人愛唱歌，他不管人愛聽不愛聽，受得了受不了，他也要唱。爲啥？他自己自得其樂嘛！我跟你說哈，凡是能讓自己高興的事情，就是耍！人家看我愛勞動，以爲我不得了，是個你說的啥子『好青年』，其實就因爲我一勞動，就像那些打麻將的、釣魚的、唱歌的人一樣，我從勞動裏頭找到了自己的樂趣。其實是我在享受，我在耍！這你聽明白了沒得？」

「哎呀！」珊珊摟著一億六的肩膀搖晃，「這我就懂了吵！你壞死了！你壞死了！別人看你是勤勞，你倒是在耍！你是把勞動當作耍嘛！你是在享受勞動嘛！你把勞動娛樂化了嘛！我說得對頭不對頭？」

一億六眞正高興了，珊珊做的「勞動娛樂化」這個總結，從根本上道出了一億六想說而說不出的話。一億六覺得珊珊眞是個知己。

「對頭！對頭！就是這樣的！」

「那你平時上網不上網嘛？打不打『電玩』？那也好耍嘛！」

「我啷個沒打過『電玩』？我在深圳打過好多次，可是玩來玩去，最後我發覺不是我在玩『電玩』，倒是『電玩』在玩我！我就覺得沒意思了，不玩了！」

「那上網QQ聊天嘞？上QQ能交好多朋友，你喜歡不喜歡？那也好耍！」珊珊就喜歡QQ，在網上漫無目的地找朋友。

「珊珊姐，我告訴你哈，」一億六放下蘋果核，一本正經地說，「朋友不需要那麼多。這個世界上你有兩三個真正的朋友就夠了！我何必又費時間又費精神去找一大堆見都沒見過的啥子『朋友』！我也懂得QQ，可是我不上！那都是在現實生活裏沒得知心朋友，在現實裏找不到樂趣的人，才跑到虛擬世界去亂找朋友的！一個個戴上假面具說真話，更多的還是戴個假面具說假話！真真假假！跟躲貓貓一樣！弄得人昏天黑地，不曉得哪個是真的，哪個是假的！上當的多，真正交上知心朋友的少。你以為你在跟個大學教授聊天，其實他連小學還沒畢業；你以為是跟個二十歲的人交朋友，其實他都過了五十了。」

珊珊感到似乎反而被一億六說服了。一億六又說：

「我就喜歡生活的簡單，心裏不要裝那麼多事。我喜歡自自然然的！我不喜歡人造的，我喜歡自然的！」

珊珊對一億六的愛意更深了一層，覺得已達到了一定火候，要把一億六逐漸引入性的話題了。

「那我還有個不明白的。」一億六已在不知不覺間被珊珊摟著了。而自珊珊總結出「勞動娛樂化」這五個字，一億六對珊珊也感到很親近，所以任憑她摟著。「聽你姐姐說，你啷個對女人一點興趣都沒得嘞？那就不自然嘛！女人不好耍嘛？你真壞！你曉得不曉得，你姐姐就等你跟個女子生個娃兒出來給她抱哩！你一點都不為你姐姐著想！」

提到姐姐，一億六表情立刻沉重起來。他感到這個女人比二百伍明白他的話，是他的知己，懂得比二百伍多，又是姐姐的好朋友，所以不由得說出了心裏話。一億六歎道：

「唉！我啷個不為我姐姐著想嘞？我姐姐帶我到八歲才離開我進城。我大了點以後，我一看見我們村裏哪家生了個又哭又鬧的娃兒，我就想，我生下來的時候就是這樣子的嘛！要人餵米湯，要人餵飯，還要換尿布。再看到其他十歲的小姑娘，高高興興地背著書包去上學。我就想，我姐姐十歲的時候跟她們不一樣，要背著我去上學。耍，也不能像別的小丫頭那樣耍，耍的時候還要背起我！我姐姐背著我一直到我能走路，可以說我是在姐姐背上長大的。想到這些，我心裏就難受！我跟你說哈，我姐姐以爲我不喜歡上學，你曉得爲啥子？我大了點，我就曉得，姐姐要把我從小學供到大學畢業，再加上我爹又受了傷，肋骨斷了，不能勞動了，家裏兩個人吃閒飯，我又要上學，那要花多少錢？我姐姐還要吃多少苦？我又不好跟她說的！所以，我一上學就到處跑。我情願不去上學，給她一個我不愛上學的印象，好叫她乾脆不讓我上學算了，免得她有那麼大的負擔！」

一億六停頓了一下，無奈地笑了笑。「啷個曉得，後來姐姐的經濟條件好了，我倒養成了個不愛上學的習慣了！可是，我也發現我們的教育方法不對頭！老師講的，不能吸引學生的學習興趣。我覺得，只要認識些字就可以了，還不如自己看點書。」一億六轉過臉，面對著珊珊說，「我還跟你說哈，我在姐姐那裏住的時候，姐姐有時候晚上就到我屋裏來，摟著我睡。她以爲我睡著了，其實沒有，我心裏那個難過，說都說不出來！她走了，我才敢哭。所以我不願意跟姐姐住在一起，情願住在工棚裏頭。這世上，我就愛我姐姐一個！所以說，對別的女子我都不感興趣了！」

一億六轉過臉來時，珊珊就把臉貼上去，眞的流出了眼淚，不是擠出來的，臉貼臉地把一億六摟得緊緊的。

「你今天說了實話，叫我好難過！」珊珊流著淚說，「我才曉得你爲啥子對別的女子不感興趣了。可是，你要曉得，人有好多種不同的感情，你們姐弟之間是親情，還有一種是愛情。你再愛你姐姐，那是屬於親情範圍，你總不能跟姐姐發生性關係生娃兒吵！你不想想，你姐姐跟陶警官，他們是不能生娃兒的，因爲陶警官那邊還有個家是不是？他又是官面上的人，不是平頭老百姓，要跟你姐姐生下個娃兒，讓人曉得了不得了！你姐姐跟陶警官，那是愛情。但是那種愛情又不能結個果子出來！以後你姐姐老了啷個辦嘞？孤獨的一個老太婆，你想慘不慘？你姐姐就等著你給她生個娃兒，你和別的女子生下的娃兒就等於她親生的吵！她也過了三十歲了，正好是帶娃兒的時候。你倒好！偏偏讓她失望！你說，你對得起她對不起？你已經這麼大了，應該有自己的愛情生活嘛！那才是自然的吵！你不是喜歡自然嘛？我聽說，你喜歡一個叫二百伍的女娃兒，那個女娃兒我見過，長得眞好看，又乖巧！可是，你碰都不碰她，這就是你的不對了，就是不自然的嘛！」

這個珊珊姐的話給一億六很大觸動。想到姐姐將來身邊沒有個娃兒，一個老太婆孤獨地生活，不禁和珊珊一樣淚濕眼眶。一億六感傷地低下頭，珊珊動情地摟著他，輕輕地撫摩他的臉表示安慰。過了一會兒，一億六似乎明白了，終於從沉重中緩了過來，說：

「就是的！我還是喜歡二百伍！比如說，二百伍笑話我說話老說『不過』、『不過』，我就改過來了。哎！珊珊姐，我今天說話再沒說過『不過』、『不過』吧？」

珊珊連忙說：「沒得沒得！今天你說話順暢得很，我就沒聽說你說『不過』、『不過』的。你眞好！你眞乖！改得快！可是，你喜歡二百伍，啷個又不碰她吵？」

「我覺得，我要喜歡一個女子，就要尊重她吵！啷個好隨便碰她嘛！」

「你這個哈兒！人家二百伍就等著你碰她哩！青年男女在一起，要是互相喜歡，摟摟抱抱都是正常的、自然的，不摟不抱倒是不正常、不自然的！你看我，我就是喜歡你才摟你吵！我要是不喜歡你啷個會摟著你嘛！你不是說你喜歡自然嘛！你應該順其自然才對！你想想對頭不對頭？這些話，陸姐都沒跟你說啊？」

「今天跟你珊珊姐說哈，我今天說話順暢，是因爲你把我當個成年人。我姐姐有個最大的心理障礙，就是她直到今天還把我當個八歲的娃兒看待！這樣，不曉得啷個搞起的，我在她面前，不由得也覺得自己還在八歲！」

一億六也知道心理障礙！珊珊暗暗吃了一驚。她發覺陸姐根本不了解她弟弟。確實如一億六說的，最大的原因就是陸姐至今還沒有把弟弟當作成年人，以爲他還是八歲；在陸姐腦海裏，一億六永遠定格在她離開村子到城市去時向後回顧的那一瞬間，定格在一億六向她要「帶眼眼的、能吹得響的竹子」的那一刻。於是，一億六在姐姐面前也只好停留在八歲。姐弟兩人從來沒有以成年人的方式溝通過。珊珊也發現，一億六懂得的事情其實比陸姐多，他在各方面都很成熟，並有自己的主見，完全不是陸姐認識的那樣。珊珊後悔沒有把手機的錄音設置打開，要把一億六的話錄下來給陸姐聽，對陸姐的幫助可說比對一億六還大。

108

今夜當然不是討論心理障礙的學術問題的時候，珊珊把話引入正題。

「今天你姐姐叫你來幫我，就是我同樣有你姐姐的問題。我想要個娃兒，找過劉主任。劉主任說，我的生殖系統完全正常，做人工授精，不如直接和你做愛生下的娃兒健康。陸姐說你還不懂得做愛，叫我教你。你只要不緊張就行了。以後，你不是還要跟二百伍這樣做嘛？這好學得很，是人天生下來就會的。」

「我啷個就不會嘞？」一億六迷惑地說，「我好像天生下來就不會。眞不好意思！」

「你爲啥子不會嘞？聽我跟你說。」已經成了青年性心理專家的珊珊說道，「就因爲你一直愛你姐姐，別的女子就沒有可能進入你的感情世界。雖然你跟二百伍好，可是還是友情，你姐姐擋住了你和其他所有女子的愛情通道！所以你和別的女子產生不出愛情來。你不要光說你姐姐有心理障礙，你也有！你的心理障礙就是一個姐姐把其他的女子都蓋住了！你曉得不能跟姐姐做愛，這樣一來，你跟哪個女子都不會做愛了！這不是天生的，是你的心理障礙擋住了你！你只要分清哪種是親情，哪種是愛情，就會了！我聽你姐姐說，二百伍很愛你。你曉得，你這樣辜負了二百伍，也是對不起她的。今天我先把你教會了，你以後就曉得啷個跟二百伍做愛了。做愛你懂不懂？」

「這個我懂，電影裏頭常常說這個，還有鏡頭哩！劉主任也給我講過。」珊珊讓一億六撥開雲霧見天日，一億六推心置腹地說，「珊珊姐，你說得對！我的心理障礙就是你說的：眼裏就一個姐姐！今天你一說我就明白了！你說的有親情和愛情的區別，在道理上我懂是懂，今天你跟我一說開，我就體會得更深刻了！這麼說來，我發覺我還是愛二百伍的。不過，啊，對不起！我又說了『不過』了！我曉得啥子叫『做愛』，就是不曉得啷個做愛法。你把我教會了，我一定要跟二百伍生個娃兒給我姐姐！」

「好！」

珊珊告訴他，第一步，兩人都要把衣裳脫光，身子貼身子摟抱著在床上睡下。珊珊已經把一億六調教到和她臉貼臉地摟抱在一起了，以下的動作應該不困難了。但以下的情節，請讀者諒解作者的省略。如果再加以仔細描寫，這部中國未來偉大的傑出人物的《前傳》，恐怕要等到二〇二〇年才有發表的可能。

但是，珊珊用盡了所有方法，一億六仍然不能勃起，「搖球」總是不「出門」。一億六漲紅了臉連連抱歉地說：「對不起對不起！」

珊珊見他已全身冒汗，知道不能再繼續下去。珊珊早有準備，從手提包裏拿出一片藥片。

「沒得關係沒得關係！你不要緊張。我們先放鬆一下，我這裏有種藥，能讓人放鬆。我吃一半，你吃一半，我們先睡一會兒，休息休息再做。好不好？」

一億六連忙說好好好。珊珊只給了一億六一半藥片，她怕量多了給一億六造成什麼副作用。她自己並沒有放進嘴裏，假裝喝了口水做了個呑嚥的動作。一億六毫不懷疑地一口嚥下。這時，已到了九點多鐘，正是一億六平時該睡覺的時候，因爲珊珊說這種藥是幫助人放鬆入睡的，在這種心理誘導下，一億六很快就睡著了。

珊珊當然沒有睡，她躺在一億六身邊欣賞，也在等待。一億六睡深沉後，下面果然如擎天柱般傲然崛起，用四川方言說是「雄起」。珊珊忍不住騎了上去，得到了從未有過的高潮。高潮過後，她突然撲在一億六身上嗚嗚地抽泣起來。

她發覺，這輩子她和數不清的男人做過愛，其實並未「做」出什麼「愛」來。她歷經的做愛，大部分是爲了生意，是逢迎男人，並不完全出於自覺自願，更極少從激情出發。不論是前夫也好，調酒師、老教授、王草根也好，都沒有顧及她的感受，沒有顧及她是否滿足，只是圖他們個人的享受，王草根更是把做愛當作生產作業，只顧自己耕田耘地。因而，她做愛多次，也從未通過「做」而把「愛」「做」出來。同時，在她這方面，與所有的男人做愛，都有在感情與生理之外的企圖，沒有過爲「愛」而「做」的單純性和純潔性，每次都摻雜著種種其他非自然的社會因素。她喜歡在QQ聊天室中四處漫遊，正因爲她的感情得不到滿足。而在這個雖然並無知覺的男人身上，由她馳騁、由她自主、由她奔放、由她肆無忌憚，才體會到「愛」確實是「做」出來的而不是「聊」出來。她又感到，他們所有人對一億六的設計，與一億六追求的簡單、自然的生活方式相比，他們都離天眞純樸的、原本應有的生活方式太遠太遠，才知道劉主任說一億六並沒有病而是他們有病是什麼意思。他們已經根本體會不到原始的「勞動娛樂化」的樂趣，只想娛樂而不願勞動。

她緊貼在一億六身上，感到這才是自然的性愛，像亞當和夏娃那樣，處於人類史前狀態，是沒有被現代社會污染的做愛。她深深歎息現在社會複雜生活的乏味和空洞，因爲現代現實沖淡了人性原始的本能。

她吻遍了一億六全身。但想到任務還沒有完成，不管怎樣，畢竟還要按原來的設計達到應有的「社會效益」。她又騰身上去，直到她感覺到有股熱流進入她的體內，才翩然下馬。

她遵照網上的囑咐，屁股下墊著枕頭，躺著一動不動，不讓一滴國寶級的精液流出體外。

109

第二天一清早，一億六猛地從床上翻身坐起來，在床單上四處搜尋。珊珊笑著問他找什麼。一億六漲紅了臉說：

「昨天晚上，我發生了劉主任說的『夢遺』，夢見和二百伍做愛。我怕流出的精液弄髒了酒店的床單，不好意思。」

「哈兒！你昨天晚上不是啥子『夢遺』，你跟我做愛成功了！你看，做愛是不是就這樣簡單！」珊珊撫摩著一億六的龐然大物說，「你第一次就成功了，以後你就不緊張了，跟二百伍就能成功。不信，你再試一試！」

珊珊溫柔地抱起一億六，叫他俯身趴在她身上，用手將一條出洞的巨蟒又引入洞內。這時，珊珊才使出她的嫻熟的技巧，在一億六身下像蛇一般扭動，並問他舒服不舒服，一億六笑而不答。兩人眞正做成功了一次愛。

一億六圓滿完成了「幫助他人」的任務。

分別時，珊珊深情地靠在一億六胸前說：「今天早晨，我想了好多好多。我看過一個電視劇，裏面有句話給我印象很深，那句話說『眞正的愛叫放手』。我這輩子就愛你了！可是，我愛你，我就必須放手。眞奇怪！眞正的愛能讓人高尚起來。要照我的性格，我啷個都不放你走！要跟你一輩子！要纏住你！可是，正因爲我眞正地愛你，我必須叫你去過正常的日子，過你想過的日子，不能跟我鬧出好多麻煩來叫你苦惱！你說眞正的朋友只要兩三個就夠了，以後，你就是我眞正的朋友！」

珊珊吻了一億六一下，「你走吧！」

一億六跨過歷史性階段的一夜，似乎更成熟了，也溫情地摸了一下珊珊的臉蛋，笑著說：

「那句台詞不是電視劇裏的，是一部美國電影裏頭的，它的原話是『有一種愛叫放手』！珊珊姐，你放手，也放心。謝謝你！我走了。」

貳拾陸

十幾天後，珊珊經檢查已確定受孕。陸姐和陶警官這邊，就要按王草根提出的條件打發一億六和二百伍到外地去了。

陸姐早從珊珊那裏得到詳細的「心理研究報告」，陸姐在電話裏一邊聽一邊流淚。珊珊幫他們姐弟雙方都解開了心理障礙。但是，陸姐非但沒有從此把一億六當成年人看待，還更爲關心起弟弟來。因爲，從珊珊的「心理研究報告」中，陸姐才知道她弟弟非常懂事，對她的理解超乎她的想像，並且對她如此充滿感激之情，反而更加深了陸姐對弟弟的親情。

陸姐雖然不願意一億六離開她到外地去，但也必須履行他們對王草根的承諾。陸姐對陶警官埋怨道：

「那我啷個曉得王草根啥子時候叫他們回來嘛！」

「我看要不了多久。」陶警官安慰陸姐。實際上，並非王草根叫他們什麼時候回來才能回來，而是陶警官覺得「精子爭奪戰」的風聲稍微平息就可叫他們回來，所以陶警官有十分把握。

「頂多等珊珊肚子大了就可以了吵！王草根的意思也不過想防止他們產生了感情而已嘛！過一段時間，珊珊肚子大了，心放在肚子裏的娃兒身上了，弟弟跟二百伍也會做愛了，要是二百伍懷上個娃兒就更好了！即使珊珊有啥子感情，也會淡薄了吵！我覺得，王草根的考慮還是對頭的。」

「那把他們送到啥子地方去嘛？王草根啷個說的嘛？難道越遠越好？」

「我跟王草根說好了。」陶警官早已有了計劃，「送到個知名度很低的地方，那裏又好，又不被好多人曉得，叫人找都找不到他們！」

「爲啥子不讓人找到他們嘛？他們啷個見不得人嘛？」陸姐很不理解。

陶警官發覺自己說漏了嘴，馬上解釋：「至少不能讓肚皮曉得吵！你我不在他們身邊，要是肚皮曉得了，跑了去，又拿啥子『捐獻一滴精子，挽救一對夫婦』的話，一騙，又把弟弟騙起走了！」

「你這眞是多餘！」陸姐責怪道，「珊珊跟我說了以後，我才曉得弟弟已經是成年人了。他啷個那麼好騙嘞？」

「你忘啦！」陶警官故意表現出不耐煩的樣子，「肚皮哄走他還是三個月前的事。那時候，他還沒有成年呀？還是個娃兒啦？僅僅過了三個月，弟弟就一下子成年啦？你頭腦啷個那麼糊塗嘞？」

陸姐想想也對。「那你說啥子地方又好，知名度又低嘛？」

「寧夏！你聽說過沒得？」

「寧夏？那不是靠近新疆了嘛！要不，也在東北啥子地方，凍都把人凍得死！你把他們搞到那麼偏遠的地方幹啥子嘛？找個近點的地方！」

陶警官笑起來，「好好好！那你給我說個你認爲合適的地方。比如，坐飛機，你規定要多長時間？我們就拿坐飛機的時間來算距離。好不好？」

「總不能遠過深圳，也不能遠到新疆！這就是我的意見！」

「這就對頭了嘛！」陶警官笑道，「第一，你就不曉得寧夏在啥子地方，一會說是在新疆，一會又扯到東北去了！東北那個叫遼寧，不叫寧夏。我跟你說哈，中央電視台每天的天氣預報你總看的吵？天氣預報報的『西北地區東南部中部偏北地區』，報了這麼一大堆廢話，指的是啥子地方你聽明白了沒得？你沒聽明白是不是？其實那就是寧夏。連中央電視台都不報它名字，可見知名度低！第二，啥子深圳東北，寧夏比深圳和東北離我們四川近得多！坐飛機只要一個小時多一點，比北京離我們這裏還近！哪個？你滿意不滿意？我跟你說哈，我到那裏出過差，我發覺那裏比我們這裏還好哩！城市又乾淨，空氣又好！」

「那我啷個沒聽說過嘞？」陸姐仍抱懷疑態度。

「好了好了！我只跟你說一句，你就明白了：那就是張藝謀和鞏俐出道的地方！也是弟弟喜歡的周星馳拍《大話西遊》的地方。那裏我還去參觀過，好耍得很！這你該曉得了吧！」

陸姐笑了，「那還差不多！」

111

陶警官找了個辦假證件的違法分子給一億六做了張假身分證。一個眞警察，要辦假證件的違法分子辨假證件，可見「精子爭奪戰」的激烈，陶警官不得不處處設防。如果一億六拿著眞的身分證上飛機，說不定有些膽大妄爲的人通過「人肉搜索」會跟蹤而至。

陶警官覺得二百伍比一億六還機靈些，把該安頓他們的話都告訴二百伍，謹防從C市去的壞人把一億六又騙到什麼地方去取精。

二百伍表示保證完成任務：「安全第一！」看到一億六假的身分證，她笑道：

「陶警官，你眞會起名字！這個名字叫起來比他眞名字還好聽！以後我們要有了個娃兒，就用這個名字好！」

這就是中國未來偉大的傑出人物名字的由來。這個歷史上偉大的名字，只不過是陶警官對辨假證件的違法分子隨口取的一個。

一億六和二百伍出了銀川機場，兩人眼睛一亮。一億六說：

「我啷個覺得眼睛一下子乾淨了起來！」

二百伍也有同樣的感覺。

「就是的！就是的！這裏眼睛裏沒得啥子遮擋，看得好遠好遠！那邊遠遠的山都看得清清楚楚！陶警官眞給我們找了個好地方！」

機場外，一群出租車司機圍了上來。

「進城去？進城去？」

二百伍說，我們剛從城裏來又進城，還不如直接到陶警官說的那個周星馳拍《大話西遊》的地方。一億六由她。兩人坐上一輛出租車，問司機：

「師傅，拍《大話西遊》的地方在啥子地方？」

司機熟門熟路地說：「啊！鎮北堡西部影城！」

「那就到你說的那個啥子影城。遠不遠啊？」

「高速公路！保證你們四十分鐘到，路上沒有紅綠燈，比進城還快！」

果然，一路高速，這讓他們倆沒有想到。高速公路沿途立有「影視城」的路標，兩邊不是湖泊就是田園，在夕陽的光照中更顯得碧綠蔥蘢，地勢平坦，極目四眺，遠山近水一覽無餘。他倆極爲興奮，覺得還沒有看夠，司機就說到了。原來，鎮北堡西部影城就在高速公路旁邊。

太陽已落山。司機告訴他們那座山叫「賀蘭山」。賀蘭山在沒入山後的太陽的餘光中晶瑩透明，不像是條山脈，卻如同平鋪在地面上起伏綿延的黛青色的雲。

在他們眼前聳立著兩座古城堡。古城堡巍然屹立的黃土牆，被紫紅色霞光的餘暉照耀，像巨大的閃爍著五色斑斕的黃色玉石。牆體上被歲月侵蝕的剝落斑痕，竟如鬼斧神工刻出的雕花。更令他們驚喜的是，在兩座古城堡之間，是一大片盛開的向日葵。每朵金色的向日葵花都朝向他們走來的方向，像有情感的生靈在晚風中搖曳。

可是，他們到古城堡大門口時，只見遊人已紛紛走出。穿著保安制服的門衛說，景區已下班了，只出不進，請他們明天再來。二百伍問這裏有沒有賓館。保安向前一指說，旁邊就是馬樱花遊客休閒中心。

「好得很！保證你們住得舒服！」

馬櫻花遊客休閒中心從外表看是座微縮的古城堡。兩人進去，卻別有洞天。翠竹森森，一彎流水，兩個池塘，游魚悠悠，奇石橫陳，玻璃牆面裏鑲嵌著皮影、年畫、剪紙、刺繡、書法和古代國畫。二百伍驚喜道：

「這裏啷個跟我們獨秀居一個樣吵！」

一個少婦在櫃檯後低著頭用電腦算賬。二百伍問她：

「老板，有房間沒得？」

少婦擡起頭，也用四川話對她笑著說：「有有有！啷個？你們也是從四川來的哈？」

「就是的！就是的！」二百伍沒想到在這裏遇見四川老鄉。「老板，我們要一個房間。」

少婦說：「我不是老板，只是這裏的經理。你們要啥子房間？是大床間，還是標準間？」

二百伍要一個大床間，一億六卻紅著臉說要兩個標準間。經理好奇地看著他們倆爭辯，最後還是經理給他們做了決定。

「莫要了吵！我給你們一間大床間，一間標準間，只算你們一間房錢。你們愛睡在一起就睡在一起，愛分開睡就分開睡。啷個？」

吃飯時，經理又給他們端來兩杯飲料。

「這是我們老板親手調製的酸梅湯。我們老板手巧得很！採用了好幾個大酒店的配方，叫『馬櫻花酸梅湯』。我請客，請我們四川老鄉嘗一嘗！」

「好！」他們兩人嘗了，酸甜可口。「再來兩杯，算在我們賬上！」

「不用了吵！」經理笑道，「要多少管夠！大老遠的見了老鄉！啷個好意思要你們錢嘛！」

二百伍覺得這裏好像不講「¥」，仿佛回到了過去，是個與現代城市完全不一樣的地方。

飯後，經理告訴他們外面的燈亮了，叫他們出去看影視城的夜景。

兩人欣然走出門外。在夜色中，兩座古城堡突然改變了黃昏時的景象。黃土牆體被強烈的燈光由下而上地照耀，筋脈呈露，皺摺畢現。數百年雨雪沖刷的徑流如同凝固了的黃河瀑布，亮點和陰影錯落交織，既有靜態的偉岸，又似浪花在奔騰翻卷。而向日葵依然綻放著勃勃生機，片片肥碩的花瓣在月光下燦爛如金。四周寂寥，只有昆蟲唧唧，風聲蕭颯，兩人仿佛進入一個如夢如幻的世界。這時，一億六忽然跑進向日葵田裏，趴在土地上，把臉貼著地面，像聞什麼氣味似的一口一口地吸氣。

一億六自踏上銀川的土地一直少言寡言，忽然做出這種動作，二百伍吃了一驚。二百伍撥開向日葵稈，跑去蹲在一億六身邊忙問：

「啷個了嘛！啷個了嘛！你發啥子神經嘛？」

「莫鬧！莫鬧！」一億六擡起頭，「我聞到了地球的味道！我一到這裏，就覺得有啥子感應，心裏覺得怪怪的！這才發現，就是這種地球的氣味嘛！」

「神經病！地球是啥子味道嘛？」

「你不懂！」一億六翻身坐起來，「離開老家以後，我到過好多工地，還到過好多公園，就想聞這種味道！哪裏都沒得這種味道，跑到這裏來才聞到了！這就是我們老家的味道！土地的味道！你也趴下來聞聞。好聞得很！」

實際上，這不過是自然的黃土味，黃土高原的黃土味更爲純正。身居城市的人已經久違了這種自然原始的味道。城市人天天聞的是汽油味、柏油味、水泥味、鋼鐵味、各種化學物質味，城市的風中都有密集的電磁波，反而把土地的氣味稱爲「土腥氣」。這種原始的土腥氣，確實是城市人享受不到的。

二百伍說：「我才不聞！陸哥，你給我吹個笛子嘛！你看這月亮多好，《大話西遊》裏不是有一句『看月亮』啥子的台詞嘛？」

一億六聞到地球的味道才高興起來，就拿出笛子吹。一億六的笛聲不像小老頭那樣低沉而悠揚，不知他吹的是什麼曲子，一發聲就異常尖利軒昂，音調高亢而婉轉，全部用的是F調和G調，如「銀瓶乍破水漿迸」。一億六隨意而吹，意到哪裏吹到哪裏，將四周如夢如幻的景象化入他的笛聲。「唧唧」的蟲聲停息了，蕭颯的風聲也平靜了。一億六如風擺柳地搖晃著吹了一會，古城堡裏猛然發出一片響亮的狗吠。

二百伍笑道：「你聽！你把狗惹毛了！啷個那麼多狗啊！」

一億六放下笛子有滋有味地聽狗叫。

「哈！足足有一百條狗！牠們不是給我惹毛了。牠們不是驚慌得叫，也不是生氣得叫，是聽我的笛子聽得高興地叫！牠們是在配合我唱歌嘞！」

二百伍捶了他一下，「瞎扯！你啷個聽得懂牠們在唱歌嘞？」

「我從小就聽得懂狗的話、鳥的話。」一億六得意地說，「你不信？我先停一停。等牠們不叫了我再吹，第二次吹起來你就聽明白了！」

一億六停住不吹時，狗兒們也逐漸閉嘴不叫了。等了一會兒，一億六又拿起笛子，笛聲剛一響起，一百多條狗又此起彼伏地揚聲高叫。二百伍也漸漸聽出來狗兒們的叫聲確實好像和一億六的笛聲相配合。

「咋樣？聽出來沒得？」一億六非常高興。

「你啷個能聽得懂狗的意思嘛？」二百伍靠在一億六身上撒嬌，「你聽得懂狗的意思，啷個聽不懂我的意思嘛？」

「你是啥子意思嘛？」一億六問。

「我的意思要你說『我愛你』嘛！你這哈兒！你說個『我愛你』嘛！」

「平白無故的，啷個好意思說『我愛你』嘛！」一億六還有點害羞，「那要在一定場合說嘛！要有一定的氣氛吵！」

「那我們來《大話西遊》裏的那一段，你就好意思了！」二百伍翻身站起來，「來，我把笛子當劍指著你喉嚨，你來說那一段！」

二百伍總是忘不了那晚上在賓館裏被人拉下床，猛然間把她的夢摔碎了的那一刻。她早就想和一億六在一個恰當的機會彌補回來。她要圓她的舊夢，她必須要浪漫一下。

「好！」一億六也來了興致，站起來，讓二百伍用笛子放在他頭上。

「你準備好囉喲！」

「我準備好啥子？我要是倒下去了，你要扶著我喲！莫讓我一下子摔倒在地上囉！」

一億六眞的像周星馳那樣，歪伸著脖子，兩腳腳後跟著地，腳尖蹺起。

「我說了哈！」

「你說嘛！」

於是，一億六就將周星馳那段台詞用四川方音說：

「曾經有一份眞摯的愛情擺在我面前，我沒有珍惜，等到失去的時候，我才後悔莫及。人世間最痛苦的事莫過於此！如果上天能給我再來一次的機會，我會對那個女孩子說三個字——我愛你。如果非要在這份愛上加一個期限，我希望是——一萬年！」

二百伍「啊」的一聲，脫手把笛子扔在地上，假裝倒下，一億六一把將她抱在懷裏。也許是眞沒站穩，也許是二百伍有意，兩人都倒在一片向日葵中間。二百伍把一億六抱得緊緊的，雙腿箍住一億六的下肢，突然氣喘吁吁，在一億六耳邊呢喃不清地哼哼唧唧：

「陸哥！救救我！我癢死了！救救我！陸哥……」

向日葵花瓣被他們搖落，一瓣一瓣飄灑在他們身上。

月亮正在最圓的時候，將覆蓋著他們的花瓣照得一片金黃。萬朵向日葵一起掉過頭朝向月亮。古城堡的地燈猛地光芒四射，凝固了數百年的黃河瀑布陡然間氣勢恢宏地奔流而下；而古城堡裏一百多條狗突然又揚聲高歌，馬櫻花休閒中心水池裏的錦鯉，一條一條歡快地躍出水面。

中國未來的偉大傑出人物的胚胎，這時開始形成！

附記：

在寫這部小說的時候，驚悉我的良師摯友謝晉去世。一九八一年，謝晉老師將我的小說《靈與肉》改編成電影《牧馬人》，對我這樣一個剛剛獲得平反、從勞改農場出來不久的作者，謝晉老師的《牧馬人》獲得的巨大成功，不僅提高了我的知名度，更鼓舞了我在文學創作上不斷突破「禁區」的勇氣，使我能與全體「新時期文學」的作家朋友們一起，爲當年的「思想解放運動」做出一定的貢獻。謝晉老師將我的兩部作品搬上銀幕（另一部是根據我的小說《邢老漢和狗的故事》改編，由謝添老師和斯琴高娃主演的《老人與狗》），我可以說是與謝晉老師最親密熟悉的中國作家。而在上海爲謝晉老師開追悼會時，我卻因右眼做白內障手術未能參加，也不能應邀到中央電視台錄製紀念謝晉老師的節目，深感遺憾。所以，在這裏，我必須告訴我的讀者：謝晉老師永遠活在我心裏！我對謝晉老師的悼念是永久的！

文學叢書 262

INK PUBLISHING

一億六

作　　者	張賢亮
總 編 輯	初安民
特約編輯	簡敏麗
美術設計	陳威伸
校　　對	吳美滿　簡敏麗
發 行 人	張書銘
出　　版	INK 印刻文學生活雜誌出版有限公司 台北縣中和市中正路 800 號 13 樓之 3 電話：02-22281626 傳真：02-22281598 e-mail : ink.book@msa.hinet.net
網　　址	舒讀網 http://www.sudu.cc
法律顧問	漢廷法律事務所 劉大正律師
總 代 理	成陽出版股份有限公司 電話：03-2717085（代表號） 傳真：03-3556521
郵政劃撥	19000691 成陽出版股份有限公司
印　　刷	海王印刷事業股份有限公司
出版日期	2010 年 6 月　初版
ISBN	978-986-6377-83-9

定價　320 元

國家圖書館出版品預行編目資料

一億六
／張賢亮；-- 初版，
-- 臺北縣中和市：INK 印刻文學，
2010.6　面；　公分（文學叢書；262）
ISBN 978-986-6377-83-9（平裝）

857.7　　99010081